永不结束的夏天

赛西娅 著

中国言实出版社

图书在版编目(CIP)数据

永不结束的夏天 / 赛西娅著 . -- 北京 : 中国言实
出版社，2024.4
　　ISBN 978-7-5171-4811-1

　　Ⅰ.①永… Ⅱ.①赛… Ⅲ.①长篇小说 – 中国 – 当代
Ⅳ.① I247.5

中国国家版本馆 CIP 数据核字（2024）第 084750 号

永不结束的夏天

责任编辑：佟贵兆
责任校对：张　朕

出版发行：中国言实出版社
　　　　　地　　址：北京市朝阳区北苑路180号加利大厦5号楼105室
　　　　　邮　　编：100101
　　　　　编辑部：北京市海淀区花园路6号院B座6层
　　　　　邮　　编：100088
　　　　　电　　话：010-64924853（总编室）　010-64924716（发行部）
　　　　　网　　址：www.zgyscbs.cn　电子邮箱：zgyscbs@263.net

经　　销：新华书店
印　　刷：天津鸿彬印刷有限公司
版　　次：2024年5月第1版　　2024年5月第1次印刷
规　　格：880毫米×1230毫米　1/32　8.5印张
字　　数：180千字

定　　价：58.00元
书　　号：ISBN 978-7-5171-4811-1

　　从前有一个人，他所认识的人都讨厌他。

　　他长着蓝色胡子，恶行令人发指；可是，他富甲一方，过着幸福快乐的生活。

　　他设法娶了一位女士为妻，并交给她一把钥匙。

那是把什么钥匙？打开你心房的钥匙吗？给我！

哦，不是。不是我心房的钥匙，是我禁区的钥匙。

好奇心催促她打开那扇门，她终于忍不住了。

门后的景象将她吓晕过去——地板上是血，墙上是妻子。

那是之前嫁给蓝胡子的女人们，她们无一幸免。

这位可怜的妻子心烦意乱，从地板上爬起来。

　　钥匙也染上了血迹。

　　她锁上了门，想把钥匙洗干净，但徒劳无功。

　　终于，蓝胡子回来了，他立刻向她索要钥匙，也看到了钥匙上的血迹。

　　每个男人都有妻子不知道的秘密，即使只有一个也好。

"你进去过了对吗？你会再进去的！"

"啊，放过我，放过我！给我时间，不要急着杀了我！"

"我再给你一刻钟时间！"

"除非我的母亲一刻钟后来，否则我就死定了！"

十二个丈夫刺入十二个新娘。

爱的举动与施行酷刑有惊人的相似之处。

目 录

contents

渡河之后，烧掉你们的船。

第一章

芭比和金枪鱼

"明明在同一个城市，怎么这么多年就没碰见过呢？"

季岩松从床上起身穿着衬衫，对于眼前的女人，他心里一直有份愧疚。那件事以后，她就失去了消息。十多年过去了，季岩松没想到会在同学开的会所里碰到她——她比当年更好看了。

准确地说，像变了个人。

如果不是对方喊住他，他其实不太敢认。当年羞怯的少女，变得如液态琥珀般充满光泽。

李清优趴在床上，枕着自己的双手，没有说话。此刻她正闭眼感受着夕照的抚摸——不论什么时候，她总是觉得冷。一起抚摸她的，还有季岩松的目光。

见李清优没应声，季岩松坐回床上，俯身搂住李清优的腰，她这才从金色余晖中抽离，回到光未照到的阴影里："碰见了又如何呢？"

季岩松一愣，知道对方在说自己已婚的事，无奈笑了笑。他知道，李清优一定明白自己是哪种男人，也自然不会对自己有期待。成熟男女的感情可以和情窦初开的少男少女一样美妙，前提就是不去戳破名为"现实"的窗户纸。

"早点碰见，就早点收了你。"

李清优低头吞了吞口水，把不适一同咽了下去。

"对了，她出差了，保姆也请假了，我得去接女儿放学，今天可是她生日。"季岩松漫不经心地接着系他的扣子。

是时候了。

李清优定了定神，缓缓从床上坐起来，跪在床沿，左手轻轻将季岩松勾了过来，右手从他的手臂向上抚摸，最后两只胳膊搂住他的脖子，将自己的身子贴了上去。

"我跟你一起去吧。"

季岩松有些意外。两个月来，他总觉得李清优的性格和以前相比变化实在太大。某些时刻，他认为她已经被岁月赋予了成熟；可某些时刻，她的眼神似乎又在透露着自己"依旧纯洁"的讯号。

那种矛盾感就像十字架上的圣女贞德，通过被火燎破的衣衫证明圣洁。

李清优不等季岩松多想，补充说道："你这么忙，接孩子放学的次数一只手数得过来吧，多久没有陪小朋友去玩啦？我们一起去游乐园啊。"

季岩松见她的脸上有了期待，不忍拒绝。反正老婆出差，自己带孩子也麻烦。再说了，小孩子什么也不懂。想到这里，他点了点头。

季琳琳七岁，刚上二年级，绑着和她妈妈一样傲慢的马尾，一脸警惕地看着和爸爸一起前来接自己放学的阿姨——比自己妈妈漂亮的阿姨，只觉得有些眼熟。可小孩子终归是小孩子，一个限量版的芭比娃娃就把她收买了。

那是个精致的美人鱼娃娃，华丽的金发和梦幻的丝质香槟粉礼服格格不入。虽然娃娃的妆容精致，但眼角下的黑色泪痣落在白嫩的皮肤上显得尤为怪异，加上深邃的欧式眼窝和嘴角向下的红嘴唇，看起来比市面上流行的"病娇风"还要阴森。季琳琳显然很喜欢这个被银色礼盒囚禁的贵妇，那张脸在她看来写满了"高级"二字。更何况，这是她们同学间最近风靡的珍藏版美人鱼芭比，她还没见过别人有这一款。季琳琳对这份生日礼物十分满意。

季岩松很意外李清优竟然事先准备好了礼物。

"你可别以为我处心积虑想当你孩子的后妈，这娃娃之前买的，打算给亲戚家小孩，结果没送成，一直在我车上。"

季岩松听完松了口气，他害怕麻烦。

李清优捕捉到季岩松细微的表情，不自觉歪嘴笑了笑。

晚饭后，三个人像一家人一样了学校附近的古城游乐园。

这家游乐园在平阳市有年头了。褪色的建筑、掉漆的铁皮、过时的童话，在白天像一只被时代遗弃的小丑，使出浑身解数向现实世界的人们发出做梦的邀请，让他们忘记科技的便利——那些在深奥的梦中只是垃圾。只有进入夜晚，游乐园才能释放梦的魔力，褪色的文明、掉漆的梦想、过时的情感，统统被闪烁的霓虹灯照亮。

玩过一些项目后，季岩松明显地感觉到李清优兴奋了起来。有一瞬间，季岩松在她的眼神里瞥见了青春时代的影子，复杂而沉痛的往事浮上心头。他似乎感到自己在弥补什么。可是他清楚，那些过错根本无法弥补。不过看李清优如今的样子，季岩松甚至安慰自己当年根本没有什么过错，说不定她还乐于接受自己的喜欢。不然，她现在又在做什么呢？

"爸爸，我今天好高兴，你好久没陪我玩了。"刚和李清优从海盗船下来的季琳琳跑过来揪住季岩松的衣角，打断了他的思绪。

好像自己的确太久没有陪孩子出来玩了，季岩松有些感激地看了眼李清优。

玩了半天，李清优和季琳琳之间也熟络了一些，李清优忽然指着旁边的过山车问她敢不敢玩。

一路抱着芭比的季琳琳看了眼身旁的"巨型怪兽"，露出一副小孩子的自信："有什么不敢的？"

季岩松有些担心："她还小吧？"

"五岁以上就可以坐了，如果她害怕，就不要了。"李清优知道什么话对季琳琳有用。

季琳琳赶忙拉住爸爸："我才不怕！"

"那你一会儿可别大哭大喊。"季岩松弯腰刮了刮女儿的鼻子。

这画面让李清优心里一阵刺痛，忍不住攥紧了拳头，大拇指的指甲不听指挥地来回掐着食指，快要掐出血。

"好，谁哭谁是小狗。"

来了，她深吸一口气。

"你就好好坐在前面给我俩挡风吧。"李清优推着季岩松，让他坐到了第一排。

"我待会儿就和阿姨坐一起。"季琳琳的马尾又甩了起来，"我才不需要爸爸。"

这个叫作"20战甲"的过山车，有两个大回环。也许是工作日的原因，玩过山车的人少之又少，或许是人们都去了新开的大型游乐场，这个古董游乐园很清冷。坐上"20战甲"的除了他们三个，还有一对母子。

"这安全吗？怎么没有机器压杠啊。"那个身材略胖的母亲显然不满意过山车的安全措施只有 U 型杠和安全带，对上前帮忙系安全带的工作人员抱怨道。

"咱们这个游乐园年头太久了，没赶上新设备。关键是这玩意儿没必要，这不是你在电视里看到的那种死亡飞车。胆子大的话不系安全带都没事，我们速度够快，到顶点的时候离心力会抵消重力，人不会掉下来的，您就放心吧。"工作人员常年面对这类问题，见怪不怪了。

"呸呸，什么死不死的。"那位母亲好像被工作人员的话吓到了，转头抱怨儿子，"啧啧，看看，玩命呢这不是！"说着，母亲伸出右手护在儿子腰前。如果不是被U型杠卡住身体，她可能会侧过身用两只胳膊紧紧搂住男孩。男孩全然不顾母亲的担忧，举起手里的飞机模型兴奋地嚷嚷着："飞喽！"

李清优见状，也伸出右手护住了季琳琳，指着芭比娃娃说："你保护她，我保护你，好不好？"

季琳琳装酷，没应声，只是搂紧了她的芭比娃娃。

车缓缓启动，季岩松时不时回头观察女儿。他发现女儿只是瞪大眼睛，一脸惊奇，嘴巴却闭得紧紧的。他笑女儿小小年纪，逞强得很。

随着车速越来越快，季岩松已经顾不得回头张望，心里对神色自若的女儿和李清优一阵佩服。整个游乐园只听得见后面那对母子大声叫嚷的声音。

他没听到李清优的心里的高声呐喊。

她知道，不会再有比这更好的机会了。

夏天的风即便在高速的搅动中也只让人觉得清爽，可那些风声却像利刀一样刮过李清优的脸，她不敢回望的那些噩梦此时统统涌了出来，一帧帧在眼前闪现，逼着她快速做出决定：是继续没有终点的噩梦，还是为一切画上句号。

过山车跃至六七十米的高空，在过第一个大圆环了。李清优护在女孩腰间的右手已经渗出了细汗，她紧张地张开手，摸向了安全带的开关。

李清优盯着季岩松的后脑勺，心想：轮到你们了。

季琳琳此时正紧紧搂着芭比娃娃，毫无察觉。当他们到达第二个大圆环的顶点时，过山车将到达最高处，季琳琳此时只剩 U 型杠的保护，而她小小的下巴刚好才到 U 型杠的底端。这时，只要稍稍将 U 型杠掀起一点弧度，身形瘦小的女孩就会暴露在毫无保护措施的危险中。

终于，在过山车抵达最高点时，U 型杠被抬起，一双手掌把女孩推了出去。

她的眼泪在风中飞了出去。

连同女孩一起。

"飞喽!"后面的男孩继续喊叫着。

市区南外环边的一座独栋别墅里，几个女人在推杯换盏。

这天是尤美玲的三十岁生日，姐妹们来给她庆生。

尤美玲是名副其实的贵妇，留学回来后觉得这座三线小城没有可以与她身份匹配的工作，做生意这种事又太俗，于是听从家里安排，嫁给了房地产商的小儿子薛毅。她那副科母亲对女儿做全职富太太的事很是自豪，逢人便讲自己从小培养女儿的经验和送女儿出国镀金的英明决策。有时候别人实在听腻了，也会回一句，做家庭主妇亏了，不然在职场肯定比她妈厉害。此时，这位母亲总是不输阵地说着"是呀"，假装听不懂对方话里的揶揄。

尤美玲平日很少和社会接触，朋友都是中学时代的同学。今天来给她庆生的，是当年在中学同寝的舍友：刘晶晶、吴乐、袁梦、苏静茹。

　　说好今天是睡衣派对，尤美玲早早换好了一套奢华的黑色大翻领睡袍——她一直是这帮人里穿衣品位最好的。上学的时候，她和宿舍的刘晶晶关系最近。一来刘晶晶和她从小一起玩到大，且刘晶晶的家世很好，和她做朋友有面子；二来刘晶晶很漂亮，上学时和她走在一起总是会让其他男生多看几眼。同时，尤美玲也因为自己不够漂亮懊恼——眼距过长、鼻子太塌、胸部太平、皮肤不够白、头发自来卷、龅牙。学生时代，她每每看到刘晶晶的"黑长直"都暗暗告诉自己，一定要在别的方面比过她——比她成绩好、比她会说话、比她会打扮。

　　像尤美玲这样的女人有时很怪，她们出门见男人都不一定洗头，但是如果出去玩的场合有别的女人在，会尽最大的努力精心打扮，不能输了气场。

　　今天同样，尤美玲穿了一身黑色的真丝系带长款睡裙，这是她去外国留学那几年学到的"高级感"。她知道一定有某些人会穿满身的名牌来。

　　果不其然，第一个到的吴乐还是改不了暴发户的气质，打扮得像一个高调的网红。

　　吴乐长得很无害，但说不上为什么，尤美玲总觉得吴乐连头发丝里都能透出一股廉价的味道。现在吴乐开了高端美容会所，她瞬间为那股廉价感找到答案——风尘感。上学时她就很喜欢欺负吴乐，觉得她是土包子。这种聚会，有吴乐在，大家都开心，就像考试总得有人垫底，没人真的讨厌比自己差的同类。

　　第二个到的是袁梦。和她一起来的，还有她怀里美丽昂贵又无聊的猫——和主人一样毫无灵魂。袁梦是个美人，长着圆脸、尖下巴、精致的小鼻子，还有如猫眼般灵动的眼睛，可惜一说话就摇头晃脑，尖酸刻薄，气质全无。每次看到她，尤美玲就能想起《金粉世家》里油嘴滑舌、小气刻薄的三少奶奶。她一进门，尤美玲就撇起了嘴，盯着对方被鸵鸟毛吊带睡裙挤出来的褐晕，还有刻意的社交假笑。

"这么用力吗？"袁梦如学生时代般痴傻地咧着嘴，"不是睡衣派对吗？"

尤美玲笑了笑："是呀，不是泳衣派对。"

刘晶晶穿得倒是很保守，湖蓝色的印花睡衣把自己包裹得严严实实，贵气逼人又不喧宾夺主——她一向都有分寸感。自从考了编制，她行事作风严谨得更无趣了。她永远保持着一种让人讨厌的得体，好像她永远都不会出错，永远不会落人口实，别人挑她毛病只会显得刻薄。

姗姗来迟的苏静茹是这帮女人里唯一没有按着装规定来的。穿一身咖色西服的她像是刚从公司赶来，包里明显装着笔记本。一头短发的苏静如看起来很强势，高高的个子更显得她气场强大。她是一家设计公司的高管，是这几位里的理性担当。上学的时候她便是，常常在某个花痴思春的时候残忍地戳破真相。

苏静茹一进门，气氛就紧张了起来。几个人坐在沙发上，互相看了一眼，都默契地不去问睡衣的事情——与她女儿去世的事相比，睡衣实在不值一提。

一年前，苏静茹的女儿在和丈夫去游乐场的时候，意外死亡。丈夫说是游乐园设施老化，她只责怪自己当时为什么出差，却不敢责怪丈夫为什么没照顾好孩子。在这段自己高攀了的婚姻里，苏靖茹不知道吞了多少针。当初她不顾婆家反对一定要在外面拼事业，如今女儿没了，婆家人的口水就能把她淹死，可她依旧无法停下事业。她知道，如果失去事业，她就什么都没了。女儿死后，虽然夫妻俩在外人面前没表现出什么，但是苏静茹知道，自己本就不幸福的婚姻会因为孩子的离世随时分崩离析。

家里的阿姨准备好午饭，尤美玲就让她提前下班回家了。她知道，大家难得聚一次，这顿饭会从中午吃到晚上，几个酒鬼要在这里留宿也不一定。虽说她从来不相信友谊这种矫情的东西，但塑料花在真花面前，不就是永恒吗？

"静茹，少喝点，多吃菜。"席间，看着苏静茹一直灌酒，刘晶晶又"得体"了起来。

"我好热，我去拿点冷饮。"苏静茹显然不是很想接话，起身离开了座位。

袁梦似乎想到什么，上前挽起苏静茹的胳膊："我跟你一起去，她们家的步入式冰箱我可太喜欢了，专门定制的。"

尤美玲有些得意，兴高采烈地说："我带你俩去吧，披着点衣服，冰箱温度调得很低。"

"那我得多穿点儿，最近我有些感冒。"袁梦拿起起居室的羽绒毯裹住自己。

"活该感冒，谁让你穿这么少。"尤美玲依旧不忘挖苦袁梦今天那不合体的睡衣。

"一起去吧，在小冷库抱团取暖。"吴乐见状也起身拍了拍刘晶晶。

尤美玲家的步入式冰箱分冷藏和冷冻区。冷冻区虽然没有冷藏区大，也足够容纳她们五人在里面打牌。

"这已经是个小型冷库了，你老公为了吃这些蓝鳍金枪鱼也是拼了。"刘晶晶看着数十条昂贵的蓝鳍金枪鱼羡慕道。

那些金枪鱼摆放整齐，肥美的肉身标着红色记号。作为薛毅最喜欢用来招待客人的食物，这些金枪鱼都在尸僵之前完成了超低温冷冻，即去掉内脏、放血处理后，迅速降温至零下四十摄氏度以下。如果以一般冰箱零下十八摄氏度左右的温度冷冻，鱼肉细胞中的水分会形成较大的冰结晶，结晶体会压迫细胞结构，水分在解冻时会流出，导致肉质崩坏。在超低温急速冷冻的情况下，鱼肉细胞中的水分会形成密集而均匀的冰结晶，只要解冻方法得当，鱼肉便可得到最大程度的保鲜。

"这么多！我刚吃的时候真是白替你心疼。啧啧，薛公子真奢侈。"吴乐在一旁附和着。

"重要的不是价格。"尤美玲美滋滋地喂了自己口酒。

"薛毅不娶三个老婆宫斗都对不起这房子。"一直没说话的苏静茹在旁边调侃道。她知道自己自带"低气压"，但是她最恨人同情她，所以调整好状态后，她想尽力显得"正常"。

苏静茹的话差点让尤美玲呛到。她一直怀疑薛毅在外面有女人，苏静茹正戳到她的痛处。她心里清楚，当初薛毅娶自己，完全是看中了她的人脉。

袁梦一听就乐了，在旁边咯咯笑了起来。

"滚啦你，薛太太只有一个。"尤美玲假装打了下苏静茹。

袁梦撇了撇嘴，裹紧了身上的羽绒毯："拿了冷饮快出去吧，冻死了。"她和尤美玲一样，不想继续这个话题。

袁梦最近的确身体不舒服，她总觉得昏昏沉沉，四肢乏力。她是个害怕医生、医院的人，感冒这种事，吃药七天好，不吃药一礼拜好，她才不会当回事。有次袁梦发烧到三十九度五，上吐下泻，也是靠睡觉硬扛了过去。这次感冒虽然也有些肠胃不适，但对袁梦来说是小意思了。

　　而且此刻，袁梦正嫉妒得发狂：擅长靠美貌征服男人的自己，竟然会"输"给平平无奇的尤美玲，也不知道她走了什么狗屎运，能嫁得这么好。袁梦自己不仅感情没着落，还遭遇家道中落，搞得自己在国外上学的最后一年都混不下去，灰头土脸地回国，还要佯装学成归来。

　　真是人比人气死人。

　　可能羡慕和嫉妒的区别是，对比自己好很多的人感到羡慕，对和自己差不多的人衍生嫉妒。袁梦对刘晶晶就只有羡慕，因为她的"得体"袁梦永远做不到。

　　深夜，一辆白色欧陆开进了南外环的这栋别墅。尤美玲的老公薛毅回家了。

　　薛毅一进门，差点以为自己去了另一个夜店。起居室里四仰八叉地躺着几个穿着性感的女人。他一眼就瞥到袁梦，心里正犯嘀咕，又看到了刘晶晶，她睡着的样子依旧那么不可侵犯。他扫了扫旁边的吴乐和苏静茹，也美得各有味道，总之，哪个都比自己普通又自信的老婆强。

　　尤美玲不知道在干什么，不过薛毅也不是很关心。平时他就直接喊她的名字，"老婆"这个称呼他很少用到。他总觉得尤美玲和她那个妈一样，把精明写在了脸上，从内到外没有一点女人味儿。她们一张嘴就是钱，这个别墅就是她非要买的。买了也好，离城里远，自己出去干什么她也够不着。不过，即便尤美玲"够得着"，谅她也不敢管。

　　今天尤美玲过生日，薛毅自然也躲了出去，不然还不知道要被绑架着说多少肉麻的话。当初他爸把生意交给他的前提就是娶尤美玲当老婆，一方面是老丈人能量大，一方面两个老头儿处得像亲兄弟，不然，他是无论如何也看不上尤美玲的。

　　薛毅打算去拿些冰块儿接着再喝点儿，一边走还不忘在手机上跟一个网红脸头像的女人聊天。他开冰箱门时没顾上抬头，余光瞥见一只偌大的金枪鱼掉在了地上。他慢悠悠挪步过去准备蹲下身去搬，被映入眼帘的画面吓得一屁股坐在了地上。

他看到尤美玲安静地躺在那里，像一条蓝鳍金枪鱼。

警察抵达时，已经深夜两点。

尤美玲的尸体躺在那里，蒙上了一层冻霜。几个小时前还和死者一起嬉闹的四个女人，似乎也被冰冻住了，一句话都说不出来。薛毅在一旁抽着烟，面无表情，好像死的是隔壁邻居。

刑警队女警于晴发现死者面部有大片红色的奇怪符号，盖在了左眼和颧骨上。起初她还以为是血，但仔细看明显是个图腾似的标记。

尤美玲和那些蓝鳍金枪鱼一样，都是被标记好的盘中餐。

红色印记被尸体表面的霜冻模糊掉一些，于晴看不出具体是什么图案，只觉得怪异。那印记覆盖在死者的左眼和颧骨上，很有仪式感。

于晴是平阳市尧舜区刑警大队的副队长，三十二岁，清瘦干练，颧骨微高，头发长度刚刚过肩，加上眼距有点大，看起来疏离感很强。有人曾恭维她长得像文艺片的某女演员，她说那人一定不红。于是这样的恭维也少了，人们知道她嘴巴损，连自己也不放过，难怪单身到现在。

和她一起来的还有刚从刑警学院毕业一年的新人林昊然。也许是他的眼睛度数太高，镜片太厚，人看起来呆呆的，脖子又细又长，于晴觉得这个学弟像一只又高又傻的鸵鸟。

法医对尸体进行初步检查后发现，死者身体没有明显伤痕，疑似酒后意识模糊在冰箱里意外冻死或缺氧致死。目前无法确定步入式冰箱是不是第一案发现场，也不确定尸体被冻了多久，因为尸体极速降温以后，无法精准判断死亡时间。

现场看起来没有挣扎痕迹，如果不是因为死者脸上的奇怪符号，这的确很像一场意外。

由于在场的五个人和死者关系亲密，需要一一询问，在刑事技术人员勘测完现场、提取完酒水等现场痕迹以及五人的指纹和血液后，于晴让林昊然带死者的丈夫和四个闺蜜回警局做笔录。

一路上，几个人都不说话。四个女人里只有刘晶晶和吴乐在哭。薛毅在一旁唉声叹气地嘟囔着自己的鱼，不知道的还以为他在心痛自己的老婆。

警局的值班警察看到四个衣着香艳的女人还以为是刚从 KTV 抓来的，于晴雷厉风行地交代任务，喊他们迅速整理五个嫌疑人的基本资料。

"我和朋友喝酒，回到家将近一点吧。一起喝酒的朋友都能作证。"

询问室里，于晴和林昊然打算从死者的丈夫问起，哪知他们还没张嘴，薛毅就忙着撇清嫌疑。于晴和林昊然互相看了一眼，又看了看眼前这个身材壮硕一脸横肉的小眼睛男人，没说什么，因为这个胖子会继续说下去。

"这事儿太邪门了，我不相信我老婆能醉成那样，冰箱里外都有把手，她不会自己把自己锁在里面出不来的，一定是……"薛毅撇了撇嘴，没有说下去。

"是什么？"

"说不定是谁嫉妒我老婆，女人多的地方是非多，搞不懂她们。"

"嫉妒就要杀人吗？你老婆是不是招惹谁了？"林昊然故意套他话。

薛毅摸着自己掐丝珐琅工艺的铂金腕表龇牙咧嘴地想了一会儿。

"好吧，本来这是个人隐私，但是我现在也瘆得慌。我跟袁梦有事，但我只想玩一玩，她成天撺掇我离婚，这怎么可能，我……"薛毅差点脱口而出自己还要靠老丈人走门路。不管怎么样，他知道，出轨和杀人嫌疑比起来，算不了什么。而且他真的受够了袁梦的纠缠。

"所以，我有点儿怀疑袁梦。是不是她杀了我老婆好取而代之？如果是这样，这个女人太可怕了，警察叔叔一定要主持公道！"

"谁是你叔叔？你严肃点！"林昊然记不下去了，放下手中的笔。看着一脸痞气的薛毅。

"我可怜的老婆，自从知道监控可能被黑客入侵，怕隐私泄露，就让我无论如何也把家里的监控撤了。早知道我就不该听她的，唉。"也许觉得自己不够痛心疾首，薛毅又开始加戏。

"她们五个关系怎么样？"于晴看不下去了。

"说实话我不是很清楚。平时我不在家。我只知道，她们都是中学的同学，上学时候一个宿舍的。她和刘晶晶走得更近一些，因为她们小学就在一个班。刘晶晶在国土局上班；吴乐自己开美容会所；苏静茹不清楚，就是个上班族吧；袁梦就没上过班，眼高手低的，只想钓金龟婿，不然也不会那么好上手……"

"这个生日聚会是谁的主意，你知道吗？"于晴打断了他。

"我的主意啊。我顾不上陪她，让四个美女来陪陪也是不错的……但我不出这个主意，尤美玲也会请她们来的，她没有别的朋友了……"

"你怎么这么冷静，死的不是你好朋友吗？"死者的四个闺蜜里，于晴首先选择了一路上最安静的苏靖茹。

苏靖茹轻蔑地笑了笑："我就不能参加普通朋友的生日会吗？"

"可以。你最后见到尤美玲是几点？"

"说实话我不确定，女人多了叽叽喳喳，我没有特别留意谁在谁不在。再说了，她家那么大，偶尔不在场也不奇怪。"

"说你确定的。"

"是在私家影院吧。大概下午四五点的时候，她们在外面喝酒，我觉得无聊。难得放松，我就跑到她家地下室的私家影院看了会儿电影。"

"看的什么。"

"《一个母亲的复仇》。"

于晴和林昊然又对视了一眼，因为同事刚给的资料里显示，苏静茹有个七岁的女儿去年刚刚意外离世。

"不好意思，但是我必须得问，你女儿是怎么离世的？"

"和这个案件没关系吧。"苏静茹一向很冷淡。

"我们只是想知道和尤美玲有没有关系。"

"没关系。我可以走了吗？"

……

"苏静茹在尤美玲家看电影的时候你在做什么？"

"我们在喝酒啊，聊八卦什么的。"袁梦神情有些尴尬，把睡衣领口往上提了提。

"你们是谁？"

"我、刘晶晶、尤美玲。"她又扶了扶脑袋，似乎是酒还未醒，晕晕乎乎的。

"吴乐呢？"

"她不舒服，去楼上客房睡觉了。"

"记得时间吗？"

"五六点吧。后来我们聊了会儿，美玲说她头晕，也上楼睡觉去了。

那是我最后看到她。然后我就和刘晶晶喊了人上门做美甲，喏。"袁梦亮出手指给警察看，"我们两个做完指甲后，接着聊天喝酒，大家确实很久没聚了，加上午饭吃了很久，都不饿，就没人提晚饭的事，后来喝着喝着，就高了，没注意睡着的时间，也不知道我俩谁先睡着的，因为她也一直在给自己灌酒。等我醒来已经半夜一点了，薛毅喊我们起来的。"

"等等，你刚说吴乐上楼睡觉了，可是薛毅说，他回家的时候，你们四个都躺在客厅。"

"那我就不知道了，也许后来吴乐和苏静茹都回到起居室开始喝了吧。"

"你觉得如果你们当中有凶手，会是谁？"

"开什么玩笑？我们都是多少年的朋友了。"袁梦的眼神飘来飘去。

"所以也要嫁同一个老公？"

袁梦有些意外，意识到薛毅已经把他俩之间的事供了出来。

这个浑蛋。

她长舒一口气，立刻调整了状态。

"谁想嫁给他啊，肥头大耳的。"袁梦心虚道。

"回答刚才的问题。"

"要我看，说不定是薛毅早早回来把人弄死了，再假装成刚到家的样子把我们喊醒。"

有个问题于晴没想明白，四个人怎么会在同一段时间、同一个房间都睡得那么死。

"哎呀，我肚子疼，感冒上吐下泻好几天了。问完没有啊，问完我要去厕所了。"

"她跟薛毅插起刀来倒是互相不客气。"袁梦出去以后，林昊然笑着对于晴说。

于晴笑不出来，她心里一直在琢磨尤美玲脸上的符号究竟是什么。这几个人都表示不清楚，从未见过。

"我们的关系一直不错，我们之间也没有什么仇。我也想不明白，怎么会这样……可能是今天开心，喝多了吧。我不觉得有谁想要她死。这应该就是个意外，美玲太可怜了，怎么会这么不小心。"刘晶晶说着说着，就开始抹眼泪。

"你和袁梦谁先睡着的？"

"说真的，记不得了，我们都喝多了。"

刘晶晶的说辞和袁梦一样，信息量很少，她这样一个平日说话做事滴水不漏的人，警察更难问出什么信息。

最后轮到于晴和林昊然最感兴趣的吴乐，因为死者最后一次在众人眼前露面后，只有她离死者最近——都在楼上睡觉。

吴乐个子小小的，看起来很清纯，模样一点都不像三十岁，更不像一个高级美容会所的老板。坐在警察对面的她看起来像一头受惊的小鹿。

"我在楼上客房躺了会儿，没睡着。听见楼道有人走路，不知道谁上楼了。大概七八点吧，我起身出门，看到尤美玲房门关着，以为她在里面睡觉，我就下楼了。我到一楼的时候刚好碰到苏静茹从地下室上来，我们就一起去起居室喝酒聊天。不过她情绪不高，一直是我在说，大概十点左右吧，我们喝着喝着就和旁边的袁梦、刘晶晶一起睡着了。"

询问完五个人之后，于晴和林昊然发现，每个人都有作案时间。无论是单独行动的苏静茹和吴乐，还是一起喝酒不知道谁先睡着的刘晶晶和袁梦。即便在众人都睡着——十点以后，以死者家中冰箱的超低温，也足以短时间杀死人。至于薛毅，也有机会在十点以后回家杀人。所以就算法医能判断出尸体死亡时间，意义也不大，因为四个女人彼此的盲区太大，而且也不排除集体作案。

这时，同事喊他们去看刚刚调取的道路监控，于晴和林昊然看到，薛毅确实在一点左右开着宾利车回的家，这个时间来不及杀人冻尸，他的嫌疑暂时排除，但酒驾是跑不了了。

死者的四个闺蜜里，一定有人撒谎。于晴心想。

张简醒的时候，黎希还睡得很香甜，像片阔叶在他怀里舒展。窗外的天色朦胧得让他觉得此刻不太真实，怀中绝美馥郁的树叶透着濒临自绝的气息，让他有不断向她输送氧气的欲望。

他不敢想象，昨晚在剧院里用浑厚女低音唱出弗拉明戈乐曲的这个女人，像一阵狂野而密集的雨点，激烈地打穿他涸透的沙田，在木屑燃尽的气味中将他彻底浸泡。雨过之后，天没有晴，他却开始期盼天一直这样阴下去。

张简自己都没意识到，每次回想起一年前和黎希相识的场景，他都会笑得像青春期的男孩。独身至今，他见过不少漂亮女人，但见到黎希的第一眼他便沉沦。他不知道是他们相识的方式为她赋魅，还是她注定是他的陷阱。

她穿过黄昏，低头戴着贝雷帽，冷峻的颈部戴着黑色镂空项圈，保守而温柔的烟灰色针织开衫里，黑色的抹胸缀着低调而典雅的钻石；奢华的威尔士亲王格裙下，是白皙笔直的"罗马柱"；光滑的脚背上，透明的凉拖绑带同时折射着拒绝和渴望。眼前油画般的景象令他想到

《亚麻色头发的少女》。法国诗人的笔下，少女如樱桃，生长在紫色苜蓿盛开的土地上。终于，她抬起眼，昂起下巴，眼神以佯装撤退的姿态向他逼近。

彼此眼神交汇的瞬间，张简感到战栗，可她身旁的罪犯让他不得不镇定。

那是他们刑警大队盯了很久的目标，就等目标罪犯和接头人碰面时一起逮捕。

作为刑警大队的队长，三十四岁的张简显得有些过于年轻。电视剧里的刑警队长要么胡子拉碴不修边幅，要么像个老干部，而张简和两者都不沾边。

他身高一米八六，平时独来独往，穿着讲究，喜欢古典音乐，喜欢独处。他对事物有自己的判断法则，至于其他，正如他的口头禅"别搞没用的"，有空闲时间他宁愿去听场音乐会。

后来张简开玩笑说，自己要感谢把黎希当作罪犯同伙一同押回警局的同事。如果不这样，他们也不会认识。在回想她被抓捕时的情景，他意识到自己为何被她吸引。他看着她平静如常的脸想起德彪西的《月光》，钢琴的空灵和提琴的绵长交织，她如一泻而下的清冷月光，在枪林弹雨中不为所动。他突然明白黎希比其他女人多了什么。

对此，黎希只是笑他，好像喜欢德彪西是一种品位正确。她认识的一些男人似乎不提及德彪西就不敢说自己喜欢古典乐。每当这时，张简总会看着她出神，因为她难得话多。虽然他们已经认识一年，但她很少应约。对于自己的事情，黎希一向很少提及。他只知道她是单身，平日里独来独往，没什么朋友，也没有家人。唯有涉及艺术，她会健谈一些。

没想到最近，黎希突然热情了起来，不仅邀请张简看她西班牙风情舞台剧的演出，还带他回家。

月光抱在怀里依旧清冷，去解读月光，便是亵渎。

时下有个热词叫"纯欲"，在张简看来，这样的词配不上黎希。前者是刻意做作的撩拨，后者是性感而不自知，最为致命。

张简略略不舍地抽出被黎希枕着的胳膊，转身打开手机。

"出命案了，收到回复。"

看到于晴发来的信息，张简猛地坐了起来。他拍了拍额头，赶紧坐起身。

张简轻手轻脚地下床，打算出门再给于晴回电话。出卧室时，他瞥见客厅钢琴旁的鱼缸里，游着两只小小的乌龟。

路上张简一边开车一边了解了初步情况，刚到警局，张简就召集人员开会。

"学长，现场照片、问询录像、基本资料在这里，嫌疑人都还在局里。"

于晴是他的副手，是他在刑警大学的学妹。即便现在是同事，她还是喜欢这样喊他。她发现平时穿着讲究的学长，今天却没有换干净衣服，身上依旧是昨天的黑色衬衫，胡子没刮干净、头发不蓬松、眼睛里有些血丝，像是昨晚没回家也没睡好的样子。只有在局里连轴转的时候众人才能见到张简这副模样。

"让他们回去，派人盯好。仔细调查死者社会关系。"皱着眉头看资料的张简，头也不抬地说。

于晴扭头冲林昊然抬了抬下巴，示意他去办。林昊然有些不高兴，拉下脸转身走了。对张简这个大队长，他一向是不服气的。在林昊然心里，论业务能力、论敬业程度、论同事关系、论群众基础，于晴都比张简更适合做大队长。

张简是有很多优秀的实绩的。比如最近，他就因为无意中瞥了一眼同事手机上的直播，便破获了一起校园霸凌案。直播的画面里，女生大半夜在宿舍披头散发，穿着白裙，桌上放着白色蜡烛，女生的眼珠在诡异地转动。评论里都在笑骂，张简看到她其实是在用转动的眼珠写"SOS"。

原来，女生每天都被同宿舍的女生逼着做一些奇怪的直播，赚到的钱归宿舍的其他女生。如果她不照做，或者敢把事情说出去，就会遭到各种欺辱凌虐。

于晴从大学开始就极其崇拜这个学长。毕业以后能和张简一起工作，还是他的副手，于晴十分珍惜和他一起办案的机会。

看完资料和录像，已经是下午。

张简在电脑前发呆，左肘抵在桌子上，左手摸着自己的左耳垂。他每次陷入思考，都会这样摸耳垂。

他喊来于晴，举着手里的照片问她："死者脸上的红色图案是什么？血？油漆？口红？印泥？马克笔？还是什么？为什么照片和报告里我都没看到物证。"

意识到自己疏忽的于晴忽然紧张，她最怕在张简面前表现出自己的不专业。她强装淡定："虽然没有特意去找物证，但是昨天在场的五个人都搜查过了，他们身上、车里确实都没有发现有可疑的物证，死者家整个独栋里搜查后也没有发现。关键是因为冻霜，法医还不确定死者脸上是什么，我也是想等尸检报告出来……"

"垃圾里呢？"张简问道。

于晴心想坏了，忘记提醒物证科同事红色"染料"是重要物证。

她立即给刑事科学技术研究所打电话，也就是物证鉴定所，找到昨晚到现场的同事。对方说昨天在垃圾里也没有发现可疑物证。

张简打算再去一趟案发现场，于晴随他一起前往。

薛毅不在，他们家的保姆王阿姨在封锁线外焦急地打量着别墅的正门。

"警察同志，到底怎么回事呀？我今天本来都不敢来了，小薛给我加钱喊我来上最后一天班，处理冰箱。那些金枪鱼他想丢掉，说晦气。"王阿姨带着夸张的哭腔，看到警察像看到救星。

"最后一天？"

"对，小薛说暂时不回来住了。"

张简来到步入式冰箱前，里面果然空了，冷冻区已经不再使用，里面开始反味儿。

"阿姨您帮忙看下，这四个女的，常常来找尤美玲吗？"张简给王阿姨分别看吴乐、袁梦、刘晶晶、苏静茹的照片。

"她多一些吧。"王阿姨指着刘晶晶的照片，"她们关系好像很好，其他的都不经常来。昨天小玲说她们姐妹好久不聚，让我准备好饭菜就可以回家了，没想到会这样。"说着，王阿姨又哭了起来。于晴看了眼张简，知道王阿姨在间接告诉警察，案发时自己不在场。

从王阿姨的话里，张简感受到了尤美玲简单的社会关系。素不与外界接触的她，凶手很大可能就在她的四个闺蜜之中。

但有个问题，凶手明明可以把现场伪装成意外，为什么一定要多此一举？人喝多了醉死在冰箱里是绝佳的意外死亡方式，现场又有那么些人帮自己分散嫌疑，凶手为什么一定要给死者画上那个奇怪的符号？

那猩红色的图案看起来像是某种仪式。

《一个母亲的复仇》。"录像里，苏静茹的话在张简脑中徘徊着。

但是很快，他脑子里又冒出了和于晴同样的疑问。四个人怎么会刚好一同在那个时间段都睡得那么死？真的是巧合吗？

"你说，如果这是四个人集体作案，突破点在哪儿？"张简和于晴一边往出走，一边聊天。

"最蠢的那个？"于晴知道，张简和自己同时想到袁梦。

二人从尤美玲家出来时天色已深，待他们抵达袁梦家，天已经完全黑了。

盯梢的同事说袁梦从警局出来后就回家了，回家后一直没出门，可是他们敲了很久的门，都没有人开。

"不对劲，破门。"

门后的景象让警员们倒抽凉气。袁梦住的是一个大开间，一开门就能看到沙发和床。屋子里散发着暧昧的香气，暖色的落地灯光打在袁梦脸上，她面对着门的方向，朝右侧躺着，性感的黑色吊带睡裙凌乱地穿在她身上——准确地说，两个肩带都从肩膀滑落了下来，全身几乎衣不遮体，睡裙堆在腰部。她右手放在胸前，左手夹在腿间。

袁梦的样子不像是睡着，某个熟悉的东西让所有人都相信她已经死了。

她的脸上也被画上了大面积的红色符号。

袁梦死了，脸上大面积的红色图案为她怪异的死法又添了几分惊悚。她的布偶猫跳到床上，对着那红色的东西舔了起来。

林昊然冲上前想抱过那只猫，防止它破坏现场痕迹。谁知那猫躲过他，跳了下来，还碰翻了床头一个装满液体的小瓶子。瓶盖没拧紧，液体撒了一地，技术科同事捡起瓶子一看，是抑菌润滑液。

刑事技术人员上前拍照取证，法医采集死者身上的体液，装入密封袋。

于晴偷偷瞄了眼张简的反应，清了清嗓子："你们看那个图案，像不像……乌龟？"

"好像还真是。"见半天没人接于晴的话茬，林昊然接过话茬，"和尤美玲死的时候一样，脸上都被画了这图案，凶手想干吗？"

张简盯着那只"乌龟"，比对着手机里截取的照片，发现尤美玲脸上的图案似乎也像只乌龟。尤美玲脸上因为冻霜看不清楚，袁梦脸上的图案清晰可见。只是张简发现，这个"乌龟"的笔触、材质、线条粗细似乎和尤美玲脸上的不太一样。

为什么是乌龟？什么人会在人脸上画乌龟？是要暗示什么？

林昊然显然不会想这么多，他只是在一旁嘟囔："按规定时间放人走也不会出事……"

于晴扭头瞪了他一眼，又看了看张简，好在他没听到。

张简正和负责盯梢的同事确认，是否真的没看到有其他人进入这个房间。

结果是盯梢的同事压根儿没看到有人来过，袁梦房间的门窗也都未损毁，更没有被撬的痕迹。

技术科同事提取完痕迹后，于晴走到了袁梦身前。她盯着那个红色的乌龟符号看了很久，突然瞥到床边置物架里，放着一个萝卜丁形状的口红。造型是一款女王权杖，哑光复古红。

于晴戴着手套打开它，发现口红顶端已经呈不规则的弧状，但线条依旧流畅。她闻了闻口红，又凑到袁梦脸边闻了闻，一个味儿。

"拿口红画得乌龟……"

张简发现袁梦指甲上的白色线条，和法医对视了一眼。

"死者应该是中毒了，具体的要回去查验。"法医看出了张简的疑惑，顺便拿走了置物架上的口红。

"太猖狂了，两天内连杀两个人！还是在警察眼皮子底下？"林昊然毕业一年以来，头一次遇见连环杀人案——虽然还没确切证据，但就冲这个"红色乌龟"，林昊然相信这一定是同一个人干的。

"可能是慢性毒药，恰好在今天致命。"于晴说道，"昨晚问询的时候，袁梦有说她感冒、上吐下泻很多天了。她中毒可能有些日子了。"

"那她脸上的乌龟图案怎么解释呢？"林昊然依然觉得这是一起凶手神出鬼没的密室杀人案。凶手如果提前放置了毒药，完全没必要再冒险来这儿给死者脸上画这个乌龟图案。

"谁说她脸上的乌龟必须是别人画的？"身后的张简突然说话。此时他蹲在那只布偶猫的旁边，看它舔着地上的液体。

"嗯……有可能。但是，除了自杀，我想不通让死者'自愿在脸上画画'和'突然暴毙'同时发生的原因。我不相信这是巧合。除非……"

"除非什么？"林昊然追问学姐。

"除非凶手有意引导。"张简依旧蹲在猫旁边，没有抬头。

"那凶手也太无聊了吧。而且，袁梦是被远程催眠了吗？会听凶手的话。"林昊然对前辈们的推断不以为然。

"也许是凶手的杀人'美学'吧。"张简说道。

于晴看学长和自己想到了一起，心中自喜，脸上却依旧保持着冰山面容。她看张简蹲了半天，也一同蹲下，好奇他在看什么。

只见那只漂亮的布偶猫突然倒下，一命呜呼。吓得于晴猛地站起来，连着退后几步。刚刚差点伸手去碰那个抑菌润滑液瓶子的林昊然也起了冷汗。

显然，那瓶子里的液体有毒。

袁梦很可能是用了抑菌润滑液。昨天询问时她说自己感冒、上吐下泻，可能也是已经中毒的表现，只是当时剂量还没达到致死的程度。

凶手提前给袁梦这瓶有毒的抑菌润滑液让她慢性中毒，这不难解释。让人不解的是，凶手再一次宁愿暴露自己也一定要让死者在死亡时脸上呈现这个红色符号，究竟为了什么？

而且……凶手是怎么做到的？

毕竟袁梦怎么看都不像是会在自己脸上乱涂乱画的人。

那么，一定有什么驱使着她这样听话。

看着那只丑陋的"红色乌龟"，张简突然想到了什么。

张简走到技术科同事面前，要过袁梦的手机，果然，如他所料，袁梦一个小时前刚刚给一个最近联系人发了两张照片，一张脸部画上红色乌龟后的特写，一张腿间的特写，同时还有个语音条。张简点开，手机里传出一段呻吟声。在场的人面露尴尬，张简依旧一脸严肃地翻看着聊天内容。

那个人的昵称叫"游坦之"，纯黑色头像，之前的聊天内容都被清掉了，只有今天的。对方一句"老规矩"，半小时后袁梦就乖乖奉上照片和语音，对方即刻转账一万元给她。再无后续。

看样子这种"交易"不是第一次了。凶手为了这个乌龟符号煞费苦心，"游坦之"嫌疑够大。

"这连环杀人凶手的'犯罪美学'……成本也太高了吧……"林昊然看到张简在翻的交易记录里，"游坦之"给袁梦转了几次钱，每次都是一万元，不得不佩服前辈们刚刚的推论。死者还真是被引导着画了这个"红色乌龟",而能"引导"她的,也就只有钱了。

"查。"张简把手机交给林昊然,走了。

于晴看到张简的眼神示意,也跟了出去。

林昊然看着他们的背影,无奈撇了撇嘴。

"学长,我们是去见那三个女人吗?"从袁梦家出来,于晴上了张简的车。那是一辆老式灰色凌志,张简他爸开剩下的。

"有默契了。"张简开车往秦湘路驶去,吴乐的美容会所开在那边。

于晴表面没什么,心里却很高兴。她看起来总和张简一起办公,可是她觉得张简对她的了解少之又少,或者说,张简其实不是很关心于晴是个怎样的人。不过想到张简对同事似乎都这样,她心里多少平衡一些。

张简打开音乐,恰好是德彪西的《月光》。瞬间,那个如月光般的女人一下窜入他脑中。

她此刻在做什么?应该是在舞台上演出吧。

"学长,你记不记得,大学校庆的时候,你在台上弹了首钢琴曲,弹完还有女生给你献花。"于晴的话打断了他。

"嗯……这你都记得啊。"张简不是很想接她的话,于晴说的那个女生,是他大学时的女友。

"当然,送花的陈若颖是我们寝室的啊。"

"啊?"这下没法装傻了,他大学时被女朋友送了顶"绿帽子"的糗事于晴一定也知道。现在想来,好像陈若颖从来没跟他提过自己寝室的人,不然他也不会大学期间都不认识于晴。不过,仔细想想,似乎自己也从来不关心她的朋友是谁。他和陈若颖差两届,他还是学校的大红人,各种忙,哪儿顾得上管那么多无聊的事。

于晴也装傻："她应该很喜欢你吧，每次提起你，都一脸得意。"

"得意？"

"是啊，不知道的，还以为她是你女朋友呢。"

张简尴尬地笑笑，平时他就不喜欢和人聊八卦，除了办公也离同事远远的，就是觉得八卦很无聊。他最烦和不熟的人聊一些有的没的，无效社交，徒增困扰。张简一向欣赏于晴办事利落，思路严谨，和同事相处也公私分明，可是不知道为什么，于晴私下里和他相处话就会多一些，也许是为了多和上司交流吧。不过现在，张简觉得于晴有些打扰到他的独处。

而且，想黎希的时候，也不算独处。

"你这手太粗了，你们老板娘呢？喊她来！"

优柔会所里，一个四十多岁的男客人一把抓住美容师的手，让她停下动作。

美容师抽出手，忍不住翻了个白眼，又立即堆回笑脸："您稍等，我去喊她。"

没过几分钟，吴乐不紧不慢地进来，她一进来就反锁了门，半蹲着从床洞下方瞅了眼，立即招呼道："原来是杨老板，有失远迎，是我们的技师没服务好吗？"吴乐的话明明很世故，但是她的语气十分温柔娴静，着实看不出是个独当一面的会所老板。

"再好都不如你好啊。"男人抬起头看了眼吴乐，立即笑了起来。这个叫杨树明的男人，是吴乐的"老顾客"了。

杨树明看到吴乐在捣鼓那堆瓶瓶罐罐，又放心地把头伸到床洞里，等着吴乐为自己服务。

"乐乐姐，有人找。"助理突然敲门。

"谁啊？这么不开眼，不准去！"杨树明抬起头冲门口嚷嚷着。

"姐，是警察。"助理为难地轻喊了一声，怕声音太低屋里听不到，又怕声音太高被别的顾客听到。

杨树明瞬间爬了起来，诧异地看着吴乐。吴乐似乎早有准备，冲杨树明微笑摇头，让他别当回事。今天上午警局放他们走时，她就做好了警察随时上门的准备。

张简和于晴抵达吴乐的优柔会所前，便打电话叮嘱了盯梢刘晶晶和苏静茹的同事，让他们把人看紧了，千万别再出事。

白天看完问询录像后，张简发觉刘晶晶和苏静茹身上不好找突破口，决定先会会看起来人畜无害的吴乐。于晴打趣他说，这是直男思维，凶手往往看起来都比较人畜无害。

他们便衣上门，想在一个放松的环境和吴乐聊。正好优柔会所旁有个咖啡厅，几人刚落座，张简开门见山地说："袁梦死了。"

吴乐两个胳膊正搭在桌子上，听完这话有些没反应过来，恍惚了一下，胳膊也松懈下来，整个人靠在椅背上，一脸恐慌，眼睛却一直盯着张简："死了？怎么……怎么死的？"

张简拿出手机，给她看袁梦脸上的红色乌龟符号。于晴解释道："尤美玲死的时候，脸上也有红色符号。当时看不清楚，现在看，也像是一只乌龟。尤美玲和袁梦的社会关系很简单，都没上过班，社会上没什么朋友。唯一可疑的就是那天在场的几个同学。你现在嫌疑很大，你知道吗？当然，如果你能提供什么线索，对你是很有利的。比如这个乌龟，你知不知道代表什么？"

吴乐刚刚理直气壮的眼神开始躲躲闪闪。她久久没有吭气，直到眼神开始涣散，思绪似乎飘向久远的地方，整个人局促不安。

"你知不知道你有生命危险。"张简换了种方式。

吴乐忽然坐端正，看着张简吁了口气，点了点头："我说。"

张简和于晴对视一眼，竖起了耳朵。

吴乐似乎又有些犹豫，仿佛她要交代的，是一件沉重到让她透不过气的往事。她低头叹了口气，沉默了几秒，揭开了红色乌龟符号的秘密。

"你们对七中一定不陌生，有名的贵族学校，都说考进那里，就一只脚进了名校。有钱不一定能上，没钱一定上不了。因为七中出了名的难考，学校录取不仅看成绩，也看家庭实力。可总有一些学生家长，明明家里很穷，硬要把孩子送进去。他们以为那是孩子希望的开始，却不知道，也可能是噩梦的开始。"

"您好，咖啡。"

"你继续说。"张简冲服务生点了点头，生怕打断吴乐。

"一开始还好，后来那些家庭条件好的学生开始抱团。他们想出各种奇怪的方法欺负穷学生。七中要求，所有学生无一例外必须住校，于是穷学生们无所遁形，随时随地都可能被霸凌，他们欺凌的方式一次比一次过分，一次比一次残忍。很多人听到'霸凌'两个字，会觉得是小孩子打架，但其实……那是无论怎么呼救都没有回应的地狱。"

吴乐的眼神很惊恐，似乎她曾经就是被欺凌的对象。

"那穷学生就没有反抗吗？找老师？报警？"

"你有烟吗？"吴乐抬起了脸。刚刚回忆时，没讲几句，她就开始一直低头盯着地面。

张简给吴乐点了烟，目不转睛地盯着她。

夜已深，咖啡店除了他们没有人，服务生在吧台忙着算账。

吴乐深深吸了口烟，别在耳后的头发掉了下来，额头的发丝挡住了眼睛，和她的心情一样凌乱。

"找老师没用，老师根本不相信她那些乖学生会做什么出格的事，况且……报警也没用，他们有个组织，叫"杀龟大会"。在那些人眼里，穷学生就该缩起脖子，躲在自己的乌龟壳子里别再出来丢人现眼。他们每次集体活动，都会戴上面具，穷学生更没有证据。有次一个学生报警，说怀疑自己每天晚上被下药，第二天起来鼻青脸肿像是被人揍过，但是宿舍的人集体说他睡觉常常从上铺跌下来，是自己摔的。没证据，警察也没办法，没几天这个学生就退学了。这件事之后，没人再敢报警。他们越忍，那些人就越觉得他们是缩头乌龟，行为也就更变本加厉。每次欺负完人，就会在他们脸上画红色的乌龟。"

吴乐讲完，烟也燃尽了。

张简不知什么时候开始，也跟着吴乐抽起了烟。听完她的话，没有接话。

"所以你怀疑，尤美玲和袁梦……是被当年的人报复了？"于晴听得有些难受。

"嗯。"吴乐端起咖啡杯，终于喝下了第一口。

"你究竟是什么时候学的弗拉明戈，跳得实在是太好了！演出一次比一次成功！我感觉自己看到了男性舞者的力量，又同时看到了女性舞者的柔美。我就说你是十年不遇的好苗子，特别在我们这个小城市。"

话剧院院长蒋亘来到表演后台，他五十多岁，身材高挑，看起来依旧年轻。他明明中规中矩地穿着白衬衫和西裤，但整个人散发着极强的艺术气息。蒋亘十分欣赏黎希，从见她第一面，他就知道她是表演天才。

"谢谢院长。"黎希一边卸妆，一边淡淡地回答道。

黎希在这个话剧院做演员有十个年头了，蒋亘算是看着她一步步成长起来的。

"省里来的领导看了你的演出，跟我说了好几次，觉得你一直演剧场太屈才，你应该走进屏幕里，让更多人看到。省台有个好本子，想让你去演自制剧，这可是个好机会呀。这你总不该拒绝我了吧！你好好想想，你今年三十岁了，留给你做女一号的机会不多了。"

蒋亘一口气把事情说完，生怕黎希打断。他之所以这么苦口婆心，是因为黎希过去回绝他太多次了。他一直搞不明白，别的演员求都求不来的机会，黎希为什么一次次拒绝。

果然，黎希这次的态度依旧不出所料。

"蒋院，我知道您一直对我们很好，也操心我们的出路。特别是我一直没编制。但是我了解自己，我的……性格实在不适合走那条路。以我的资质，能在这演下去，我已经很开心了。我愿意在这个舞台上演到老，没女一号演就演配角，有戏演我就知足，您不用再劝我了。"黎希挤出一个微笑。

黎希目送着唉声叹气的蒋亘离开，听到角落里又冒出一个声音。

"真是傻瓜，求上得中，求中得下，求下无所得，还是年轻啊。"

伴随着打火机"咔嚓"的声音，昏暗的化妆间里，黎希看到微弱的火光。她吸了吸鼻子，闻到了熟悉的烟味。

是阿姐。

黎希走到角落，正是刚刚在舞台剧中演吉普赛女巫的阿姐。

阿姐看起来四十出头的样子，除了蒋亘可能没人知道她的具体年龄，黎希只知道阿姐是外乡人，舞台之外她不算合群，但是也不孤僻。她周围似乎总是缭绕着让人无法靠近的薄雾。

阿姐还没卸妆，烟头的火星映衬着她眼部的金色亮片，烟雾吞噬着小小空间中本就稀薄的氧气，旁边放着刚刚话剧演出用过的"占卜水晶球"，这个景象玄妙得像要立刻开悟。

"如果我是傻瓜，那我眼前应该有个更大的傻瓜吧。"黎希笑着，一句话就戳破了阿姐。她猜，以阿姐刚刚的说法，她背井离乡来到这个小城市走的每一步，都算是"堕落"。

她好奇阿姐的故事，但她永远都不会去问。在黎希心里，她和阿姐蜻蜓点水的交情让她有种安全感。她自己也搞不明白，好像有人的生命比自己更沉重时，自己的灵魂就会轻松一些。倒不是"幸福来源于对他人痛苦的沉思"，而是"当我思考影子的痛苦，我便为他者"。

她们之间将这份忘年交的分寸拿捏得很好，谁也没有提过要下了班去喝一杯还是怎样。有一次，刚来话剧院的女演员向身为女一号的黎希频频示好，阿姐就说过，"永远不要相信女人之间的友谊。"

这一点，自然不需要阿姐来告诉她。

走出话剧院的黎希，瞥了眼医美整形广告的灯牌，那些看似能逆天改命的诱惑在夜色里变得更加放肆。面对这些诱惑，黎希不是没有心动过，只是她早早便决定背负着过往去踏入人生之后的河流，无论那过往是不是浑浊的噩梦。

如果没有那件事，她也许早就如蒋院期盼的那样，年纪轻轻就登上屏幕，成为被更多人看到的女一号吧。

可她没那么遗憾。虽然话剧演员永远是不赚钱的。

黎希下了班常常会去做一份副业——出租时间，角色扮演。其实和张简初次见面的那天，她受雇于罪犯伪装成他们接头人的女人。当时黎希并不知情，只以为是单纯的角色扮演，后来出事了才反应过来。

当"租个女友回家过年"这种看起来似乎不靠谱的事情还没有开始流行的时候，黎希就已经在做"出租时间"这件事了。最早是因为她无意看到国外的新闻，出租时间的公司已经在一些地区变成成熟产业，雇主有"受不了父母催婚，找人扮演新郎结婚"的、"孩子因为单亲不好入学，帮孩子扮演父亲"的、"生日孤独又想晒朋友圈，帮人扮演朋友一起拍照"的……

"出租时间"对黎希来说，除了能让她赚一份补贴，更大的意义似乎是帮助她获得某种安宁。有一次，一位"蹲族"男生在跨年夜那天看到窗外下雪，突然觉得孤单，喊她出来一起看落雪。黎希裹得厚厚的，打车到他楼下，他却穿得很单薄。

常年在家不出门的生活，让他忘了季节的流转。雪夜，两个陌生人用最干净的金钱交易治愈彼此。

这天晚上她同样是应约一个陌生人，对方租她两个小时看电影，只不过是在家里看。

黎希的"可以租时间给你吗"网络店铺里明确标注，需要核实身份信息才可以交易，她倒不太担心坏人，可是晚上去人家里还是挺冒险的。所以她同时标注，这种情况需要客户签同意录音的合同，避免意外。

这次的客户住黎希家的小区，这还是黎希头一次接这么近的单子。

"你好，我叫陈博。"

进门后，陈博没多说话，他放了《海角7号》这部片，两人坐在沙发上安静地看投影。

陈博说，高中时候自己很想约心爱的女生看这部电影，可惜自己连买电影票的钱都没有。

"你和她……长得很像。"陈博依然正视前方。

"哦？"

"只不过她是短发。"

"嗯……后来呢？"

"后来她死了。"他扭过头面无表情地说。

黑暗的房间里，她只看得到他一半的脸。

黎希觉得今天租时间的客人有些奇怪，总说一些奇奇怪怪的话。不过黎希开这个网店以来，接触过形形色色的人，也就见怪不怪了。的确有很多人害怕孤单，但选择找人陪伴就是选择交出一部分自己，在随时会失控的关系前，人很容易滋生出控制欲。

黎希一进家门，衣服都没换，就去厨房倒水喝。今天她嗓子本来就不太舒服，从话剧院又走得匆忙，没想起来喝水。刚刚那个叫陈博的人一杯水都没给她倒。

黎希仰头喝水时无意朝窗外一瞥，从厨房的窗户似乎看到对面楼里有个人也在喝水。黎希一眼就看到了那个人。是个男人，站在没有开灯的阳台上，端着杯子，似乎也在看着自己。

陈博？

黎希揉了揉眼。好像还真是。她回忆了一下，刚刚去的还真是对面那栋楼的顶层。

她缓缓抬起胳膊打招呼，对方没有回应她，转身拉上了窗帘。

敲门声响起，黎希吓了一跳。这么晚也不知道会是谁，怪事连连。

站在猫眼那一边的是张简。她扭头看了眼客厅的表，半夜一点。

还没来得及问，张简的吻就落了下来。

客厅鱼缸里的两只乌龟在身后注视着他们。

对面的男人，又悄悄拉开了窗帘。

张简躺在床上一言不发。

他想起离开优柔会所前，吴乐说的话。

"如果接下来你们打算找苏静茹和刘晶晶问关于'杀龟大会'的事情，还是放弃吧。"

"为什么？"张简不解。

"因为，"吴乐又低下了头，她似乎总是在低头，"她们就是施暴者。"

"你有证据吗？"

"我有证据就好了。"

在张简一行人乘车消失在夜色中后，吴乐忍不住哭了出来。

黎希从卫生间清洗完出来，钻进被窝，搂住张简。她喜欢这种在爱人怀里的感觉，她说不清是什么，也许是当下的寄托，让她可以暂时降落。她知道这种脆弱的寄托毫无安全感可言，但是她早就学会不去担心虚无缥缈的未来。她只珍惜她拥有的。

"这两天连着死了两个女人，而且凶手可能是同一个人。"

张简也许是心中烦闷，对怀中的黎希说起了案子。

"那你怎么知道是同一个人呢？"黎希枕在张简的胸膛，手在对方身上摩挲。

"因为她们脸上都被画了同一个东西。"

"什么东西？"

"红色的乌龟。"

　　黎希手上的动作停顿了一瞬，她感到一股热潮从胸腔涌上面部。她庆幸这一刻张简看不到自己的表情，不然自己一定满脸写着"有事"。

　　"为什么是乌龟？"黎希小心地调整着呼吸，避免自己大口喘气。她强迫自己的手在他身上继续游走。

　　"听一个嫌疑人说，这涉及他们学生时代的事，当年他们就是这样在别人脸上画乌龟的。目前看起来像是复仇，也不排除是伪装成复仇。"

　　黎希感觉自己脸上开始发烫，烤得张简的胸膛也热了起来。

　　"对了，我的小乌龟还没喂呢。"

　　说着，黎希起身，逃去了客厅。

　　张简看着她可爱的背影，不自觉地笑了笑。她傻傻的样子和初次见面时的高冷完全是不同的两个人，有时她会流露出一种后知后觉的钝感，就像错拿了剧本的小女孩，这让张简更觉得黎希可贵——天真但不愚蠢，聪明却不世故。

　　没等到黎希回来，张简就已经睡着。不知过了多久，他听到一阵琴声，在黑白虚境里追击着他。朦胧中他睁开眼，窗帘缝隙里已经漏进来阳光。

　　原来真的有人在弹琴——G 小调巴赫平均律。

　　这是黎希最喜欢的钢琴曲，单调到如数学公式般枯燥，却需要高超的对位技巧。

　　张简起身，走到黎希身旁坐下。

　　"原来巴赫的平均律还可以这样弹？就像……很湍急的河水冲刷过麦田，汹涌而平静，其中的强弱变化又很细腻。很厉害！"

　　张简只知道黎希和自己一样喜欢古典乐，没想到她琴弹得这么好。

　　"那你是怎么弹的？"黎希停下弹奏，露出纯真的笑容。

"那我献丑了。"

听张简弹着弹着，黎希没忍住笑出了声："你是学的古尔德版吗？"

"你怎么知道？"

"哈哈，古尔德版的平均律大概就是……巴赫找厕所。他的断奏就像钢琴烫手，速度又像逼着尿急的巴赫慢慢散步。"

果然，黎希聊起艺术，就会比平时更开心。张简也被她逗笑了。

"哎呀，光顾着聊天，还没去给你做早饭。"

张简即刻拉住她的手把她拽回到怀里："着什么急。"

就在他沉浸在清晨的温存中时，手机响起。

"张队，七中当年44班老师的资料发你了。"

黎希看他依依不舍的样子，踮起脚尖捏了捏他的脸："好啦，我也要去排练了，我们最近要排练一个新剧，可得下苦功呢。"

张简顺势抱起黎希："我送你。"

送完黎希，张简来到解放路西的七中。他昨晚和于晴说好，今天分头行动。她去找苏静茹和刘晶晶，他去找当年44班的班主任。

"您好，我找崔晋红老师。"张简俯身对门房大爷道。

"上课时间不允许家长探望。"大爷头都不抬地看着手机，悠哉地吹着小电扇，寻思着又是哪位家长来送礼。

张简无奈亮出警官证："大爷，我是警察，来了解点情况。"

门房大爷抬起头，赶忙起身去开门。

"大爷，跟您打听下，崔晋红老师在吗？"

"在，她现在不做班主任了，不在主楼，在东楼302，用我带去你吗？"

张简摇摇头，顺着他手指的方向，朝东楼走去。

这所学校张简从未进来过。这里还真是有"贵族学校"的样子，学校大得像个公园，设计上有一种别出心裁的自由感。张简有一种误入艺术设计院校的错觉——虽然这股自由的气息里有种隐约的失控。

深入校园，漫步过很多杨树，张简听到了此起彼伏的蝉鸣。夏天的蝉声，是张简青春时代最美的记忆，可此刻的声音，却让他莫名焦躁了起来。

走到东楼302室，张简看到一个个子小小的中年老师，正在训斥一个学生。

"老师，不好意思，请问您知道崔晋红老师在哪儿吗？"

"我就是，您哪位？"短发女老师看起来很有涵养的样子。

张简看了学生一眼，崔晋红示意学生离开。

学生走后，张简再次亮出证件："我是刑警大队的张简，找您来了解一些情况。"

崔晋红带他进了办公室，她的桌子上放着一摞作业本。

"我不过多打扰，您还记得44班的学生吗？"

"44班？我记得，那是我带过最优秀的一个班。警察同志，到底出什么事了？"崔晋红憨态可掬的样子和刚才训斥学生的样子截然不同。

"没什么事，我只是来了解一些人的情况。"

张简拿出几个人的照片，崔晋红一眼就认了出来。

"这不是尤美玲吗？学习好，情商和她妈妈一样高，听说嫁得很好啊……这个是刘晶晶，和尤美玲形影不离的，这孩子长得就讨人喜欢，学习好还听话。我记得她爸也是警察……"

听到这里，张简皱了皱眉，他有些诧异，但是他没有打断她。

"这个是……袁梦吧？他爸妈是做服装生意的，她是个有灵气的孩子。这个是苏静茹，她父母是钢厂的，她很有个性，男孩子气。这个是谁……也是我们班的吗？有点认不出来了。"崔晋红眯着眼看着吴乐的照片，想不起是谁。

"哦哦哦，想起来了，她们一个宿舍的。她们宿舍六个姑娘都很漂亮。"

"六个？"张简翻了翻手里的照片，只有尤美玲、袁梦、刘晶晶、苏静茹、吴乐。"还有谁？"

意识到自己可能说错话的崔晋红眼神闪躲了一下，她忽然觉得自己刚刚似乎说得太多，都没搞清楚警察找自己的原因。

"哎呀，时间久了我也不记得了，也可能是老糊涂了。因为一般宿舍就三张床嘛，上下铺六个床位。"崔晋红的谎话并不高明，看得出她不想给自己找麻烦。

这个崔晋红在隐瞒什么？

张简一边听她说话一边四处打量。崔晋红是个老派且念旧的人，她办公桌玻璃板下面有毕业合照，其中有一张上面赫然写着"七中 44 班毕业生留念"。

"老师，这个毕业照我可以看看吗？"

崔晋红不太情愿地从玻璃板下面拿出照片，递给张简。

张简用目光搜索着尤美玲等人，试图从当年的照片找出什么信息。其他人他都可以认出来，唯独找不到尤美玲，估计是整容太多了，用网络上的说法就是"换头"。在崔晋红的帮助下，他才找到尤美玲，他凑近看了看，脑袋里"嗡"地一声，随着而来的是严重的耳鸣。他直勾勾盯着尤美玲身后那个人，目光再也无法离开。

那个人是……黎希吗？

照片里，黎希怯生生的，目光里都是惊恐。她的气质和现在自信的样子完全不一样。这是他爱的人，他不会认错。

他看到崔晋红的嘴巴在动，但是又听不到她在说什么，他只觉得窗外的蝉爬到了他的耳朵上，"吱、吱"地大喊着。

张简强忍着惊诧，平复了内心，装作没事的样子，指着黎希问崔晋红："这个人是谁？"

崔晋红叹了口气，不太情愿地说："这……就是那个女生宿舍的第六个人，李清优。"

李清优就是黎希？还是单纯长得太像？

崔晋红的话像一块石头，激起张简心河里无数余波。

尸体脸上的红色符号、钢琴旁的两只乌龟、她对过去的讳莫如深、她对自己的突然接纳、她神秘的气质、她散发的清冷、她眼底的愁红……关于她的一切，此刻都成了动摇信任的饯风。

黎希……

他强迫自己冷静下来，起身走出办公室，给于晴拨了过去。

"你见到人了吗？"张简看了眼手表，八点三十分。

"刚到刘晶晶家楼下。"

"你见了她们，除了问'杀龟大会'的事，别忘了跟她们提一个人名。"

"谁？"

"李清优。"

"李清优是谁？"

"问她们。"

挂了电话的于晴还未意识到，这个名字从此会像一根刺，扎入她努力维持的清白人生。

调整好状态的张简回到老师办公室，看到崔晋红正盯着照片发呆。

"现在可以讲了吗?"张简话一出口自己都心虚,好像刚刚需要整理情绪的人不是自己。

"警察同志,你让我讲什么? 这个学生,上学的时候就让人不省心。后来她妹妹跳楼了,她就退学了,当时离高考就一个月了。你说说,一辈子的前途也不要了。然后就再也没听过她的消息了,跟人间蒸发一样。"崔晋红把李清优的事情一口气吐了出来。

"怎么个不省心法?"

张简的问题倒是噎住了崔晋红。是啊,李清优是哪里让人不省心呢? 那个女生似乎总是安安静静的,从来没有给自己惹过事,难道只是因为她的退学影响了自己班级的升学率? 应该不是,那是什么呢?

与其说记忆会骗人,不如说人善于塑造记忆。在无数个因果碎片里,人们选择了最让自己心安理得的排列组合。

终于,她想起一件足以应对警察的事情。

"早恋啊。早恋也就罢了,还拈酸泼醋,和同学很不团结。小地方来的,就是小家子气……她每天病快快的,挂着一张苦瓜脸,"崔晋红突然想起警察来的目的,"所以这个人怎么了? 不会出事了吧?"

张简瞪了她一眼,不打算回答。

"她妹妹跳楼是怎么一回事?"张简终于回到重要讯息上。

"唉,当时传得沸沸扬扬,都说是姐姐和妹妹抢男朋友,一个害死了另一个。"

"说具体。"

"传言,就是没人真的看到。"崔晋红说得理直气壮,"她们姐妹的家长当时来收尸都没有跟学校闹,再加上李清优放弃了高考,这不是明摆着吗?"

"能带我去她们当年的宿舍看看吗？"

"当年？"崔晋红一脸错愕。

十多年过去，七中的生活老师已经换了几茬，那个时候也没有电子档记录，没人记得她们当年在哪个宿舍。

不过，崔晋红记得——501。

崔晋红带张简去了女生宿舍楼。既然警察不说究竟是什么事，她只好识趣地配合。

见到生活老师，张简忽然明白为什么这个职位不叫"宿管阿姨"。给他们开门的生活老师看起来不到四十岁，举止优雅，穿戴考究。七中封闭式管理，强制所有学生一律住校。学生的作息很紧张，从初一开始便要习惯早上五点起床跑操、六点上早自习、晚上三节晚自习、一周上六天课的生活节奏。这么小年纪就步入集体生活，难免遇到一些生活问题，所以七中的生活老师都有心理学相关背景，和宿管阿姨一样，常年在宿舍一层工作和居住，以便随时解决问题。至于卫生考核等琐事，便是另外的人负责了。

生活老师带他们去了五楼，也是顶楼。崔晋红说这里虽然翻新了几次，但整体结构没变，还是狭长的走廊，每一层有三十间宿舍。

正值学生上课期间，老师开门带他们进了501。这里已经从当年的三张上下铺床变成四个"上床下桌"，宿舍从之前的一间六人变成了一间四人。

"崔老师还记不记得李清优住哪个床位。"虽然知道这几乎不可能，张简还是鬼使神差地问了一句，即便他自己也不知道出于什么心理。

崔晋红指了指一进门左手边的床：" 她住这里的下铺，我印象很深。每次都是她给我开门。而且……"

"而且什么？"

"而且当时这个上下铺对面是宿舍所有人的储物柜，我记得有一次有人告状说她偷了同宿舍女生们柜子里的钱，因为她的床位离柜子最近嘛，能看到她们谁忘记锁柜子，也最方便下手。我没想到长得那么清纯的小姑娘会做这种事，所以我印象很深。"

"也就是说，没什么实际证据。"

这到底是什么样的生活环境？张简回想自己中学的时候，每天就知道打篮球、看球赛、买磁带、看电影……张简想起前一阵自己遇到的"SOS"直播事件，庆幸自己小时候没有遇到这种事。

张简一边沉默，一边看着当年李清优住过的位置，现在这里是一张书桌，侧面还贴着他不认识的男团海报。

张简坐在书桌前，盯着墙面发愣。崔晋红和生活老师面面相觑，不知道这警察在干什么。没坐一会儿，他又弯腰，查看书桌下面。

突然，他发现了什么。他抽出椅子，爬到书桌下面。他看到衣柜靠背那里，似乎有什么凹凸不平的刻痕。墙面翻新时虽然刷过白了，但是没有掩盖住之前刻字的痕迹。那个位置高度正是之前的下铺床面所处的水平高度。他紧张地掏出手机，点开"手电筒"，从衣柜侧面照了进去。发现了完整的三个小字：

活下去。

张简心情杂乱地离开七中。他的车停在红灯前，车载音响又传出德彪西的《月光》，只是这次，他打了个哆嗦，在七月的高温里，汗毛竖起。

突然，张简的车被后车撞了一下。一个开着超跑的年轻男子走过来敲张简的车玻璃，嚼着口香糖，牛气哄哄地问他要不要私了。张简心烦意乱，没空搭理。富二代见张简无动于衷，有些来劲，喊他下车，张简亮出警官证，对方吓得赶紧哈腰。

回到警局，张简还是让手下调取了李清优的基本资料。在今天之前，张简从没想过会以这样的方式了解爱人的过去。

信息显示：李清优，二十九岁，市话剧院演员，十七岁时更名为黎希，离异，育有一女，女儿于一年前死亡，本人无犯罪记录。

真的是她。一瞬间，他明白了她浑身散发的朦胧感，来自哪里。

张简一个人坐在空旷的会议室，胳膊抵在桌子上，两手夹着额头，像是在想什么。门外的于晴看到这一幕，发现原来学长"思考问题时摸耳垂"只是在他保持理性时的习惯。他此刻的样子，纠结得就像是遇到什么人生难题。

于晴敲门进来，张简回过神儿，他也不知道自己在这坐了多久，赶忙问她今天的调查有什么收获。

"我不知道是刘晶晶演技好还是她真的不知情，听说袁梦的事情她又哭了，她的表情与其说伤心倒不如说是害怕。特别是当刘晶晶知道袁梦死时脸上和尤美玲一样，都被画了乌龟。但她坚称自己从来没听过什么'杀龟大会'。说起李清优，她愣了一下，问我是不是见到她了。我问她为什么紧张，她立刻调整表情，说自己好奇而已，毕竟一个宿舍的，当年没参加高考就消失了。我希望她多提供信息，但她就是咬死自己不知情，不愿意多说，我只好让盯她的同事多注意些。"

看张简没吭气，于晴接着说："苏静茹倒是很洒脱地承认自己知道'杀龟大会'，但是她说自己从未参与其中。可一提到'李清优'，苏静茹就没那么淡定了，一直问我怎么会知道这个人，是不是她出现了，是不是她回来复仇了。可我也是头一次听这个名字，所以学长，这是谁啊？是学校的老师说什么了吗？"

张简前倾的身体往后移，整个人靠在椅子上，他还没想好怎么和于晴说，只好顺着她的话接着问："苏静茹为什么提到复仇？"

"很显然，她们当年没少对李清优下手。"

"提起'杀龟大会'，她们当年的班主任，就那个崔晋红，也说不知道。"张简似乎想转移话题，他思前想后，觉得在事情没确认前，最好还是不要把黎希牵扯进来，毕竟技术科同事马上就会查出结果。于晴听到这话，竟松了口气："其实，我刚刚在刘晶晶家里，注意到一张照片，看起来像是一家三口的感觉。照片上除了刘晶晶和她母亲，还有一个男人，那个男人……竟然是潘局。"

"潘局？他似乎是有个女儿，但不是嫁到南方了吗？而且刘晶晶也不姓潘啊。"

于晴抖了抖肩，表示领导的八卦，她不敢议论。

张简决定先不管这些，此刻他只想马上见到黎希。

"技术科有了消息随时通知我。"张简说完起身离开。

到剧场的时候，张简看到黎希还在排练，便坐在观众席等她。他发现靠后的座位上，有一个穿灰色 T 恤的男人，正神情严肃地盯着舞台。也许是演员家属或工作人员吧，张简想。

没过一会儿，黎希就结束了，张简接黎希下班后，那个男人也跟着他们走了出来，看黎希的样子好像认识。

"陈先生？你怎么会在这儿？"黎希发现，是昨天晚上租她时间的陈博。

"没事，路过顺便看看。没想到你是这里的演员。这位是？"陈博看起来不怎么避嫌。

黎希不解陈博的意图，但还是礼貌介绍："这位是我……朋友，张简。"

两个人虽然和热恋中的人毫无差异，但也没明确关系。

说罢黎希又对张简说："这是陈先生，我的一个顾客。"

看张简的眼神写满困惑，黎希小声说："等等和你解释。"

"话说，世界真的很小，我们竟然在同一个小区。"黎希试图打破尴尬。

"巧了不是？"陈博神秘地笑笑，和他们告辞。

陈博走后，黎希和张简解释了她"出租时间"的副业，张简听了只觉得危险，让她以后不要做了。

感觉到张简今天不太对劲，敏感的黎希猜到些什么。选择和他在一起，她就已经做好一切准备。

张简一路面色凝重，在心里反复质问自己：为什么不敢直接问黎希？她是受害者又不是施暴者。我在担心什么？我在做什么假设？

话剧院旁有一家怀旧电影资料馆，经常放一些老电影。今天上映的是《芙蓉镇》，一向大事小事都喜欢征求黎希意见的张简突然主动说，他想看这个电影。

"在我心里，这个电影比《霸王别姬》更好。"

落座后，张简一直盯着屏幕，没有扭头去看黎希。

好像今天，他的眼睛都没怎么看自己。黎希想。

在黑色的空间里，似乎有什么在随着惑人的光线暗流涌动着。黎希只感到一阵熟悉的疏离。

她知道这部电影有一个时刻，他的目光一定朝自己看过来。

"活下去，像牲口一样活下去。"

张简，终于看向了她。

他观察着爱人的眼眸，她正目视前方，沉静如海。

尤美玲死亡当天下午，张简刚从省城出差回来，晚上应约去看黎希西班牙风情话剧首演。他抵达话剧院时是晚七点半，话剧晚八点开演，黎希大概八点三十分出场。尤美玲最后一次出现在众人视线是下午五六点钟，如果黎希想去杀人，理论上来得及。可问题是，尤美玲生日当天，四个闺蜜都没有看到黎希，道路监控也未显示这一天有其他人进入尤美玲的别墅。

除了一个上门做美甲的。

做美甲的？

张简想到，问询录像里袁梦似乎有提到过，当苏静茹在私家影院看电影、吴乐和尤美玲前后脚上楼睡觉时，她和刘晶晶喊了上门美甲的服务。可是，即便多年未见，她们也不至于认不出黎希，他都能从毕业照里一眼认出她，说明她的样貌这些年没太大变化；更何况，她还是活在她们记忆深处的人。不过，如果是美甲师预谋杀人，怎么会准确地预测到她们当中有人要美甲呢？四个人中有凶手的内应吗？具体细节，两个当事人已经死了一个，他还有刘晶晶可以问。

张简和黎希看电影时，满脑子都在纠结要不要对她在尤美玲死亡当日的活动轨迹进行调查。如果眼前的爱人真是杀人凶手，实在是太可怕了。她是以什么样的心态接近自己，又是以什么样的感情面对自己的呢？她还有多少事瞒着自己？这样想着，他更坚定了等技术科结果出来再做决定的想法。在此之前，就尽量靠自己完成对她的"监视"好了。虽然这样似乎有些卑鄙，可这是他能想到的唯一办法。

让自己的内心获得平静的唯一办法。

电影刚结束，张简就接到了林昊然的电话："张队，'游坦之'现身了!"

挂了电话,张简一时情绪复杂。

"我现在必须回一趟警队,抱歉不能送你回家了。"张简和黎希在电影资料馆前告别。

"没事啊,我散步回家。"黎希早就注意到,张简这大半天都是一副欲言又止的样子。

"那你答应我,出租时间的事不要再做了。"张简想到了刚那个怪人,还是忍不住关心她。

"好……"黎希浅浅地笑了笑。

看着张简开车远去,黎希收起了僵住的笑容,面部凝重起来。

郁热的夏夜,窜来一阵清凉的风,她起了一身鸡皮疙瘩。

刚出这条街,黎希在拐角处又撞见了那个奇怪的男人。

"李清优小姐,可以请你喝一杯吗?"

"游坦之"是一个叫杨树明的中年男人——某洗煤厂的老板。据调查,他不止和袁梦一个人有过这种性质的金钱往来,对其他女人他手笔更大。警方找到杨树明时,他正在声色场所忘情释放。

同时,尸检报告也出来了。尤美玲系缺氧窒息而死,袁梦确为中毒而死。证据显示,袁梦死亡时腿间沾了与砷溶液融为一体的抑菌润滑液。凶手引导其进行远程互动的,以金钱为诱,每次都要求袁梦给自己画上红色乌龟。

而杨树明的购买记录里,也确确实实有袁梦家同款抑菌润滑液。同时,警方也发现了他在特殊渠道购买毒药的记录,其中就包括砷。

杨树明有杀害袁梦的重大嫌疑,即便目前动机不明。

"要说杨树明害死袁梦是出于恶趣味，可他怎么看也不像害死尤美玲的凶手啊。但这两起案件无论是死者还是死状，摆明了有关联。"林昊然不解。

"去看看他酒醒得怎么样。"于晴说道。林昊然显然说出了她心里的疑问。

林昊然出去后，办公室只剩下于晴和张简。他自从来了就一言不发，在一旁默默地翻着杨树明的资料。于晴发现，张简去了一趟七中以后，似乎就有些心神不宁。于晴面对学长一向是尊敬和温柔的，否则以她的性格，一定会逼问到底。

"张队、于队，他醒了！"

"学长，我们过去吧。"

坐在讯问室的杨树明有些谢顶，这使他在灯光下看起来更油光满面。他此刻正心虚是哪件事儿被警察抓住把柄了，一听林昊然说是杀人案，而且还是连环杀人案，他反而松了口气，因为这事儿铁定和他没关系。

"警察同志，天地良心，我杨某人违法犯罪一概不沾！该交代的我交代，我前段时间的确丢了个手机，但是我没做的我绝对不会承认，杀人这种违法犯罪的事，我杨某人无论如何都不会做的！我相信警察，不会让纳税人，哦不，纳税大户寒心的！是吧？警察同志。"

杨树明眼看这事儿和自己没关系，理直气壮起来。

"可是你确确实实前后几次给死者转账，难道你手机丢了不要紧，看着钱一次次流出也不要紧吗？"

"警察同志，实不相瞒，给女人买买包，买买衣服，这些小打小闹的钱，我是不管的。"

于晴拿笔敲了敲桌子，示意杨树明严肃点儿。

"所以你的意思是，你有的银行卡，是同时绑定给几个人的，是吧？"

杨树明不知是没完全醒酒，还是在装，听到林昊然的话，举起大拇哥，眼神迷离地说道："小老弟，你挺上道。"

"别在这儿撒酒疯，你到底是不是'游坦之'！"

"有谈资，有谈资，我从这儿出去以后，绝对有谈资！"

于晴生气地拍了拍桌子，扭头看了张简一眼，发现他的眉毛，早已扭成一团。

他在杨树明那些大额转账记录里，看到了吴乐的名字。

"这个吴乐，是优柔会所的吴乐？"林昊然看到资料后，又震惊又兴奋，两个案子的线索总算有了关联。

杨树明不明就里，点了点头。

"你们是什么关系，为什么会有大额转账。"

"男人和女人之间，能有什么关系。"杨树明还是那副玩世不恭的样子。

"别扯没用的，我劝你好好说话。"半天一声不吭的张简突然开腔。

一向有条不紊、讯问从来都是不动声色的张简，在这个阶段就失去了耐心，于晴和林昊然都有些意外。特别是于晴，直觉告诉她张简一定隐瞒了什么。

"我没乱扯，吴乐真的是我的女人，老早就是我的女人了。"

于晴问道："你们是什么时间、怎么认识的？"

"这……"杨树明忽然意识到，自己再无所顾忌，当年那段关系也是禁忌。

"就正常认识的，不记得了，她很乖，听话懂事，还不贪财，后来就成了我的……小女朋友。"

"你仔细想想，你的手机到底在哪儿丢的？"虽然答案已经显而易见，可杨树明提供的线索也很重要。

杨树明这时已经完全"醒酒"，有点局促地嘟囔着："上个月吧，真不知道怎么丢的，应该就是出去玩的时候吧。我好几个手机，其实都不记得丢了哪个，也懒得看该挂失哪张卡，就随它去了。所以你们说有人从我卡里划钱，我真没在意，我还以为我哪个女朋友在刷卡，反正钱也不多。我也说实话警察同志，我那些手机也不会绑定什么要紧的卡，都刷完也没多少钱，所以我压根儿没当回事。"

看来"游坦之"一定很了解杨树明才制定了这个计划。

"所以吴乐怎么了？"

杨树明其实怀疑手机大概率是在优柔会所丢的，甚至有可能就是吴乐拿走的。别人也没有他的账户信息，更别说知道他的密码，给"游坦之"这个新账号绑定银行卡的操作，说不定就是吴乐在替他按摩的时候进行的。

包括刚刚，他也是故意给警察造成一种自己到处采花的假象，避免透露过多吴乐信息的同时，也容易撇清自己和她的关系——如果她真有什么事的话。

当然，杨树明希望她没事。虽说他看待男女关系不怎么严肃，但是要说到"他的女人"，除了老婆也就是吴乐了。吴乐这么多年的温柔陪伴，他对她是有情谊在的。

杨树明不知道的是，单单是他和吴乐有来往这件事，就足以让吴乐担上重大嫌疑。

陈博在电影资料馆附近"偶遇"黎希后，把她带到一间静吧，在她忐忑的目光中点了喝的。这个神秘的男人让黎希不安，不仅因为他知道自己过去的身份，还因为他径自点了两杯红豆奶茶。

她已经很多年不喝奶茶了，更别说红豆奶茶。

想到初次见面时，陈博租她时间看《海角7号》，说高中的时候曾想约心爱的女生看这部电影，可惜自己连买电影票的钱都没有。后来，那个女生死了。

死了？

看着服务生端来的红豆奶茶，她忽然意识到什么。

"咱们这个小地方，找一家能做北海道红豆奶茶的静吧不容易。"

陈博漫不经心的样子有些变态，当黎希想到他就住在自己对面楼的同层，还时不时观察自己，更觉得对方怪异。这些事串联到一起，好像哪里不太对劲。联想近日频频偶遇，她肯定对方是有备而来。

"你究竟是什么人，你想做什么？"黎希恼怒自己平日实在是神经大条，没把这个人的种种行为当回事，被跟踪也没意识到。

"你真的，不记得我了吗？"陈博见对方眉头紧蹙，便放下二郎腿，身体前倾，摘下金丝框眼镜，用他那狭长的细眼凝视着她。

黎希对这个熟悉的眼神感到一阵战栗，紧张地瞥了眼红豆奶茶，再看向那双眼睛时，她才恍然大悟，吓得猛吸一口气，身子朝后闪躲。

红豆奶茶，是她妹妹当年最喜欢喝的东西。

让黎希害怕的，并非仅仅出于这层旧日关系，她甚至对陈博的名字毫无印象，只是无意听妹妹提起过，有人会偷偷给她买红豆奶茶放到课桌。令她震惊的，是这双愤怒的眼睛，在妹妹死前一刻曾在瞳孔燃起大火，快要跳出来烧死参加"杀龟大会"每一个面具后的魔鬼。

"想起来了？"看着惶恐的黎希，陈博更加肯定了自己的猜测，接着挑衅，"是不是记性实在太差，连李清柔的名字也快要忘了？"

果真是为了妹妹。

"你究竟想做什么？"黎希的两手捏在一起。

"我想做什么不重要，你做过什么比较重要。"陈博依旧一副优势占尽的姿态，向黎希暗示着什么。

"我不懂，当年你我都是受害者，你现在这样……接近我，究竟为了什么？"

"哦？施害者不一定有罪，受害者也不一定无罪。"陈博端起奶茶喝了起来，戏谑别人的样子愈发变态。

"没时间听你打哑谜，不说我走了。"黎希抓起包，起身想走，陈博一把拉住了她的手，让她挣脱不得。他慢慢站起身，站在她身后轻声说："姐姐和妹妹还真像，我见不到她，每天能多看看你，也是幸福的。"

黎希感到一阵恶心和恐惧，转身推了他一把，忙不迭地逃走了。

陈博看着她的背影，将手中的奶茶一饮而尽，一粒红豆都没有剩。

前往优柔会所的路上，于晴终于问出了那句话。

"现在总可以告诉我，李清优是怎么回事了吧？"

听到这话，正开车的张简不可思议地看向于晴。看着她那了然于心的神情，他这才意识到自己这一整天的纠结根本没逃过她的眼睛。

也许是她平时话太多，他没想到这次她竟这样沉得住气，她很敏锐，已经悄然洞悉了一切。于晴虽然没有专门前往七中求解，但也从同事给张简的资料里看到了李清优的信息，得知她更名为黎希，是话剧院的演员。

"你……是怎么知道她和我有关的？"

"你从省城回来那天，拒绝我们接风酒的理由不就是要去看话剧吗？看你今天从七中回来以后就忧心忡忡，对这个话剧演员的事情又这么上心，就很容易猜到案子牵扯了你认识的人啊，因为线索不明朗所以你不敢轻易下判断……或者……你们之间不仅仅是认识……"

张简愣了愣，不得不佩服于晴的洞悉力。他不知道的是，这份洞悉不是来自警察，而是来自她多年仰慕他的积累。当然，于晴是失落的，从大学到现在，和张简相识十余年，于晴一直以为他是个独立地活在自己精神世界里的，对感情、世故淡漠的人。可偏偏，他这样一个人竟对别的女人一见钟情了——张简将他和黎希的事和盘托出，表明他没有可以偏袒，而她恰好是当年的受害者。

于晴听后没说什么，只是眼神渐渐黯淡下去。她感到一种巨大的失败。那是即便破不了案，即便被人说嫁不出去，即便张简对她迟迟未有回应，都没有过的挫败。

到了优柔会所，吴乐竟像知道他们要来一般，正在门外站着。她穿着温柔的藕粉亚麻无袖上衣和干练的月白色西裤，披散着齐肩的头发，像一丛与世无争的樱色月见草，在深夜里盛放着自己的幽邃。

"我们可以在这儿谈吗？"

看着前来的警察，吴乐不仅毫无惊慌，反而松了一口气，看到警察仿佛让她得到解脱。

张简点点头，让其他人往后退，只剩下他和于晴，众人就这样站在午夜空旷的街道。

"是你做的？"张简的话里带着疑问，他还是不太相信眼前清纯乖巧的吴乐是策划两起杀人案的凶手。

"是我做的。"吴乐的坦白没有一点犹豫。

"你……一点都不为自己辩驳？"

"没什么好辩驳的。我认罪。"

"认什么罪？"

"杀人。一是见死不救，一是引导自杀。"

"你是说，尤美玲当时是自己倒在了冰箱里，你……你只是假装没看到？"

"是。但即便不是老天爷给机会，我也会亲手结果她。"

不知是事实还是错觉，张简看到吴乐脸上始终挂着笑容。

"为什么杀人？"

"杀人没有为什么。杀龟大会'杀龟'的时候也不问为什么。"

吴乐脸上依旧保持着诡异的笑容。

"你为了杀人，不惜搭上自己的未来？"

"未来……"吴乐低头笑了笑，"我没有未来。"

"什么意思？"

"得了心脏病，活不长了。"

"所以……你宁愿冒着暴露自己的危险，也一定让袁梦在死的时候，脸上也画着红色乌龟？包括尤美玲，明明可以是意外死亡，你也要让她……"

"没错，我要她们用自己最讨厌的方式去死，我要她们为自己做过的事赎罪。"

"这样……你就赢了吗？"

"一个将死之人有什么输赢，我做了她们那么久的'好闺蜜'，她们就该陪我一起去死，反正她们活着也没什么用。"

如果说她之前在警察面前的乖顺是伪装，那么她在杨树明面前、在这些女人面前十余年的隐忍和盘算，实在是演技一流。

"她们究竟对你做了什么？"

"那些事情现在说出来，又有什么意义？只要受过伤害，就永远没有和解。事不关己的人，永远也不会感同身受。"

"你不说出来，怎么知道别人不会理解？"

吴乐又笑了，笑自己竟不知要从何说起。那些伤口要如何示人呢？

她不知道要如何以不做作的姿态告诉别人，那时的噩梦一直延续至今。

记忆里，七中那条阴暗潮湿的宿舍楼道，仿佛通向巨兽的喉咙，楼道两边的白门是怪物的獠牙，口腔里滋生着福尔马林的味道，浸泡着这条暗黑之路。怪兽们跳入可怜之人懦弱的梦中，吸食他们仅剩无多的希望。

那是怎样的青春呢？

她高中三年，床铺几乎没干过；她的水杯里，经常会被掺入奇怪的东西；她入睡时，嘴里也许被喂过虫子；她醒来时，长发就变成了短发……她在黑暗中前行，总有人推她一把；她在阳光下伫立，总会被公开处刑……她不知道自己做错了什么，她只知道自己做什么都有错。不，她什么都不做也是错。从入学起，从和这帮魔鬼住在同一个宿舍的那天起，她就一只脚踏入了地狱。那条狭长的楼道，是她青春黑暗的隧道，是她一生难以摆脱的鬼窟。

让人绝望的是，这些都不算什么。

在离开"鬼窟"的很长一段时间里，她都不敢入睡。因为她不知道会在什么地方醒来。

那次可怕的经历直接让她投降，追随魔鬼。

那是高一的冬天，吴乐被音乐老师选中参加学校每年例行的

"12·9"文艺汇演，和她一组的男生是女生们的"梦中情人"——秦尧。从排练开始，吴乐就被嫉妒之火烧得半死——一个小县城来的乡巴佬，也配和秦尧跳舞？吴乐一边被敌对，一边暗暗得意。那段时间，她每天都做着灰姑娘被王子拯救的梦，似乎忍受的磨难越多，结局就越幸福。直到汇演结束当晚，吴乐在睡梦里被丢进垃圾堆，她才彻底清醒。

那是老式楼房才有的垃圾道，建在每层楼梯的拐角。每次经过它，人们都会捂着鼻子，试图抵挡终年熏天的恶臭。那时还不存在垃圾分类，每层楼的人只需要下半层台阶，把包括汤汤水水在内的任何东西丢进去就可以轻松处理宿舍垃圾。它们会顺着楼道滑落到一层楼体的后面，堆积成一大片，有专人处理。

七中宿舍楼的垃圾堆更加的脏臭，吴乐不知自己是睡得太死还是被下了药，她睡得昏天黑地，等醒来时，还以为在噩梦里。黑暗中，她什么都看不到。一伸手，摸到的都是硬硬软软的固体和黏黏糊糊的液体，脚底似乎被坚硬的铁器划破，有些刺痛，头顶还覆盖着后来被扔进来的垃圾，头发上被垃圾流出的液体浇得半湿。而那些让脖子和脊背发痒的，是正在身上游走的蛆虫。

"啊！！"吴乐发出惊悚的尖叫，在死寂无声的午夜四点。

楼道的声控灯被她喊亮，吴乐划拉掉头顶的垃圾，借着上方窗户透出来的亮光，才意识到自己在什么地方。起初她总以为自己在做梦，一个正常人是无法想象这种境地、无法体会这种感觉。无尽的黑暗似乎要吞噬掉她，但刺鼻的气味和刺痛的感觉让她知道，这不是噩梦！

绝望，泪崩。费尽力气，丝毫无用。她擦干眼泪，等待天明，又恐惧天明——如果此处是地狱，出口便是人间吗？

不知过了多久，她听到楼那边催促同学起床的哨声，是体育老师，看来五点多钟了。她麻木地爬出垃圾堆，不知所措。直到一层收拾垃圾的大爷出现，她似乎才反应过来自己的处境。

这时正值跑操结束，天还没亮。一部分人去食堂打饭，一部分人回宿舍洗漱，没有女生知道楼后的垃圾口发生了什么。只有侧面楼的男生会借着灯光隐约看到这一切。吴乐在惊慌和屈辱中进退两难。她要么选择立即跑开，然后被同学看到自己一身狼狈，要么选择回到垃圾堆里去。惊慌中，她本能地蹲下了身，紧紧抱住自己的身体。

好在大爷立即反应过来，脱下工装外套披在了吴乐的背上，然后装作什么都没看到，转身走了。

吴乐顾不上道谢，趁着天还没亮，赶忙裹紧衣服，借着披头散发的样子，挡住脸，跑到宿舍正门，一口气冲上五楼躲进被窝，蒙住了头。好在舍友跑操结束后，没人再费劲爬五层楼上来，都直接去了食堂。吴乐趁着楼道人走空了，才敢从被窝里出来，去楼道尽头的卫生间清洗了自己。

之后，这件事还是被看到的人当作笑话嘲笑了好一阵，加上始作俑者的刻意散播，吴乐在同学眼中成了一个有梦游症的疯子。但这些对吴乐的伤害远不及在垃圾堆那至暗的几个小时，她的人生似乎自此便触碰了暗礁，永无翻身之日。

"我错就错在，以为成为他们的一员，就可以摆脱噩梦。"

"你是说，你后来加入了'杀龟大会'。"

"是的，包括苏静茹——李清优曾经最好的朋友。"

张简和于晴对视了一眼。

"你们怎么加入的？"

"'杀龟大会'可不是什么人都能加入的。需要一万块钱的入会费，有点像现在的验资，以免‘乌龟’们浑水摸鱼。那个年代，我这种家庭的人，上哪找一万块，光是学费就压得全家喘不过气。”

　　说到这里，吴乐停了下来，沉默几秒钟后，又像是鼓足勇气般接着说道："那段时间，我不停地借病请假，想办法出校门。可是等我终于攒够了钱，才发现入会只是开始。当我不再受到过分的欺凌，我又想要彻底赢得尊重，不再受气……一个人想要融入一个群体，最简单最快的方式就是和这群人达成共识，变成和他们一样的人。但是我不想像苏静茹一样，和他们一起去欺负人。我虽然在深渊，但是我不想变成深渊，我做不到再去给另一个人的人生制造黑暗。于是我只能费尽心思地讨好他们。这个时候我遇到了杨树明。"

　　说到这里，吴乐又笑了起来，不知是总归有过幸福，还是自嘲所谓的幸福。

　　"他能给我很多钱，能给我安全感。"她又开始苦笑。

　　"那……李清优的遭遇和你比起来呢？"

　　"李清优……"吴乐低下头，意味深长地说，"如果我在地狱，那她就在阿鼻①地狱吧。"

　　不知是夜风有些冷，还是没站稳，张简后退了两步，像是差点跌倒。

　　他半天没说话，终于又鼓足勇气问了一句："所以，她也没扛住，加入了霸凌组织？"

　　"她要是加入，她妹妹也不会惨死吧。"

　　"她妹妹究竟是怎么死的？"

————————

① 阿鼻：梵语的译音，即痛苦无间断。佛教指最深层的地狱，是犯了重罪的人死后灵魂永远受苦的地方。

"你很好笑，你为什么不敢自己去问她？"吴乐此话一出，张简和于晴都很意外。

意外她洞悉了张简的软弱，意外她似乎还知道些什么。

"你和她还有联系？"

"她这种软弱的人，当年不敢反抗，像只缩头乌龟一样躲起来，如今就敢了吗？姐妹俩性命和前途都不要了，枉死的枉死，失踪的失踪，人没了还要背负臭名，真正的恶人却可以像什么都没发生一样，活得比谁都好。这就是我们的世界。"

"不管怎么样，你这样的选择太得不偿失了。"

"你也很可笑，不要以为可以轻易了解别人的人生。"

小白兔咬起人太厉害了，一直在身后默默听到整个过程的林昊然终于趁领导们败下阵时忍不住上前。

"你这么做究竟图什么？"

吴乐后退几步，微微歪着头，倔强而美丽地冲他们继续笑着。

"我要的，是让这个世界血债血偿。"

她流着泪，渐渐软了下去。

"不好，她服毒了！"

吴乐倒在地上，嘴里似乎还在哼唱着什么，像月见草的哭声，又像幽灵终于从肉身释放的笑声。

深夜两点的市人民医院，吴乐抢救无效死亡，在她失去脉搏前仍未查明毒素种类，医生只是确定吴乐感染了HIV，接下来的工作要交给法医了。

看起来，她杀人的确是出于"了却心愿"。她利用杨树明的账号购买的那些毒药，为了杀人，也为结束自己的病痛折磨、逃避法律制裁。

"说不定她起初就只是买这些东西给自己用……"于晴看着被盖上白布的尸体，自说自话道。

林昊然头一次目睹一个年轻美丽的生命从眼前消逝，也感慨非常："她早就做好了迎接死亡的准备，所以宁愿暴露自己，也要以血还血，以牙还牙。"

张简一直没说话，像是还沉浸在月见草的香气里。他为自己对黎希的不信任惭愧，为她可能遭遇的痛苦难过，为吴乐的复仇和死亡震撼……各种情愫在他心里翻涌着，久久没有动弹。

"你有没有觉得……案子太顺利了？"从医院出来后，张简才把心中的疑虑说了出来。

"顺利不好吗？或许，吴乐压根儿就没打算瞒天过海吧。"

"可是，她这么视死如归，又何必在杨树明那里走个过场，把他拉下水呢？"张简没想明白这个。

"拖延时间？或者拿他手机买毒药的时候没想杀人，后来临时制定了计划？"

"尤美玲脸上的红色乌龟拿什么画的，袁梦是如何在知道红色乌龟的意义，眼见尤美玲死状的前提下依旧愿意被她摆布的，'杀龟大会'是怎么操作的，她为什么之前从没提过李清优……"

"案子破了就好，你别纠结了。我困惑的反而是作案动机。虽然她得病以后心态有了变化，但我还是觉得这受欺凌和复仇中间的时间跨度太大了……"

"这不奇怪，我之前经手的类似案件，都有相似的特征——几乎没有一起是过激杀人。大多人在年轻时就埋下了仇恨的种子，虽然数十年过去，他们成长为一个看起来健全、健康甚至幸福的人，但她们心里就是有一块别人触及不到的伤口，一直在流血，无法愈合。我年轻时就接手过一个案子，当年侵犯过女孩儿的男人都已经半身不遂住进养老院了，无儿无女更没遗产，没人想到谁会去杀这么一个老人。后来破案是养老院的一个护士，专门为了他去养老院应聘，没几天就在一个晚上悄悄杀了他。"

于晴叹了口气，似乎在为他人的命运叹息。

"人们总认为女性是冲动、懦弱、温柔、胆怯的集合体，可是她们越柔弱、越善良、越逆来顺受，她们就越能积累能量，展现出惊人的爆发力。"张简说着说着，声音越来越低，他想到了自己的爱人。李清优呢？她距离爆发的边界还有多远？如果她察觉了这两起命案，他又该如何向她解释呢？

一旁的于晴思绪游离，想起自己大学时的一些事情。同一个寝室的女生之间……算了，她想都不愿意想。

张简一路上反复思量着自己的言行，会不会有哪些地方让敏感的黎希感到不适。张简有黎希门上的密码，他轻手轻脚地进了卧室，却没看到黎希。他看了看表，凌晨三点。

黎希去哪了？

他打电话，黎希没接。该不会是排练到这么晚吧，他有点后悔没留一个她话剧院同事的电话。

忽然，他想起今天碰见的那个奇怪的男人——黎希曾出租过时间给他的那个客人。

她……不会又去出租时间了吧？

张简从窗户往下看了眼，没发现黎希的小白车。今天早上去七中之前，他开车送黎希去排练，走的时候黎希的车还停在单元楼门口，这会儿怎么不见了？难道刚刚看完电影后，她回来开上车又走了？如果是见客人，不用这么折腾吧？

张简有些担心，他甚至有些不祥的预感。

不会的，不会的，案子都结了。

他坐在客厅的沙发上，和钢琴旁的四只眼睛对视着。他看着这两只乌龟，真想打自己俩耳光。

胡思乱想一通，累了一天的张简不知不觉躺在发上睡着了。

客厅的灯依旧开着，对面楼层的男人看得一清二楚。

迷蒙中，张简又听到 G 小调巴赫平均律的钢琴声，还以为自己在做梦。随着急促而规律的节奏，他意识到这不是梦，赶紧坐起身，揉了揉眼，果真是她。不知什么时候，黎希回家了，外面的天也亮了。

看张简走了过来，黎希没有停下拨弄黑白键的双手，只是冲他笑笑。

这一笑，让张简瞬间卸下思想负担，坐在了黎希的身旁。

一曲弹完，黎希歪头枕在了张简的肩上。

"对不起，让你担心了。昨晚你离开后，我实在不想一个人回家待着，就返回去又看了场电影。"

原来是这样。

"不信我给你看票根。"

"不用。"张简忙拉住黎希，有些心疼她对自己的"交代"，"我相信你。"

黎希听到这句话表情有些复杂，转身接着弹了起来。

"你真的很喜欢古典乐。"张简巴不得赶紧转移话题。他看黎希心情似乎不错，赶忙结束关于"信任"的话题。

"Touch the Untouchable——触摸到碰触不到的地方。古典音乐可以触及灵魂，在那里，我很自由，很快乐，很沉醉。"黎希一边闭着眼，一边灵动地弹奏。

也许面对越是在意的人就越是小心翼翼，生怕一不小心，触碰变成了惊扰。张简决定这个案子彻底结束后，一定要找机会，走进黎希的隐秘角落，告诉她，她可以安心依靠他。

车开到警局，张简被门口的警卫拦住。

"眼花了吗？我的车都拦。"

"我哪儿敢啊张队，是有个姑娘来找你，也不肯进去，就一直在警局门口晃悠。"

"谁啊？"

"就马路对面甜品店门口那个，我说不能在这儿等，她就站马路对面去了，小姑娘长得还怪好看的。"

张简远远地看了眼，没认出来是谁，只好停了车，走到马路对面。

女孩儿十七八岁的样子，绑着丸子头，青春活泼。她看到张简一步步朝自己走了过来，有些害羞，没忍住笑了起来。

"不好意思，你是？"张简看她面熟，但怎么也想不起来。

只见女孩把发带一摘，头发全部披散下来，她故意低下头，双眼瞪着他，张简瞬间想了起来。

"你是那个'SOS'！"

"对！"女孩儿见张简认出了她，开心地笑了起来。

"你……"张简怎么也没想到，当时被同寝室同学逼着直播的女生，短短几个月变得这么开朗阳光，"你有什么事吗？"

"我……我没什么事，我就是来谢谢您。您不知道，当时我完全不知道该怎么办了，才想出那个办法，我根本没抱希望有人发现我在直播里求救。结果，我那么幸运，警察叔叔！是你救了我。"

这是吴乐的故事的另一个版本。

"你的同学……后来没再找你麻烦？"话一出，张简也觉得似乎哪里不对。

"那些欺负我的同学被曝光了，她们的私生活、父母的黑工厂、家里的债务、税务问题，全部曝光，现在她们转学的转学，停课的停课……"

不得不说，这个魔幻的结局也不意外。

看着女孩儿一脸天真的样子，张简突然有些难过。

当年，她们一定很无助。

如果她们能及时逃脱那个"魔窟"，她们的青春也会像眼前这个十七八岁的女孩儿一样灿烂吧。

"警察叔叔？"女孩儿一边绑着丸子头，一边抬头仰望着一米八六的张简，几乎看不出受伤的痕迹。

"哦，没事，我在想，这样的事，源头究竟是什么呢？"

"唉，电视剧有句话叫'打你就打你，还要挑日子吗？'欺负你没有理由，你长得丑会欺负你，长得漂亮会刻薄你，学习好会嫉妒你，学习差会嫌弃你，品位好会孤立你，品位差会嘲笑你……"

"老师就不管吗？"

"您以为所有的老师都能管得住吗？能出这种事的班级，老师一定有责任。"

张简想到崔晋红，叹了口气。他又想到吴乐，赶忙问道："你不会报复吧？"

哪知，一脸欢喜的女生突然变了脸，一字一句地说："也许不会报复，但永远不会原谅。"

第二章

焚舟纪

告别了小姑娘，张简一回局里，就听说领导找他。

"行啊，这么快就破案了。"

"什么事儿啊？潘局。"

张简进屋关门径直坐在潘平升对面。

"案子办得不错，不然时间久了搞得人心惶惶。"

张简一愣，想起刘晶晶和潘平升的关系。

"可我总觉得事情没这么简单。"

"怎么，案子破得快你倒不开心了？有些事情，就是很简单。"

"是'有些事情，可以很简单'吧。"张简侧身坐着，一只胳膊搭在办公桌上，一点都不避讳地看向潘平升。

潘平升看着张简饶有意味的眼神，猜他已经知道了些什么，索性直接说了出来。

"案子也破了，之前锁定的嫌疑人员，监视该解除的解除，我们的人该撤的撤，警力本来就有限，也别打扰人家了。"潘平升说着，端起水杯喝了口茶，免得迎接张简的视线。

张简索性转过身，另一个胳膊也搭在了桌子上，完全正对着潘平升，两眼直勾勾地盯着他。

"得，我自己交代。喊你过来就是跟你交代的。"潘平升被张简盯得发怵，放下茶杯，起身慢悠悠地朝门口走去。虽说他叹了口气，脸上却依旧保持着笑意。走到门口背对张简时，他立即变了张严肃的脸，装作随意地把门反锁。潘平升调整好面部表情，转身又一副若无其事的样子，继续逃避张简的目光。

　　潘平升五十多岁，一向和蔼，职业生涯没有污点，受人尊敬。这又是锁门又是叹气的，想必是要说刘晶晶的事情了。张简又转过身，一手搭在椅背上，等着潘平升开口。

　　"晶晶告诉我，卧室的合照被于晴看到了。想必你们也猜到了我和晶晶妈妈的关系。即便那天没发现，你们也早晚会查出来，我索性就告诉你吧。晶晶妈妈……是我老婆。不过，晶晶不是我的女儿，当年爱萍也就是她妈妈，跟我在一起的时候，就已经带着晶晶了。"

　　看来崔晋红是把潘局当成刘晶晶的亲生父亲了。

　　"她爸是个赌鬼，借了高利贷还不了，跑了。爱萍是我曾经的恋人，之前一个人拉扯晶晶。后来孩子上中学的时候，我和爱萍在一起了，晶晶才慢慢开朗起来。晶晶不是我亲生的，可是和我比亲生的还要亲。乖巧贴心、成绩还好、长得……很像她妈妈，惹人疼啊，忍不住就想对她好。当年她学校的事情，我不了解，直到今天才知道当年发生了什么。小孩子嘛，都有些虚荣心，加上以前被欺负怕了，她在同学面前时不时把自己的警察爸爸搬出来，很正常。久而久之，也就更没同学敢欺负她了，巴结都来不及。"

　　"案子破了，你也为刘晶晶松了口气吧。"

　　"是啊。你瞧瞧死得都是她同学，做长辈的说不担心是假的。"

　　"所以，当年刘晶晶学校有学生跳楼的事，潘局也知道？"

　　"什么跳楼？谁跳楼？"潘平升转过身子问。

　　"那几年就没接到相关报案吗？"

　　潘平升又将头转回去，继续朝着窗外："多少年了都，我们经手那么多案子，哪记得清。"

张简记得吴乐在咖啡店第一次说起"杀龟大会"时，有提到反抗霸凌却"意外"死亡的同学，这种事情，可能不止一两件。

"哦，想起来了，她同学里有个快要高考的女生，她妹妹意外坠楼，她紧跟着也消失了，没参加高考。说起来，这家人真挺怪的，先是姐姐守着妹妹的尸体，不许别人靠近。接着家长来了也一样，不让别人碰他的女儿。"

"这不是记得挺清楚吗？"张简平时跟领导没这么多话，不管是奉承话还是刻薄话。

"唉，关于晶晶的，我不想说太多。刚说记不清是跟你开玩笑的，你也体谅体谅一位老父亲的心情吧。"

"我不觉得好笑。"张简听完，起身走了。

看潘平升的样子，也不像是很愿意谈过去。他知道潘平升刚刚的话一定有所保留，但他已经不指望从他和崔晋红这些人嘴里听到什么真相，还是要找机会和黎希好好聊一聊。不过最近她也是一副很忙的样子，早出晚不归的。

张简到话剧院的时候，见黎希还在台上排演新剧，索性坐下来，看她排练。

他买了束白百合，黎希最近排的戏里，白百合是常用道具，加上她本来就喜欢百合，所以最近张简常买给她，让她开开心心地入戏。

她排演的，是改编自法国民间传说"蓝胡子"①的《染血之室》，

---

① 蓝胡子，英文：Bluebeard，是法国诗人夏尔·佩罗（Charles Perrault）创作的童话故事的同名主角。后用其指代花花公子或是虐待老婆的男人。

是以亨利八世为原型的暗黑童话故事。

蓝胡子是一个有钱的地方贵族，但样貌奇特。由于他有着蓝色的胡子，所以大家叫他蓝胡子。他娶过几个妻子，可是最终都下落不明。周围的人害怕了，不敢把女儿嫁给他。一天，他向一户家人的两个女儿求婚，两个女孩都吓坏了，不敢答应。但他最终说服到这家中的小女儿，让她一起去到自己的城堡，举办舞会，后来小女儿同意嫁给他。

不久，蓝胡子说他要离开这个国家一阵子，把所有的钥匙交给小女儿，告诉她可以随意打开并查看各个房间，但城堡下面最小的那个房间绝对不可打开。小女儿发誓自己绝不会那样做，蓝胡子就离开了。蓝胡子离开后，小女儿产生强烈的好奇心，欲望促使她去打开那个房间。来访的姐姐劝告她，但也无法阻止她。

她最终忍不住而打开了，房间打开后她才发现蓝胡子的秘密：房间里面吊挂着蓝胡子的前几任妻子。

她吓了一跳，不慎把钥匙掉到地上，沾到了鲜血，结果怎么样都洗不掉。她吓坏了，于是和姐姐商量想逃走，没想到蓝胡子提前回来了，发现钥匙上的血迹，明白了小女儿已经查看那个房间，立刻就想杀她。

她求他给点时间祷告，蓝胡子同意了。小女儿与她的姐姐把自己锁在高塔上祷告，正在蓝胡子要破门而入之时，她的两个兄弟赶来城堡，杀死了蓝胡子。蓝胡子没有别的亲人，所有的遗产都归小女儿继承。她把部分财产分给家人，自己找了一位真正的绅士结婚，过上了幸福生活。

不过黎希演出的，是安吉拉·卡特改写的版本，她喜欢这一版本，是因为在故事结尾，蓝胡子要对妻子实施私刑时，骑着马踏过河流救下女主角的，是她的母亲。新娘的母亲在最后关头如战士般持枪策马赶来，杀死了侯爵。

"我母亲十八岁生日那天，曾打死一头肆虐河内以北山丘村落的吃人老虎。此刻她毫不迟疑，举起我父亲的手枪，瞄准，将一颗子弹不偏不倚射进我丈夫脑袋。"

此刻台上表演的，是蓝胡子出行前，要将钥匙交给新婚妻子保管的场景。扮演新婚妻子的黎希正天真而惊恐地对她的侯爵丈夫说：

"那是什么钥匙？打开你心房的钥匙吗？给我！"

"哦，不是，"扮演侯爵的男演员将钥匙高高举过头顶，"不是我心房的钥匙，是我禁区的钥匙。"

男人将钥匙环扣好，摇动着发出声音。然后他把整堆钥匙丁零当啷丢在黎希的膝盖上，透过细薄的棉布，黎希似乎感到金属的凉意，身子竟微微有些颤抖。只见"侯爵"俯身，在黎希额上印下一吻。

"每个男人都必须有妻子不知道的秘密，即使只有一个也好。"

黎希盯着面具，眼神里都是惧怕。

黎希的眼神太有代入感，让台下的张简也跟着紧张起来，他的额头渗出了汗珠。

看到这里，旁边一个五十多岁的斯文男人不由地鼓起掌，那是话剧院的院长蒋亘，之前黎希介绍过。院长也发现了张简，手捧着一本书坐了过来。

"又来看女朋友啊。"蒋亘寒暄着，目光却一秒不离舞台。

"是啊，您拿的什么书？"

蒋亘低头看了眼，摸了摸手中的书笑着说："这个啊，这是黎希的，他们现在演的故事就是这本短篇集里的，这话剧也是她牵头排的。我一开始还不同意，担心老外的童话到这边水土不服，结果你看，多好，嘿嘿，到时候演出，效果一定更好！"说完，蒋亘将书递给张简，接着又推了推金丝框眼镜，继续目不转睛地盯着黎希。不知为何，张简觉得蒋亘的眼神里传达出的，远远不止欣赏。

张简接过书，发现书皮很旧。封面是血红色，像火焰，又像地狱。仔细看，才发现封面的上半截吊着一个红裙子的女孩儿，而封面的下半截是个将剑举过头顶的穿着贵族服饰的男人。

书名叫《焚舟纪》，张简掀开第一页，上面有一行褪色到快要看不见的小字，似乎是用墨蓝色钢笔所写。俊秀的小字像是不满被埋藏了太久，发出一股怨气。在昏暗的剧场，张简也看不太清。他打开手机，用屏幕光照了上去——

"渡河之后，烧掉你们的船。"

排演快要结束时，剧场走进来一个人——那个奇怪的男人，陈博。他也瞧见了张简，撇嘴笑了笑，径直朝他走了过来。

"你还真是热爱艺术。"张简有些不爽，这个陈博，像是长在了剧院，来得这么勤，不知道安了什么心。

"彼此彼此。"陈博的话像是故意恶心张简，恶心完似乎又觉得不够，还在他旁边坐了下来。

"可惜你来晚了。"

"没关系，我是来见你的。"说话间，陈博盯着台上收拾东西准备退场的黎希。

蒋亘见状，以为他们是熟人见面，正好表演结束，便起身跟张简指了指舞台，示意排演结束，他要去后台了。张简冲蒋亘点点头，如果不是陈博突然出现，他也想随蒋亘去后台找黎希。不过现在也好，摸摸这个怪人的脉，看他究竟想做什么。

"聊聊吧，张警官。"陈博又开始阴阳怪气。

"你怎么知道我是警察？"张简有些意外，这个陈博，是跟踪他们了不成？

"我还知道……你的女人是杀人凶手。"

这下，怪腔怪调的陈博终于激怒张简。话音未落，张简就把陈博从座位上拎了起来，死死揪住他的衣领。

"知不知道你在说什么？"张简努力压低的声音依旧迸发出难以抑制的怒火。

"瞧瞧，她还是这么厉害。轻轻松松又让一个男人为她神魂颠倒。"

又是这副"能奈我何"的样子，张简把陈博狠狠摔在座位上。

"你凭什么那么说！"

"凭我亲眼所见。"

剧场的工作人员已经全部撤回后台，空旷的演出大厅只剩下他们二人。张简被陈博的话震惊了——明明刚刚才还她清白；他又庆幸挡住舞台光的自己正站在阴影里，对方看不清他脸上的表情。

陈博坐在座位上，拽了拽被张简弄乱的领子，示意张简坐下。

"你究竟是什么人？"张简平复了一下，终于问出了这个问题。

"我是李清优七中的校友。"

张简没想到会是这个答案，猛地扭头看向陈博。

"只不过，我不是 44 班的。我是 62 班的，李清优他们念高三的时候，我刚念高一，和李清柔一个班。"说到这里，陈博扭过头看向张简，"哦，李清柔你不知道吧，她妹妹的名字。"

不知道为什么，张简觉得此刻陈博的脸上，有吴乐死前那种诡异的笑容。

"你当然不知道，"陈博又接着目视前方空旷的舞台，"她怎么会跟你主动提她。她怎么会有那个心，怎么会有那个胆。"说完，他又笑了笑。

"你知道李清柔的死因？"

"就是大家都知道的，跳楼。但是，在她跳楼之前，她的姐姐，她温柔善良的姐姐，早就浑身沾满了妹妹的血。"

"你是说……你亲眼所见？"

"亲眼所见。"

黎希离开舞台的时候，看到观众席的陈博和张简，他们似乎在说些什么。

她假装慢条斯理地收拾东西，等到后台换衣服的同事都走远了，她又折回舞台，藏在幕布后，看到张简对陈博动粗。她紧张地拽紧幕布。好在俩人又恢复平静，但一点都听不到他们聊天的内容。

他们会聊什么呢？

不知在幕布后站了多久，突然从后台传来声音。

"黎希！哪儿呢！就差你了！"

管理服装的大哥发现只有女主的衣服和道具没还回来，冲外面喊了一声。黎希听到后赶忙回更衣室换衣服。待她还完衣服回化妆间，以为人都走光了，却看到阿姐正红着眼睛，蒋院长在一旁站着，头发和衣服都有些凌乱，俩人像是刚刚扭打过一番。看着他们手中一人握了半张撕烂的照片，黎希似乎明白了什么。慌乱中，阿姐把手中的半张照片顺手夹到化妆台上放着的黑皮本子里。黎希觉得那张照片有些眼熟。

"没事，我的女儿，进来吧。"刚刚在《染血之室》里扮演新娘妈妈的阿姐继续这样称呼着黎希。蒋亘有些尴尬，扶正了眼镜，气冲冲地从化妆间走了出去。

黎希讪讪地走了进来，随即用夸张的话剧腔聪明地接住了阿姐的话："哦，母亲，是你吗？是你来救我了吗？"说着，上前给了阿姐一个拥抱。在此之前，她们其实没这么熟络，可也许是为了缓解尴尬，也许是她们的灵魂同频，肉身便即刻成为旧识。这次话剧，也是黎希向导演推荐了阿姐来演女主那个英勇的母亲。

"是的，我来救你了。"

回家路上，张简一声不吭。他满脑子都是陈博的话。

陈博当年一直暗恋妹妹李清柔。她出事的那晚，他恰好看到她站在楼顶，她姐姐在她身旁，她那双手，支在胸前，像个胳膊举累了的僵尸，一动不动，直到她黑色的长发和夜色融为一体。而李清优站在塔楼天台的边缘，永远地伫立在他十六岁的夏夜里。

这个场景成为陈博十年来的噩梦，李清柔的死成为他解不开的心结。可是张简问起当年更细节的事情，陈博又咬死不说，只说当年他拼命逃离，十年未归。如今出国前夕，他才决定回到这座城市，搞清楚当年的真相，以解开心结。结合他当年的亲眼所见和李清优的心虚表现，他确信李清优就是当年杀害妹妹的凶手，所谓跳楼，多半是李清优伪造的。在得知张简是警察后，陈博觉得老天爷都在帮他。他相信，没人可以忍受自己的枕边人是一个蛇蝎毒妇。

"可是，她杀害妹妹的动机是什么呢？"

"男人，妹妹喜欢抢姐姐的东西，包括男人。姐姐可以让给妹妹任何东西，除了男人。或者，除了那个男人。"

"哪个男人？"

"秦尧。"

这个名字，他听吴乐说起过。

"你在想什么？"坐在副驾驶的黎希突然说话。

张简不敢扭头看黎希。如今月光打在她脸上，他已不敢揣度自己的心绪。

"你……你愿意相信我吗？"不知为何，张简脱口而出的，竟是这么一句。也许潜意识里，他觉得黎希从一开始对他隐瞒过去，就是一种没有安全感的表现。

"那……你相信我吗？"黎希也不知为何自己会问这么一句，话一出口她都心虚得想给自己一耳光。

"你给我相信的机会了吗？对于你我一无所知。你的过去，你的未来……"

黎希知道那段过去藏不住，也没必要藏了。

"好，我全都告诉你。"

"我妈是妇产科医生，在一次给人接生时，产妇大出血死亡，婴儿窒息死亡，我妈被产妇的弟弟捅死。那年我九岁，妹妹七岁。

"我爸酗酒、打牌、揍人，说女孩子没用。

"他会因为我不小心提到妈妈在午夜把我推出家门，更多时候他会毫无理由地说打就打，无论多粗的棍子都可以打断两截。老师同学都习惯了我旧伤未愈又添新伤。我只庆幸自己没有瞎掉聋掉，即使有时候只差分毫。很长一段时间我都有轻生的念头，但为了妹妹我终究没忍心去死。其实我不愿承认的是，我甚至是为了别让爸爸再失去一个亲人。那个时候，我还对未来抱有幻想。

"可能每次他都会挑年龄大些的我下手，所以没挨过打的妹妹还算开朗。我也承担了一部分母亲的角色，早早地学着照顾妹妹，甚至照顾爸爸。妹妹很叛逆，我必须事事让着她。即便如此，她还是会为了好玩，经常故意恶作剧骗大人，就为了看我挨打。但是在外面，她绝不许别人欺负我。

"后来慢慢长大，看着妹妹那么阳光，我深感欣慰，似乎那株绿植的健康有我一份功劳。只是在看到她亲昵地在爸爸怀里撒娇、过马路总会牵爸爸的手、天黑了总可以爬上爸爸的肩，我有一丝羡慕。

"面对暴力，我不会反抗，也不能反抗。我只知道，我不应该憎恨。直到后来，我和爸爸之间，尽是克制和客气。当时，我以为我忍过那几年就好了。没想到升到高中以后，我会继续劝告自己，不要反抗，撑到高考，事情就会变好。

"或许在别人眼里，他一个男人拖着两个'没用'的女儿，增加了他的悲剧色彩。也许他自己都觉得自己是悲壮的。在我们升上高中后，他花了不少钱，把我们相继送到了七中，他一定觉得自己尽到了作为父亲的责任。于是，我离开了那个家。

"如果让我形容七中，它在我眼里更像……一座监狱。七中实行全封闭管理，校训是'求真，做人'。开学没过多久，我觉得校训是如此的讽刺。"

"我不知道我的大脑如何识别痛苦，我脆弱的感官已然分不清那是我一个人的矫情噩梦还是所有人青春的变态原貌。"

"我唯一可以肯定的是，那些和青春有关的美好形容词都与我无关。"

"高中三年，我住在楼道尽头的 501 宿舍。除了我还有尤美玲、袁梦、刘晶晶、吴乐、苏静茹。很奇怪，正好一半富人一半穷人。很可惜，我们没有势均力敌。"

"苏静茹住我上铺，我们住在靠门的地方。刚入学那天，我们就成了同桌。她看我包书皮太慢，在彼此一句话都没有说过的前提下，一把夺过我的书开始快速帮我包。可能从小都是我照顾妹妹，这种特殊的打招呼方式让我瞬间喜欢上了她。她一头短发，很帅气，永远是一副不屑参与任何破烂事的飒爽模样。后来，我们形影不离，一起看书，一起散步，一起分享女生的秘密心事，连硬笔书法课的老师都说，我们两个的字就像一个人写的。"

"挨着我们床铺的是尤美玲和刘晶晶，她们也形影不离，穿得像要出席舞会的名媛，谈论着别人听不懂的明星八卦和流行词。买磁带、追影星、囤杂志、看演出是她们的日常，而你看得懂的只有她们眼神里的鄙夷。她们对面床铺是袁梦和吴乐。和'名媛'的软刺比起来，袁梦要'痛快'得多。她只是让吴乐每天经历一些看得见的'成长'，比如故意摇晃床，不小心洒一盆水到下铺，放虫子到她的水杯，半夜剪短她的头发。这些是我看到的，我没看到的也许更多。"

"我曾替吴乐出头，袁梦就连我一起敌对。一到晚上，住我斜对铺的她就在上铺用手电筒照射着我的眼睛，不让我好好睡觉。体育课的队伍里，她公然大声地和别人评论着我的外貌，让大家看看我的杏仁眼有多丑。她还嘲笑我的英语发音，不认识名牌……我既无奈，又觉得她低级。吴乐向生活老师求助时，老师用细细绵绵的声音教授她的方法是：置之不理。她优雅地推着眼镜说，置之不理对方就会气急败坏，觉得无趣就不会再找麻烦。我意外地发现，生活老师的方法对付袁梦这种人竟然很管用，那也是我应对父亲的方法。可惜，我低估了来自同龄人的恶意。"

"不知什么时候，学校出现了神秘的'杀龟大会'，那是一帮戴着魔鬼面具作恶的同学，在摄像头拍不到的角落，时不时搞一搞'缩头乌龟'。他们全部由学校的'上流阶层'组成。对他们来说，七中的高门槛没有筛掉那些讨厌的穷学生简直让人无法忍受。"

"当有一个共同讨厌的对象时，人们之间会变得更加团结，作恶都可以变成'正义的审判'。"

"在接连欺负了几个学生之后，他们的目标对准了我。"

"如果说之前那些穷学生'死'于考了年级第一，'死'于'令人作呕的体味'，'死'于'嘴巴太贱'，那么我，大概是'死'于'发育太好'吧。"

"妈妈去世后，小姨会偶尔照应我们。小姨知道我上了封闭式学校，知道我从小发育就快于同龄人，她选了些内衣邮寄过来。那天，我一进门，就看到被拆开包装的内衣内裤洒满了我的床铺。伴随着其他人的讥笑，我满脸通红地收起它们。"

"十六岁，胸部竟然可以这么大，大家都穿小背心，她就 D 罩杯了，好恶心。"

"听说，越放荡的，胸部就越大。"

"连国都没出过的土鳖好意思当校花？七中丢得起脸，我可丢不起这人。"

"什么出国，省都没出过吧。村花还差不多。"

"哈哈哈哈……"

……

"自从高二和秦尧坐了同桌，我就成了她们集体攻击的目标。"

"'秦尧给李清优讲了道题'，我的课本和练习册会不翼而飞。"

"'秦尧和李清优说说笑笑'，我的柜子会被撬开。"

"'秦尧送李清优巧克力了'，我的照片会被恶意 PS 张贴在公示板上。"

"我羞于和他们辩驳，也不想和他们牵扯，我谨小慎微地走着每一步，我告诉自己，只要往前走一步，日子就往后退一步，那些恶意就会离我远一些。"

"直到……有同学说看到我出去开房。就在他家开的酒店，前台还登记了我的身份证信息，我才发现自己刚刚办的身份证不知什么时候也被偷了。"

"从那天起，真正的地狱来临，我的生活开始一步一步走向不可收拾的局面。"

"有人和班主任打小报告，说我勾引秦尧，季岩松和老师说他不怕被打扰，让我教他提升语文，老师便换了他来坐我旁边。"

"上课的时候，他常常一只手托着腮，一手指握着笔，面向我侧坐着，直勾勾盯着我，说一些莫名其妙的话，做一些下流的动作。"

"接着，我收到奇奇怪怪的'情书'和莫名奇妙的告白。"

"一个平时腼腆的男生也来跟我表白，原因是'他们说你比较好追'。

"如果我生气，他们会说'装什么纯洁'。"

"女生中间发明了'游戏'，她们开始流行往写有我名字的圆圈里吐口水，说这样就能淹死'小人'。"

"回到女生宿舍，不知谁给 501 门口安装了一个粉色灯箱，上面写着'清优发廊'，我们宿舍中，除了苏静茹和吴乐，她们挨个扇了我耳光。"

"我几度怀疑自己生活的场所，真的是学校吗？"

"这里，真的是名校吗？"

"为什么我明明保持着贞洁，却感觉自己像一个行走的妓女。为什么我明明和他们一样穿着校服，他们看我的样子就像我没穿衣服。"

"我去找班主任崔晋红。她只说，让我不要影响其他人学习。"

"我没有招惹他们，被欺负的是我啊。"

"他们怎么不欺负别人就欺负你？"

"您怎么知道没欺负别人。"

"那怎么别人没事就你金贵？"

"终于，该来的还是来了。"

"学生里暗暗举行了'情话大赛'，他们私下传着一块白色的画布。上面写的、画的都是污秽不堪的内容，而其中唯一的女主角就是我……"

"他们不止要'杀龟'，还要诛心。"

"又是一个意识模糊的夜晚，我感到无数手电照着我，我看不清手电后面的人，只知道他们每个人都带着魔鬼面具。迷蒙之中，一个带有獠牙的青色面具出现面前，是张愤怒狰狞的脸，看来他是'情话冠军'了。我绝望地叫喊，却发不出任何声音。像坠入深海，我只觉失重和窒息。"

"等我醒来，发现自己正躺在 501 的床铺，我侥幸地幻想昨晚只是一场噩梦，可惜身体的疼痛无比真实。当我出门，宿舍楼道的墙上贴上了各种照片，我像参观自己的影展般走下楼。我一节一节地踩着楼梯下楼，就像从一层地狱下放到另一层地狱。"

"楼道拐角处，我看到清洁阿姨正一边骂一边撕，她看到我鬼魅似的突然出现，吓了一跳。"

"我走到电话亭，准备报警，崔晋红一把夺过我手中的线。她大骂，告诉我无论如何也不能让警察到学校。即便警察来了，没有证据，什么也查不到。她让我想想名誉，想想家长，想想高考，想想前途。"

"回到教室，崔晋红连假模假式的发火和警告都没有，全班同学像什么都没发生一样刻苦早读。好像他们是脊梁骨板儿正的莘莘学子，而我是什么浑浊的东西混进来了。他们发出统一的"嗡嗡"声在读着什么，而我只觉得耳鸣。"

"我笑了，是我玷污了名校。是我污染了这帮学子。"

"不知道是不是曾经遭遇的挫折太多了，我竟没有生出轻生的念头。"

"那件事之后，他们也许被警告了，收敛了许多，直到妹妹入学。"

于晴在吴乐死后，曾对张简说，精神上的崩塌很难讲出来，无论是出于不会还是不能，那种冰山下的负重很难示人。有些苦痛即便鼓足勇气说出口，没经历过的人也会觉得无关痛痒，耸人听闻。

此刻的张简便是如此，他不敢相信黎希所讲的事，是真实发生在她身上的。他尽力从黎希的描绘里捕捉她过去的碎片。她说钱包被偷，他联想她没钱吃饭饿肚子的样子，想到毕业照上那个枯瘦如柴眼神胆怯的少女；她说她被拍了威胁照片和视频，他想到蒋亘曾说过她一再拒绝上镜做演员……原来她没有一刻不活在恐惧里。

不知不觉，天色已晚。从话剧院出来时，只是半夜两点多。月光洒进车内，照在黎希清冷柔和的脸上，即便她此刻正毫无力气地瘫靠在椅背上，也消弥不了她英气之中的几分甜意。张简多次剖析过自己爱上黎希的原因，他想不出别的更恰当的理由，能解释她对他的珍贵。

张简怜惜地握住她的手，一把将她搂了过来。看着她揭起伤疤、褪去神秘后的落寞，张简瞬间明白她对自己隐瞒过去并不是出于什么阴暗的目的，而是对苦痛的无从述起。

关于她曾经的那段婚姻，他不是不好奇，只是他实在不知如何向她解释自己曾背后调查过她这件事情。

"所以在这样的情况下，你妹妹还是入学了吗？"

黎希听后叹了口气。

"是的。她初中毕业的时候很兴奋。我不知道该如何袒露自己的遭遇，所以他们一直不知道我经历了什么。我有阻拦，但她还是来到了地狱。我只好侥幸劝自己，低年级没这么恶劣，且大部分学生都安然无恙，也许是我自己的问题。"

"你一直是这样暗示自己的，从被父亲打开始，你就不允许自己憎恨，所以才一直逆来顺受，是吗？"

"我该憎恨吗？憎恨有什么用。"

"你……想过报复吗？"

黎希知道张简在担心什么，故意吓唬他："怎么报复？杀人？"

被看透的张简有些羞愧。不知为何，明明"杀闺案"已经结案，吴乐是凶手确信无疑，他依旧觉得漏了什么。

张简搂紧黎希，在她脸上吻了下去。他用额头抵住她的额头，似乎如此，就可以给她更多爱。

"直到我妹妹自杀，我才恨自己为什么不早一点离开那个地狱，我以为忍到高考就好了，为什么那么软弱……"

张简正不知道怎么跟黎希提她妹妹的死，听她这么说，他便将白天陈博讲的事情说了出来。

"所以，你妹妹出事的时候，你们都在场？她究竟为什么会跳楼？"

黎希紧张地提了口气，就在她不知道要如何对张简解释那段她努力隐瞒的往事时，他的手机铃声响了，是黎希喜欢的巴赫。

张简不耐烦地摸出手机，一看是警局同事，像是出事了。他接起电话，右手从黎希身上离开，搭在了方向盘上。

突然，张简不知听到什么内容，惊恐地看向黎希。

"好，我这就过来。"

黎希问张简怎么了。

他盯着她的眼睛："蒋亘死了。"

黎希想到下午她在化妆间看到的场景，有了不好的预感。

"在哪死的？"

"你们剧院。"

"你现在要去案发现场吗？"

"嗯。"

"能带上我吗？"

张简想了想，黎希也算死者的密切接触者，免不了调查问询。

剧院门口围满了人，警戒线已经拉起，演出自然也取消了。进入剧院，黎希发现所有今晚要参与演出的演员和工作人员都在场，除了黎希。

黎希此刻正在化妆间，隔着隔离带，盯着躺在地上的蒋亘出神。

蒋亘死在了这里，死在了阿姐的"脚下"——阿姐今天就是站在这里，红着眼睛像是刚刚哭过。

蒋亘死于失血过多，被发现的时候已经是下午六点了。在这之前，没人发现紧闭的化妆间里有人，或者说，在这之前，剧院没有人。中午排练新剧结束后，大家都回家休息了。晚上七点要表演的同事提前来剧院化妆，进门看到尸体就开始尖叫。

蒋亘的金丝框眼镜已经歪到了一边，他的手指停留在捏东西的状态，可是手里空无一物，看起来像有人从死亡后的蒋亘手中拿走了什么。让在场的人震惊不已的，是蒋亘空无一物的裤裆，他的白衬衫被血迹染红。

"凶手割掉了死者的生殖器，太残忍了，什么仇啊……"于晴悄悄凑到张简耳边说。话还没说完，于晴就发现了学长身旁的漂亮女人。她仔细打量了对方半天——想必，这就是让张简欲罢不能的李清优了。

张简起了一身鸡皮疙瘩，他意识到，两起案子的死者，都和黎希有关。

黎希瞥了眼阿姐放黑皮本的地方，本子不见了。

中午她撞见蒋院长和阿姐的争执后，蒋院长就转身出了化妆间的门。和黎希说了几句话后，阿姐也离开了，化妆间只剩下黎希自己。她鬼使神差地翻开了阿姐刚刚匆匆塞在角落的黑皮本，里面夹着半张照片。果然，真的是她。即便照片被撕得只剩下一半，她也认得出来。照片里的她是齐耳短发，笑得明媚烂漫。

前几天已经入伏，现下正是闷热的时候。现场血迹过多，本就不大的屋子里气味早就难闻了起来。黎希盯着尸体看了会儿又走了出去，心神不宁地靠在过道的墙上。

张简看到黎希紧张的样子，想追出去看看情况，于晴叫住了他。

"有个事，我正想跟你说。"

"说吧。"

"我们今天在吴乐家、杨树明家都展开了搜索，没有发现剩余的毒药。吴乐买的毒药还没用完呢。"

其实吴乐死的那天晚上，张简说的话于晴全部听进去了。她越想越觉得学长的质疑没错，案子的确破得太顺利了。

只要仔细想想，就知道吴乐显然只是拿杨树明当幌子，造成一种自己用心作案的假象。其实身患绝症的她连死都不怕，又怎么会多此一举拉杨树明下水？他有没有作案，一查便知。她拖延那一点时间，图什么呢？而且……她死得也太着急了。

于是于晴也开始怀疑，吴乐的案子也许没有那么简单。只是她不知道问题出在哪里，同时也没来得及找学长聊，话剧院就又发生了命案。

眼前的案子让张简刚沉下去的心又动荡起来。他何尝不知道"杀闺案"还有很多可以深挖的空间，可是吴乐的畏罪自杀，给调查工作按下了暂停键。

活到三十四岁，张简一直以为自己算一个好人、一个称职的警察，他也自认不是为爱冲昏头脑的情种，可案子也许牵扯到黎希时，他真的在犹豫。

张简盯着门外的黎希，那个美丽性感的女人，那个天真纯粹的女人，那个即便袒露了过去却依旧神秘的女人。

"学长？"于晴叫"醒"了张简。

"哦，先询问吧。我先不过去了。"

于晴看了眼黎希，撇了撇嘴，带林昊然去隔壁屋挨个喊话话剧院的工作人员做笔录。

"你怎么了？"

"我……我没事。我就是想不明白，谁会这样对蒋院长。"

张简用手安抚她的背，一向不爱出汗的她，衣服竟湿透了。

这时，一位臃肿的妇人慌忙赶来。她上身穿着玫红色的大 T 恤，下身是深灰色碎花裙，头上别着绿色的鱼骨大发卡，喘着粗气艰难地跑到警戒线前。

她似乎对这里很陌生，楼道里站着很多工作人员，堵住了门，她不知道该进哪一间。

直到看到黎希。

大汗淋漓的妇人呆住了。她看黎希的眼神就像蒋亘和阿姐第一次见到她时的眼神。只是如今，黎希终于明白这种眼神代表了什么。

"您是？"张简俯身问道。

惊慌的妇人瞬间哭了出来："我是蒋亘的老婆，他在哪儿？"

张简抬手指了指化妆间。

没过几秒，身后传来锥心刺骨的哭声。

此时技术科同事已经采集完痕迹，妇人死死地扒着警戒线外的工作人员，声嘶力竭地哭喊，好像这一刻，蒋亘终于完全属于她。

旁边围了一圈话剧院的同事，不止黎希，很多人都是第一次见到蒋院长的老婆。平日里，蒋亘从不让她来单位，所以大家都没有见过她。

等妇人终于哭够了，又忍不住盯着黎希看了半天。

"我脸上有什么东西吗？"

妇人心虚地说："没有没有，不是，我没事。"

这时，隔壁的于晴和林昊然也询问结束，让话剧院的工作人员都撤离后，她来找张简回话。看到黎希，她欲言又止。黎希意识到，下午最晚离开话剧院的自己也是嫌疑人，便去门外等他。

"根据管理服装的工作人员说，李清优……"

张简下意识地瞪了于晴一眼，于晴赶忙改口："李希……黎希，黎希是吧？"

张简收回刚刚的表情，没好气地点了点头。

"黎希是下午最后一个来还服装的人。"

"然后呢？"

"然后这个老剧院的后台没有监控。哦对，门房大爷说，中午最后一个走的不是黎希，是一个叫阿姐的人。我们刚刚没看到她，电话也联系不上她。结合技术科同事推测的死亡时间和蒋亘最后出现在众人面前的时间来看，中午最后离开剧院的黎希和阿姐都有重大嫌疑。她们两个比其他人离开的时间足足晚了半个多小时。"

"这么说，我也有嫌疑。"

"哦？学长中午也在啊。"于晴装作刚刚才知道的样子，作出夸张的意外表情，"也是，刚刚破了大案，正是有闲暇时间陪女友。"

突然，张简想到下午来剧院的，还有个人——下午和自己起冲突的陈博。

心烦意乱的黎希走到空旷黑暗的演出大厅。

观众席一点灯光都没有。

黎希坐不住，借着舞台上的微光一排一排地在座位中间踱步，像在找寻着什么。

终于，她踩到了什么。是陈博。

陈博躺在那里，瞪大眼睛。众人发现，从舞台到陈博最后停下的地方，中间都是血迹。

他的死法和蒋亘一样，都是失血过多，被人割掉下体。

案子诡异了起来。

于晴看黎希的眼神，就想在看一个谜团，怎么这么巧？从"杀闺案"到"剧场案"，每个死者都和她有关。眼前这个，尸体还是她发现的。

工作人员正在后台调取话剧院观众席的监控视频，话剧院其他人已经离开。刑警队技术科同事也已检验完毕，演出大厅观众席只剩下张简、于晴、林昊然和黎希四人。

林昊然靠在前排椅座上，双手叉在胸前，用一副见惯了连环凶杀案的口吻，打破了安静和弥漫在空气里的尴尬。

"很好，上个案子专杀女人，这里的案子专杀男人。"

张简看了林昊然一眼，忽然觉得自己两腿发软，赶忙扶住了前排的椅背。

林昊然还不知道张简女友和他口中四个死者的关系，只觉得他们这位人高马大的"文艺"大队长谈恋爱后智商直线下降，整个人看着心不在焉。学姐还总说自己是呆头鹅，他倒是看张简越来越呆了。比如现在，人僵在那里，魂儿跟飞了似的。

"两个案子，一个往受害人脸上画乌龟，一个割掉受害人下体，这是什么规律呢？"林昊然见没人说话，又继续分析。

于晴瞪了他一眼："让你说的，俩案子一个凶手做的似的。那个案子都结了好吗？"

对于"杀闺案"于晴心里还有质疑，但当着黎希的面她不想说太多。

面对三个警察，黎希觉得有些压抑。她不知道自己是不是要继续回避，只好对站在尸体那头儿的张简说："我去外面等你。"

"不用！"一直低头思索的张简突然抬起头干脆地回道。

看其他三个人盯着自己，张简咽了口唾沫，紧张地眨了几下眼，逼自己直视黎希的眼神。接着，他故意用一种稀松平常的口吻说："黎希，你是不是该讲讲陈博和你妹妹的事情了。"

说完这句话，张简就立即移走了目光，这是他不想又不得不做的。

黎希知道，张简开始怀疑自己了，这也在所难免。这些天，陈博的纠缠被他看在眼里，下午的时候陈博似乎又跟他说了什么。想想陈博带自己喝红豆奶茶那天说的话就知道，他的死因和李清柔肯定有关。虽然蒋院长的死因张简还不清楚，但这几起案子似乎都和她脱不开干系。

黎希也知道，张简算是给自己留了面子，没有说更露骨的话。但是她实在好奇陈博对他说了什么，便没有踩张简给的台阶。

"我妹妹和陈博有什么事？"

黎希有些赌气地问。她理解张简的怀疑，但是有些生气张简当着这么多人的面问她……问她痛苦的往事。

"他今天跟我说，他亲眼看到李清柔跳楼之前，你在旁边。"

于晴发觉心里散落的某些碎片巧妙地连接了起来，脸上逐渐露出讶异的神情。

"什么？你说她妹妹叫什么？"于晴扭头冲张简问道，而不是冲黎希。

"李清柔，怎么了？"

于晴的脑袋"轰"地一声，似乎找到破解谜团的密码。

她一直对吴乐的会所印象深刻——优柔会所，因为她觉得这名字取得实在是很好，勾人又不媚俗，隐隐约约暗示着里面温香软玉别有洞天，可计较起来，也是一个可以大大方方说出来的招牌。于晴一直觉得吴乐的会所名实在特别，但不符合吴乐的气质。

今天，于晴终于"破案"了。那会所的名字，就是李清优、李清柔姐妹的名字。

可是，吴乐为什么要用她们姐妹的名字呢？即便曾经是好朋友，也不至于此。难道……她们之间有着某种特别的关系？

不过于晴知道，想要找突破口，仅仅是这个有点牵强的"密码"还远远不够。所以她此刻不想打草惊蛇。

"没……没什么，就是刚没听清，好奇了一下，你接着说。"

旁边的林昊然听到这里，不觉站直了身子——难怪队长刚刚一言不发，原来背后有这么多他不知道的关联，什么都不知道的"呆头鹅"竟是自己。

不过，林昊然对张简也生出一股敬意。他差点以为队长是追逐浪漫的文艺中年，没想到在"法"面前，他这么不留情面。

此时，焦灼的气氛混杂着血腥的味道，每个人的身上都闷出了热汗——大家都在等黎希的回答。本来她有些紧张，可被于晴打岔的间隙，她镇定了情绪，坚定了信念——保守那个对前夫都没有说出过的秘密。

尤其在这样的情境下，她更不想说。

"我妹妹死的时候我不在场，陈博在撒谎。"

死无对证。

张简有些后悔自己刚刚的冲动，但也终于松了口气，即便他不知道究竟谁在撒谎。

这时，后两排的座位上突然传来震动声，随即众人看到了手机屏幕的亮光，那大概是陈博的手机。

办案的警察从后台跑到舞台上，冲他们喊道："监控调出来了！"

监控里，只见陈博艰难地从舞台跳下，半跪半爬地向观众席挪动着。看样子，像是遇害后想要叫救护车或者报警，回座位寻找自己落下的手机。

视频里全然不见凶手的影子。

随后，张简对黎希进行了问询，黎希如实交代了蒋亘和阿姐在化妆间的争执，但那个夹着照片的黑皮本，她只字未提。

因为照片里的人，是她妹妹。

看到照片的瞬间，一些答案在黎希心里得到了印证。

比如阿姐和蒋院长的情人关系。

比如……那个害死妹妹的男人。

"剧场案"性质恶劣，刑警大队即刻对重大犯罪嫌疑人万雯娟进行调查和抓捕。

黎希这才知道，阿姐的名字是万雯娟。

但此刻她无暇顾及太多，因为张简，她的爱人，亮出了手铐。

张简用手铐将自己和黎希铐在了一起。

银色的戒具套上黎希手腕的时候，她竟有一种对方为她套上指环的错觉，特别是他在另一端也将自己铐牢，她感到两个人在进行着某种神圣的仪式，她甚至感到一种认可，一种归属。从未真正做过谁的新娘，也没有戴过婚戒的黎希竟闪过一丝幸福的幻觉，随即露出让人迷惑的笑容。她知道，与这种幻觉对应的，是现实的裂痕。

这个女人不简单。于晴心想。

"你好，我叫于晴。"

张简无论如何也没想到，两个女人在这种吊诡的方式下做了自我介绍。

黎希笑得更加灿烂，她又何尝看不见这个女人瞳孔里燃起的焰火。

"名字真好。雨过之后，就是天晴。"

就这样，他们带着"白金手镯"手牵手走出了话剧院，像往常那样。

外面不知何时下起了大雨，地上已经蓄起了坑坑洼洼的小水池。黎希仰起头，任雨冲刷。张简赶紧去车里拿伞。待他们撑起伞，黎希已经被淋透。

张简的心像桑拿房的火山石，一边被淋一边被烤。他一把抱过黎希，想说句抱歉，却怎么也说不出口。

憋了半天，张简终于说出那句："回去吧。"

上车前，张简解开了手铐。车子启动，音乐自动播放了德彪西的《月光》，黎希立刻关掉了。

一路上，湿漉漉的两个人都没有说话。黎希只觉得冷，尤其是被雨水浇过的身体，冰冷。但是更让她无法抵御的寒意来自心底。

下车时，黎希看到张简的裤腿被溅满黑色的泥点。再看看穿裙子的自己，泥点都跑到了腿上。

她知道，只要张简脱掉这条裤子，就可以从此远离污点，清清白白。

一开门，就看到两只水龟。只是它们不像之前那样自在地游走，此刻一动不动。

张简最近频繁听到"龟"这个字，忽然有些反胃。

哪知黎希拖着湿漉漉的身体冲着鱼缸径直走去。她走到鱼缸旁的钢琴，掀开琴盖，坐在椅凳上，激烈地弹奏起来。

是那首 G 小调巴赫平均律。

黎希平时要洗过手、再将手擦得干干的，才会碰琴。现在她浑身湿淋淋地就坐在那里，弹奏得似乎比平时还要快。她手下的琴键惊慌奔走。她不顾一切地弹奏着，神情看起来却很平静。

在这平静背后，张简听到了悲愤和不可言说的痛苦。

他再也听不下去，逃避似的进屋去拿毛巾和吹风机。等他出来，黎希没在弹了。

他不敢说话，小心上前给她擦头发。她终于开口说话了。

"你知道吗？我喜欢这首曲子，是因为它背后的一个故事。"

不等张简问，她就起身，一边脱着那湿了又干的衣服，一边平静地讲了起来。

二战初期，在沦陷的法国，一个乡村小镇，有一对相依为命的祖父和孙女。有一天，他们家的一个房间被一个德国军官征用作为起居室。面对侵略者，他们只能沉默忍受，保持最后的尊严。

特别是女孩，她从来不和军官说话，即使他主动问好。让人意想不到的是，这个年轻的军官在多日的相处后，竟和他们谈论起自己的生活、音乐和法国文化。他说，他原本是个作曲家，参军只是迫于家族压力；他的父亲死于一战；他最爱的，是巴赫。女孩静静地听着，她的父亲也死于一战。女孩是个钢琴教师，她最爱的，也是巴赫。只是自他来后，她钢琴的琴盖，就再也未曾打开。他们仿佛只是两个热爱艺术的灵魂，与战争根本无关。可是她依然无法说服自己和他说话，因为世道不允，也对不起身边死去的同胞。

一个夜晚，她无意中看到了抵抗组织在他的座车下放置炸弹。她纠结着要不要告诉他。她一夜未眠。早晨，楼梯上传来他的脚步声，她不管不顾，冲向钢琴，弹起了巴赫。急促的音符，留住了他的脚步，他在她房间前驻足时，炸弹爆炸了。

张简听得入迷，也听出了黎希的话外音。

"后来呢？他们在一起了吗？"

黎希摇摇头。

"不过女孩最后终于和他说话了，虽然，是唯一的一句。"

"她说什么？"

"再见。"

张简长吁一口气，不知该说什么。

这个晚上，不，这些天，他的喉咙就像被什么东西堵住，什么也说不出口。

黎希已经梳洗完毕，她躺在床上，仍自责不能对张简袒露更多。

张简看着眼前的黎希，可脑中净是今天的两起命案和黎希客厅那两只僵死的乌龟，两组画面在他脑中来回切换。终于，他败下阵来。

他平躺在床上，望着天花板，再度陷入沉默。

"你是不是觉得，是我杀了陈博灭口。"

黎希的直白得让张简窒息。

他不知如何回答，他不想撒谎，也不想说话。他害怕他的大脑控制不了他的嘴巴，他害怕他的嘴巴陷害他的内心。

被张简怀疑，黎希也很难过，她不知道自己怎么会活成这样，如果不是张简，她早就厌恶了自己。可是她也知道，这不能怪张简，是她没能坦诚。

黎希觉得自己这样对张简不公。

于是，她决定对他说出那件没有对任何人袒露过的痛苦往事。

高三，李清优以为再忍一年，等考上大学，黑暗的日子就会结束。

李清柔的到来打破了她对这里最后的幻想。

高三前的暑假，她拧不过父亲和妹妹，李清柔还是入学了，成为低李清优两届的学妹。

李清优对那些侮辱性的外号已经麻木，她虽没有力量反抗，但是能做到生活老师说的"无视"。有时她甚至会想，也许这是作为"过来人"唯一可以"传授"给孱弱同类的"武器"。见李清优无感，久而久之，那些人大多也就自讨没趣不再招惹。

可李清柔入学后，他们开始管她叫"小师妹"。

妹妹不明就里，姐姐却感到战栗。她生怕自己的遭遇在妹妹身上重演。

李清柔从小被姐姐保护得好，个性开朗。她不喜欢姐姐的管束，她以为出来念书意味着更自由，不明白姐姐为什么总把她当小孩子怕这怕那。李清柔很淘气，偶尔也会当众让姐姐下不来台，加上李清柔似乎和校草秦尧也走得很近，才有了后来"姐姐妹妹抢男人"的传言。

作恶是易传播的病毒。慢慢的，高一新生也有人加入"杀龟大会"，李清柔也听到了姐姐的一些事情。她甚至直接去质问李清优，问完后也不听李清优的解释和忠告。

直到那次，李清优去给妹妹送吃的，李清柔嫌姐姐总往自己宿舍跑害自己被取笑，当众踩了姐姐一脚，冲她喊道："你是学校大红人，你是不是觉得自己很光荣啊？我凭什么听你的，你能不能饶了我，别来烦我了，行不行！"李清优这才学会对妹妹"放手"。

她想，李清柔长大一些，懂事一些，会理解自己的。那之后，她很少再主动靠近妹妹。

没想到下一次李轻柔主动来找她，就是生死之别。

李清优永远也忘不了那个夏夜。

那是高考前半个月，别的学校有的已经让考生放假，回家自行备考。七中依旧延续一贯的高压政策，所有学生集中起来，强化复习，奋战到最后一刻。

晚上，宿舍已经熄灯了，李清优正闷在夏被里打着手电温书，忽然听见有人轻轻叩门。

宿舍的其他人似乎已经入睡，床铺离门最近的李清优以为是生活老师，便去开门。

结果是李清柔。

李清柔把她拉到楼道拐角处，低声恳求她，可不可以带她去一个没有人会发现的地方熬过今晚。

李清优看着满头大汗的妹妹，手捂着肚子，知道她一定出了事，知道此处不是可以说话的地方，她回宿舍拿了夏被，搀扶着虚弱无力的妹妹下楼。

她们敲了一楼生活老师的门，说要去校医室，老师问需不需要帮忙，李清优说不用，妹妹老毛病，去输个液，她陪床。

老师给她们开了宿舍楼的大门，放她们出去了。

李清优带李清柔来到了连接初中部和高中部的塔楼，那里的顶层有个隐秘的角落，走到里面才会发现有个一米宽的回旋楼梯。楼梯走到头，是个五六平方米的空间。有次李清优躲避一些追着她开玩笑的男生时发现了这里，从此这儿成了她逃避现实的空间。她只把这里分享给好朋友苏静茹，俩人时常来这里温书，聊心事。

直到有一次，李清优在男生的围堵中再次躲到了这个五六平方米的空间。生怕别人找到的她看到了旁边的门锁是虚挂着的，打开门发现，是塔楼的天台。

往后岁月里，李清优想象过无数次，如果没有发现这个天台，如果没有把妹妹带到这里，她是不是就不会死。

她不知道。

那时的李清柔面色惨白，呈现出一种濒死的状态。

李清优带李清柔来到了这个五六平方米的小空间，把夏被铺在地上，让妹妹坐了上去。

"你到底怎么了？为什么不愿意去校医室？"

李清柔皮肤里渗出的汗液浸湿了她的齐肩短发，她捂着肚子虚弱地说："姐，我怀孕了……你先别说话！我已经吃过药了。可我……我痛得不行，姐，我在宿舍忍不住，怕自己叫出声，我只能躲出来。我……我忍过今晚就好了。"

李清优看着自己从小保护到大的妹妹如此痛苦，她攥紧了拳头，不知如何是好。

"你被谁欺负了？告诉我？是谁干的！"

李清优强忍着怒火，低声嘶吼着。

"没有，我没有被欺负，你别问了姐，没有谁……"

"还是自愿的？你……"

李清优气得想揍她，强忍着怒气。她怀疑妹妹就是被欺负了，但是不敢告诉自己。

"为什么不去医院？为什么出事了不告诉我？为什么自作主张？药哪来的？那个男人呢？"

李清优一下问了这么多问题，李清柔有些慌，她哭着说那个男人早就离开学校了，她不知道他在哪儿。她不敢去医院，也不敢告诉任何人，她以为吃药就行了。

李清优心疼得直掉眼泪。可很快，她收起了心痛，只剩下惊慌，她看到妹妹身下的被子被浸红了一大片，而且还有蔓延的趋势。

"走，跟我去医院。"

"不，姐，我怕，不去。"李清柔搂住姐姐的胳膊，拼命摇头。

"你现在情况很危险，必须去医院！"

姐妹两个拉扯之际，楼下传来窸窸窣窣的脚步声。

"不好，有人来了！"

李清优瞥了眼通往天台的铁门，还好，没锁住。她赶紧打开门，扶起妹妹，抱起被子躲了进去。

天台很空旷，没什么地方好躲藏，那帮人很快追了上来。李清优用身子死死堵住铁门，被人一脚踹开。

一帮穿着校服、戴着魔鬼面具的人来势汹汹。坐在地上的李清柔赶忙拿被子盖住自己。

这时，一个男生被拎了出来，被人推倒跪在了李清柔面前。

是陈博。

"你小子有福气，给我们表演表演。"

"你不是暗恋人家吗？一天一杯红豆奶茶，挺会啊。"另一个人上来就是一脚，踹到了陈博的背上。

众人发出夸张的笑。

李清柔吓得紧紧搂住被子，李清优从地上爬起来，站在一群"魔鬼"面前，用她这辈子发出过的最大声量嘶吼：

"你们滚开！立刻！马上！"

"啧啧，快看，校花看自己失宠不高兴了呢。哈哈……"

众人又是一阵讥笑。

"天台是你家吗？许你们在这儿，不许我们来吗？"

"就是，也不知道大半夜带着被子来干吗？"

"不要脸。"

"你们给我滚！"李清优挡在妹妹面前，沙哑地咆哮着。

"跟她废什么话，"说着，有人摁住陈博的头，"阿博，赶紧动手！别给脸不要脸！"

"也不用跟他废话，我们帮他动手！哈哈！"

说着，一帮人蜂拥而上。

李清柔的神情已经从惊恐变成了绝望，在魔鬼们靠近之前，她心一横，抱着被子艰难地站了起来。

"姐，别告诉任何人。"

说完，便从天台跳了下去。

黎希的枕头已经被泪水浸透。

张简被震撼得说不出话。

他终于明白，李清优为什么会在高考前夕失踪。

她无法接受妹妹的死，她无法原谅自己。

他也终于知道为什么他们父女抱着李清柔的尸体不许人碰，因为那是亲人最后的尊严……

张简眼前浮现出陈博描绘的，那个夏夜双手沾血的"女鬼"，她正一片片地凋零。

不知为何，随着黎希的过去在张简眼前越来越清晰，他的不安感越发强烈了起来。

"为什么蒋亘的妻子看你的眼神那么奇怪？之前见过？"

今晚在案发现场，蒋亘老婆的确盯着黎希看了很久——那是恍然大悟的眼神，仿佛洞悉了蒋亘平时禁止她到话剧院的原因。

黎希向张简说了阿姐和蒋院长因为妹妹的照片发生争执的事情。

"我想，也许她以为我是照片上的人吧。其实不只是她，阿姐和蒋亘第一次见我时，也是这种眼神，因为我和我妹妹长得太像了吧。我想，也许阿姐和蒋亘知道些当年的事情，我怀疑……蒋亘就是当年……"

张简警觉地从床上坐起。如果今天的两具尸体真是阿姐的"杰作"，如果阿姐真的知道李清柔的存在，那黎希不也长期生活在极度危险的环境里？今天案发前一刻，阿姐和黎希在化妆间还曾单独相处。

"就因为一张照片？"

"不，他对我……太好了，好到我觉得那种照顾超出了师徒情分。"说着，黎希也垫起枕头，坐了起来。"起初我以为他对我有什么念头，可十来年了，他对我从来没有什么越界的行为，反而一直照顾我，话剧院所有的资源他都优先考虑我。现在想来，他对我的关照，太像一种弥补了。而且……"

"而且什么？"

"他偶尔会喊我小李，可是我来话剧院之前就改名字了，我一直以为是他的发音问题。"

"还有别的吗？"

"没有了。不过，我妹妹，怎么和他认识的呢？"

手机铃声响起，吓了张简一跳。他擦了擦额头的汗，拿起手机，是于晴的来电。

"学长，万雯娟抓到了，她认罪，也没有要逃的意思，她就在家里，哪也没去。我们现在把她带回队里了。"

"好，我这就来。"

挂了电话，张简松了口气。此刻他只知道她没事了。李清优的嫌疑洗清，虽然他的不安感仍未完全打消。

"我要回趟队里。"

张简从床上下来，站在床边捧着黎希的脸说。

黎希举起手腕："不用铐了？"

"按规定还得监视着，你今天就乖乖在家好吗？"张简笑着捏了捏她的脸，"好好睡一觉吧，天亮我就回来了。"

黎希擦了擦泪痕，温柔地对他笑了笑。张简发觉，黎希有一种纯真的力量，能让他把她当成一个不谙世事的小女孩。

看着张简慢慢关上卧室门，黎希的笑容渐渐消失。

虽然心情轻松了一些，可张简依旧对手头的案子感到迷惑。即便凶手落网，但很多细节依旧让他不解。比如，阿姐这个娇弱纤细的女人，是如何搏倒两个男人的？以及，她杀人的动机是什么？尤其是陈博。

审讯室里弥漫着烟味。今晚在家，她不知抽了多少包烟才会有这么大的味道。

"为什么杀人？"于晴以为，一下午接连杀害两个男人并有极端行为的女人，一定身强体壮。没想到，万雯娟是个颇有姿色的小巧女人，保养也十分得当，一点都看不出她已经快五十岁。

万雯娟年轻时爱上了去她家乡巡演的话剧团团长蒋亘，他高大儒雅，浑身散发着为文学殉道的艺术气息。她沉沦了，并献出了自己的身体。

那时蒋亘就爱抽烟，一盒八块钱的烟，他说就像万雯娟一样让人上瘾。她听了这话只会咯咯地笑，那时她还不会抽烟。后来，蒋亘口袋的烟越换越高级，她从他身上闻不到过去的气息了，便开始自己抽，一抽就是十几年，从没换过口味。

当年，她为爱私奔，不惜与家人闹翻，成为他的爱人——她以为。

待她随蒋亘回到他的家，却发现他早有家室。她吞下这把刀，用"真爱"欺骗自己，继续着迷于自己编织的谎言。可是人啊，本性难移，在一次受邀去学校话剧社指导时，他结识了一位女学生，他带那个女生来看过话剧。后来他们巡演回来，得知了女生的死讯。说到这里，万雯娟看了眼张简。

她恨他的薄情，更恨自己的痴傻。她不是为了什么沉没成本，也不是羞于回乡被人耻笑，她只是发现，自己已经变成了一股气，只能萦绕在他身边。久而久之，她失去了自己的姓名——万雯娟，变成了随时可以被替代的龙套阿姐。

可是为什么，老天连她"面目全非"的样子也要妒忌？偏偏让她看到他还留着那个女学生的照片。她能接受他的肉体属于"艺术"，用他的话，那肉体便是连他自己都不属于。但是她无法接受，他的精神，他的爱情，属于另一个女人。

她也许在那一刻就动了杀心。

这些年，万雯娟一直在吃抗抑郁药物。她将过量的药物溶解在一杯水中，在黎希离开后喂他喝下。讽刺的是，蒋亘到死都在向她要那个女学生的另半张照片。直到他倒下，她都没有给，而是从他手中夺走了他的那半张。

她不知道自己对他尸体进行的阉割是出于何种心理，不过，也没人会知道了。万雯娟在被捕前，为自己灌下了致死量的抗抑郁药物。或许，一起上路就是她原本的打算。她只是回家，烧毁了自己"殉道"的证据。

"那陈博呢？为什么也要用同样的方式杀掉他？"

万雯娟突然张大了眼，紧接着又低下头。精神折磨伴随着肉体的痛苦，她的神情已经有些扭曲。

"说！"

"为了灭口，因为被他看……到……"

话没说完，万雯娟突然剧烈地抽搐起来。

于晴忽然想到服毒自尽的吴乐。

"不好！送她去医院！"

另一边，黎希翻来覆去睡不着，起身去厨房喝水。经过客厅鱼缸看见乌龟时，她心里也"咯噔"了一下，总觉得有什么事怪怪的。

到了厨房，正喝水的她余光瞥见陈博家似乎亮着灯。

她惊恐地再次确认，没错，是陈博的家。

但是现在，那里有个男人正站在阳台上盯着自己。

他毫无生气、坑坑巴巴的脸，就像一只鬼。

第三章

嫌疑人的自白

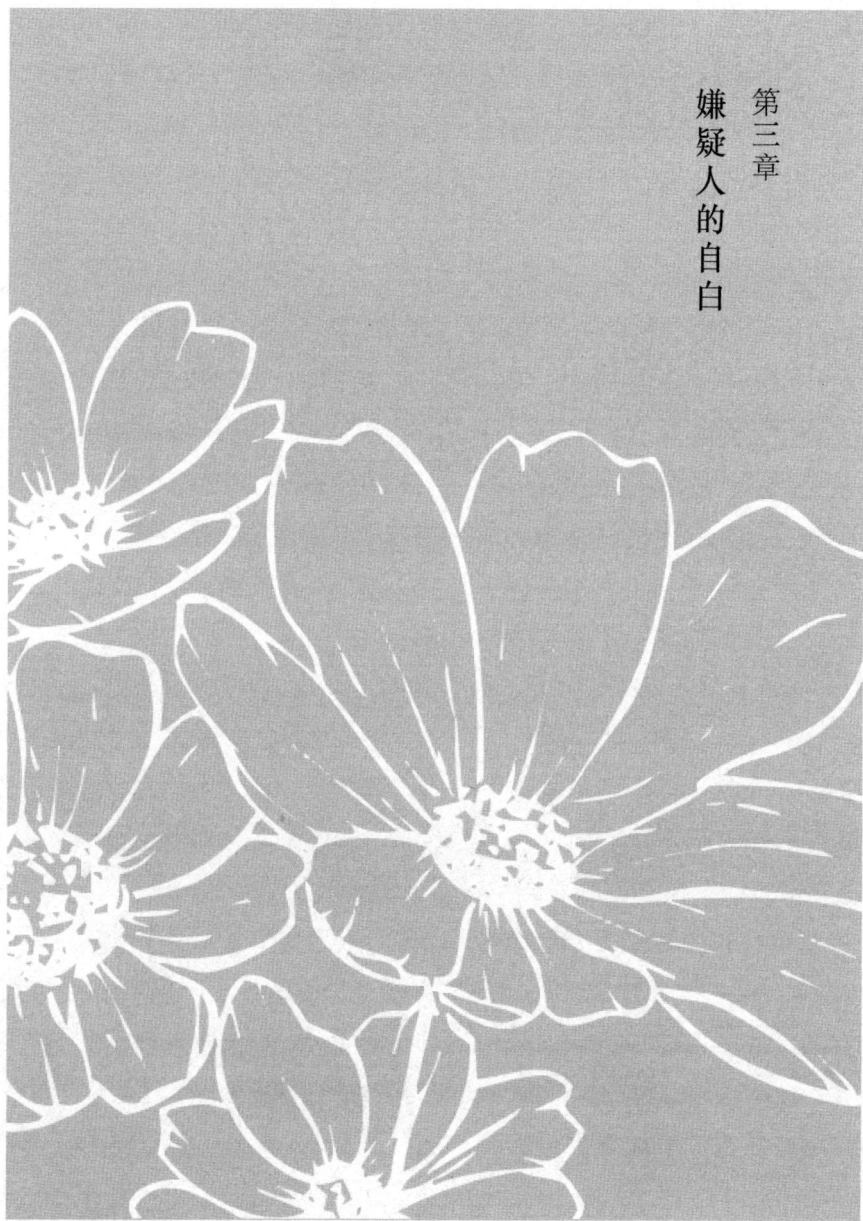

他怎么会在陈博家？

黎希想，张简大概一时半会儿回不来，便冲着对面的男人指了指自己，又指了指对方。

那个面部崎岖的男人点了点头。

不一会儿，敲门声响起，黎希打开门。男人一把搂住了她，对着她的颈部深深地嗅着。黎希吓得赶忙推开对方。

"你怎么了？"黎希不太明白这个拥抱。

男人似乎还没有闻够，不情愿地睁开了沉醉的眼睛。

"我看话剧院出事了，我担心你，就跑来看看。你没事，我就放心了。"

男人这样说，黎希心里五味杂陈，赶忙转移话题。

"你为什么会出现在这儿，你知道出事的是陈博？"

"是啊。别怕，你们门卫不认识我，我都避开摄像头的。自从你跟我说陈博住在你对面，没事还缠着你，我就……"

"你就怎么样？"黎希想到之前的事，立即紧张起来。

"没怎么样……"

"你怎么进去的？警察很快会查到陈博的住址展开搜查，你可别冒险了。"

"我想进去是难事吗？"

"你……你可千万别做傻事，别再胡思乱想了。时间不早了，你快回家吧。"

说着，黎希自己都没发觉，她在不经意间朝门口瞟了一眼。男人顺着她的目光看了一眼："哦，他快回来了。"

看着男人被烧得面目全非的左脸，黎希感到一股酸楚涌上心头。她不知道该怎么和他说，索性不说。

"那个……你以后别来这儿了。"

"是……是不太好。"男人有些委屈地点点头。

黎希看他的反应，心情更加复杂，再次叮嘱了他别做傻事，早点回家。

人走了，黎希坐在沙发上，屋子里安静得可怕，只有鱼缸传来了水泡声。黎希循声望去，看到那两只死气沉沉的乌龟。此刻她和张简一样，看到乌龟，有一种生理和心理的双重不适。去年离婚后，她决定养乌龟。她自己也不知道，是想提醒自己不要忘记青春起航的灾难，还是警示自己，不要再迷恋幸福的幻觉、不要再懦弱……

她起身，毫不犹豫地将乌龟捞了出来，丢进了厨房带盖的钢制垃圾桶。

黎希从厨房出来，正碰上开门的张简。他刚准备张嘴说话，她就上前用嘴堵住了他的嘴。

原来被爱，是这种感觉。

她不是不好奇蒋亘的死因，也不是不关心阿姐的境况，只是她想要极力捕捉那份随时会离自己而去的幸福。

当两个人终于在床上倒下，黎希才依依不舍地从幻觉中醒来。

"阿姐……"

"睡吧，你累了，明天再讲。"

"你告诉我吧，不然我睡不着。"

"万雯娟，哦，就是你阿姐……畏罪自杀了，服药过量，抢救无效。"

黎希闭上眼睛，没再说话。

第二天黎希醒来，没看到张简。等她揉着眼起床，发现张简已经做好了早饭。

"你……你怎么看起来这么轻松，你们局里今天不忙吗？"

"案子办完了，后续有同事帮着处理，没有那么紧急。"

黎希虽不精明，却很通透。她知道张简的话里有话，他若无其事的样子，是为了证明他们共同经历的案件只是一件警局再日常不过的案子。

"话剧院出了事，停业一周，上面安排新的话剧院长下来之前，你们都带薪休假。"

张简一边喝着豆浆，一边似乎在酝酿着什么。

"所以呢？"

"所以，我要带你去一个地方。"

"什么地方？"

"你带上身份证户口本就行了。"

"干什么？抓我进去啊？"

张简听到这话，突然被噎住了，咳了起来。

"你……对，抓你进去严刑拷打，看你还有什么事瞒着我。"

听到这话，黎希愣了下，敏感的张简立刻捕捉到对方的细微的表情，赶忙解释自己在开玩笑。

没想到，黎希反而十分坦然地说："我还真有事瞒着你。"

该不会……她要跟我说那件事了吧，张简猜测。

"我……我有过一段婚姻。"

这件事说出来，黎希松了口气。曾经在她的意识里，她和张简只是露水情缘，俩人之间的关系实在到不了"袒露过去"这一步。可是如今，随着张简把越来越多的爱意和信任交付给自己，她感到自己身体里某些永远会沉睡下去的东西被唤醒了。虽然这个时候实在不是坦白过去的好时机，但是她天真的本能要求自己，要赋予爱人知情的基本权利。

张简也松了口气——还真是这件事。一直以来，他既想问，又怕黎希介意。如果说爱一个人就是守护她的孤独，张简愿意关闭自己所有的好奇心，并捍卫她不愿被人触碰的角落。

"哎呀，这样好像在跟警察交代犯罪。好怪。晚上回来我们再细说？你……刚刚不是说要带我出去吗？吃完没有，我们走吧？"

关于上一段婚姻，黎希还没想好要怎么对张简说。

"好啊。拿上身份证户口本。"

"神神秘秘的。"

张简一路把车开到民政局，喊黎希拿证件下车。黎希有些措不及防，看看窗外又看看张简，坐在副驾驶位半天没缓过神来。

"干……干吗？"

"今天七夕，好日子，领证儿。"

黎希没想到，张简不只对自己过去的经历毫不介意，还一点都不好奇。她更没想到，以自己如今的处境，他竟然托付了巨大的信任和爱……

她不能害了他。

她多么……多么想以清白之身，立即跳下车，和他手牵手，步入婚姻，一起把幻觉变成现实。

她一直低头掐着自己的手指，终于鼓起勇气，微笑着冲他缓缓摇头，可惜没忍住，泪水从脸上滑落。那是她抓不住的幸福，以及遗憾。

张简早就做好黎希拒绝的准备，给黎希打开车门，拉她下车。

张简的力气很大，一手搂住黎希的肩膀，一手拿着证件，夹着她上了民政局的台阶。

黎希在幸福和罪恶的两极，不知如何是好。

这时，两个她最不想看到的人从民政局走了出来。

季岩松和苏静茹。

两个人的手里，像是拿着离婚证。

七夕，民政局的门口很热闹，他们没有发现黎希。

那俩人说了几句话就分道扬镳。季岩松离开后，苏静茹的司机下了车，她幸福地飞奔过去，搂住那个男人的脖子。

那个左脸被烧得崎岖的男人。

张简认出了苏静茹。看黎希眉头紧蹙地盯着她，便凑到她耳边随口问道。

"那个男人是谁啊？"

黎希沉默了几秒，缓缓说道："秦尧。我前夫。"

张简的手从黎希的肩膀轻轻滑落。

秦尧——熟悉的名字，她们学生时代的校草。

张简实在想不起来同事给自己的那份关于黎希的基本资料中，有没有显示她前夫的名字，当时他的重点都放在了"黎希就是李清优"这个关键信息上。不过，这些都不重要了。

而此刻黎希也不解，秦尧和苏静茹是什么时候在一起的。

更让她崩溃的是，他们手牵手，走进了民政局。

看他们一步步走上台阶，黎希赶忙背过身，好像她才是令人不齿的那一个。

"希希？"

"我们离开这里好吗？"黎希惊慌的眼神里夹杂着微嗔。

张简点点头，搂着她返回。

上了车，黎希还是一副出神的样子，张简只得先开车离开。

不知过了多久，黎希看向张简，主动开口。

"对不起。关于上一段婚姻，我不是有意隐瞒。"

"没什么，本来就是过去的事。而且……我早就知道了。"张简不想让她再愧疚，只好坦白这一段。

"你……查我？"

黎希其实并不真的意外。

可张简是真的愧疚。

"对不起，我也不是有意的。去七中调查那次，意外知道了你和被害人的关系，我们不得不查。"

"还查着什么了？"

张简想起她死去的女儿，差点脱口而出，又怕勾起她伤心事。

"没，没什么……我就是有些好奇，当年你在高考前消失，是怎么和他走到一起的？"

黎希叹了口气。

"上学的时候，秦尧很招女孩子喜欢。他皮肤很白，鼻子高高的，手指长长的，加上他平时不是很合群，成绩好又沉默寡言，有种忧郁气质。有女生明追，但绝大部分都只敢暗恋。他平时比较高冷，所以他一和谁靠近，谁就倒霉。我算倒霉者之一吧。"

说着，黎希苦笑了下。

"也许因为秦尧和我是老乡吧——我们都是一个县的，所以他有时候会照顾我。不过他和谁都不会交心，当时没人了解他。可他越这样，女生就越着迷。有男生看不惯他，觉得他装，一开始还有人动他，后来似乎没有听说过了。大概看他独来独往，谁也不搭理，也就没人上前自讨没趣了。"

"嗯，记得挺清楚。"

张简一本正经地说着酸话，黎希没理他，接着讲。

"后来……也许是他和清柔都参加了话剧社吧，有了接触，学校里就开始传我们姐妹抢男人，说得很难听。他可能是怕我们被欺负，也可能怕给自己找麻烦，就开始疏远我们了。再后来……就是辍学之后的事了。"

张简把车开到近郊，停了下来。继续听黎希讲。

"其实在我退学之后没多久，秦尧家就出了事，我也是后来听他说的。他在高考前回了一趟家，结果赶上家里仓库着火，家人在火灾里都丧生了，他脸上的疤就是这么来的。失去双亲，加上毁容，他也没参加高考。后来他一蹶不振。我不知道那一两年他经历了什么。后来，我们就重逢了……你肯定猜不到我们是在哪里碰见的。"

"你别说是出租时间角色扮演就行。"

"是医美整容的广告灯牌面前。"

"他因为脸烧伤了，这我理解，你是为什么？"

话一出口，张简就后悔了。她自然是因为那件事情。

"蒋院长总是想推我去演电视剧，可是……我当年被人……还被拍了视频，我过不了自己那道坎，也许我也并不适合荧幕吧。我出门习惯戴口罩，戴墨镜，甚至戴假发……算自我欺骗，我只是不想被过去那些人认出来，但其实我心里明白……是因为我一直都无法光明正大地站在阳光下。我气短，感觉比人矮一截儿，我感觉所有人都知道我的过去。

"那天遇见他以后，我们聊了很多，一起愉快地决定认命。后来就慢慢在一起了。结婚的时候，我们两个孤儿，有点惺惺相惜，所以也没有什么仪式，就那样过了。"

"孤儿？"

"哦，我爸，在我妹妹出事后他又开始酗酒。也许是接连受的打击太大吧。没过多久就因为心肌梗塞去世了。"

"抱歉。那……你和他婚后，幸福吗？"

"两块残破的人生，拼不出完整的幸福。婚后他一直没有工作，我演话剧之余，就出租时间补贴家里。他一直很内向，像学生时代一样，排斥和外界接触。我和他在一起，像照顾一个大儿子，他每天就在家里看看书什么的。有了小孩后，他开始做全职爸爸。孩子慢慢大了，他竟然也愿意去工作了。我以为一切都在慢慢变好……结果，孩子去年没了，他就又泄气了。他说他不想再折磨我，也不想折磨自己。他提出离婚，我同意了。因为……我一直觉得我们之间有第三个人。现在看来，也许那个人就是苏静茹吧。"

张简知道，这些事情，一定在她胸腔打磨过无数遍，磕碰得内脏出血，才会磨出这么平静的讲述，就像在说别人的故事。

可是替她难过之余，张简总觉得哪里不太对劲。比如……两家人的女儿，都在去年夏天离世，如今秦尧还和苏静茹保持着这样的关系，这一切真的是巧合吗？

"我可以知道，你的女儿……是出了什么事吗？"

黎希有些头晕目眩，觉得车里的空气也稀薄了起来。她打开窗透了口气，头靠在椅背上，绝望地闭上了眼："她在学校出了意外。"

看她这样，张简不敢再往下问："我送你回家休息吧。"

安顿好黎希，张简回到警局，立即调取了黎希女儿秦语的资料和苏静茹女儿季琳琳的资料，发现她们竟然在同一所小学——司家小学。

"呦，司家小学。"帮张简查询信息的同事在旁"啧"了一声。

"司家小学怎么了？"张简不解，这学校他经常路过，看起来又小又破，普通得很。

"这学校看着破破烂烂，别提有多难进了，你没孩子你不知道，好多家长为了送孩子进去挤破头了都。一到放学，那门口，那车……"

"一个小学至于吗？"

"听听，站着说话不腰疼，等你有了孩子你就知道喽。"

张简更不解了，按黎希的说法，他们婚后经济也不富裕，怎么会上司家小学这种烧钱的学校？

认识黎希以来，以她为中心的飓风接踵而至，关于她的事情他不敢再掉以轻心，张简不得不跑一趟司家小学。

正值暑期，全校都放假了，传达室的人说今天正好有教师调研会，校长也在，便带张简去了教学楼。校长一听是刑警，还是询问关于秦语和季琳琳的事，直接把班主任陈若颖喊了来。一个班的学生前后脚出事，他想不记得都难。

听到秦语和季琳琳是一个班的，张简更担心了。

陈若颖是季琳琳和秦语的班主任，校长喊她出来还没来得及说缘由，就被一个突然打来的电话打断，先去一旁接电话了。陈若颖从教室出来一眼就认出了几米远之外的张简，怔了几秒，自己走了过去。

她大大方方地往他面前一站，一边摇头一边笑。反而是张简愣住了，他盯着依旧青春的初恋女友，有些尴尬。她看起来不再是于晴口中那个傻乎乎跑上台给学长送花的小女孩了，如今褪去羞怯，浑身上下透着一股自信。

陈若颖穿着花边领的水蓝色上衣和绀紫色西服裙，减龄的泡面头轻轻挽在后颈，塌塌的鼻梁上架着一副没有镜片的眼镜框，可爱得像女高中生。

"我说怎么会有警察找我，原来是你。你怎么会找到这儿来？该不会是专门来找我的吧？难道，你是专门来道歉的？"陈若颖的脸上依旧挂着笑容。

"道歉？道什么歉？要道歉也是你跟我道歉吧？"

陈若颖头一歪，疑惑又生气："你……小学生行为。"

"你行为多高尚，不然咱俩能分手吗？"张简似乎完全忘了自己来干什么。

"行啊，这么多年不见，一张嘴就是老黄历？咱俩为什么分手你心里没数吗？"

"厉害，这年头做错事的个个理直气壮。"

"什么意思，你说谁呢？"陈若颖气愤地推了推她的眼镜框。

"什么意思？你没背叛我？"

"你凭什么这么说我！"

调研会似乎结束了，陆陆续续有人从教室出来，校长也往这边看了眼，张简做了两个深呼吸，调整了情绪。

"先说正事，我今天来是……"

"咱先把一件事解决了，再开始新的课题好吗？张警官。"

强势而镇定的陈若颖和当年唯唯诺诺的样子还真宛若两人。

张简无奈："我不知道这有什么好说的，我带校队去打比赛的时候，你不是跟别的班的人好上了吗？"

"所以……还是我的错了？这些年我以为我是被您莫名其妙甩了呢。"陈若颖愣了一下，随后又气笑了，"你凭什么说我跟别人好了啊？"

"我们宿舍人看见你每天追人家了。"张简目光开始游离。

"我……我冤死了，我那是替我们宿舍的于晴追的好吗？于晴你知道吗？有几次我跟你出去玩她还跟着去了。算了，你肯定不记得这号人。她说她不好意思追，每天变着法让我帮她递东西……"

说着，陈若颖停了下来，因为她意识到自己表现得就像对这份感情有多遗憾。

张简听到这儿也愣住了。他那时候年少轻狂，并没有很珍惜这段感情，才会草率分手。

"那我是应该跟你道歉。"张简有些不好意思，尴尬地笑了笑，"不过，你怎么来当老师了？"

"你真不记得了？我可够失败的。"

"对不起，还真不记得了……"

"你说，我跟个小白兔似的，别人说什么都信。你还说我这么单纯的人就应该和小孩子在一起，应该去当老师而不是警察。我觉得你说的有道理，就在读研的时候换了专业。"

自己随随便便一句话，对别人有这么大的影响。张简听完心里更愧疚了。

"你越说我越不好意思了。"

"等会不请我吃一顿大餐都不行了，是不是？"

"咱把正事儿聊完再吃大餐也不迟。"

"是哦，你来这儿干吗？给你家孩子办入学？"

"不是……我来问你个事。你是秦语和季琳琳的班主任吗？"

听到这话，陈若颖的笑容消失，表情凝重地点了点头。

"她们是怎么出事的？"

"事情过去一年了，你怎么突然来问这个。"

"和其他案件有关联。"

"其他案件？是家长吗？秦语这个孩子平时沉默寡言的，不知道和家庭环境有没有关系。她入学资料上显示，她的父母并没有离异，可是她妈妈几乎从来没露过面，平时放学、开家长会都是爸爸来。我一问起，她爸爸就支支吾吾的，说孩子妈妈工作忙，不方便来。"

"孩子爸爸是个什么样的人？"

"孩子爸爸……话也不多，就是常年戴着口罩。"

"你接着说。"

"孩子是在上游泳课的时候溺水的。说起来，这件事我有责任。"

陈若颖停顿了下，低头沉默了几秒，长吁一口气，接着说。

"孩子们的游泳课一般会有两个老师，一个主要负责教学，一个主要负责安全。那天有个孩子呛水，负责安全的老师去忙那个孩子了，谁都没注意，秦语也溺水了。大概是当时快下课了，大家都出了泳池去换衣服，其他人注意力又被那个呛水的孩子分走了，根本没人看到秦语。"

"那你怎么说，这里有你的责任呢？"

陈若颖犹豫了一下。

"出事之前，秦语找过我两次，说季琳琳为首的几个女生总在她游泳的时候在后面拉她的脚踝。我第一反应是小女孩因为嫉妒而搞的恶作剧，因为秦语和季琳琳都是被市游泳队选中的好苗子，只是秦语游泳的成绩一直是第一，季琳琳又是个好胜心很强的孩子，肯定是不服气的。我批评了季琳琳，但是我没有足够重视这件事。她们都是被市里选中马上要作为代表去省里参加游泳比赛的。我在班里宣布秦语出事的时候，季琳琳吓傻了，有几天都没来上学。我后来想，是不是小女孩之间出于嫉妒，有时候会不知轻重，也不知道自己在作恶，就下了黑手呢？我怀着最大的恶意揣测，是不是秦语出事那天，也是季琳琳那帮小孩故技重施？只是他们没掌握好度，把恶作剧变成了悲剧。"

张简听完心里一沉，没想到这两家人的女儿还有这种事，之前听"SOS"、吴乐和黎希的亲身经历，他觉得已经够黑暗了，可听完陈若颖的话，他渐渐感到身子发冷。如果这些泡在蜜罐里的孩子滋生出了傲慢，那些有更多原生家庭问题的孩子该如何自处？

"现在的家庭小型化，很多父母都不能扮演好自己的角色。他们忙于工作，对孩子一些不好的行为只会说'被人看见了不好'，而不说为什么不好，培养出'只要不被发现，干啥都可以'的孩子。

"除了青春期，孩子在七到八岁也有个逆反期，但现在八成的孩子已经不存在叛逆期了。亲子关系越来越向好友关系靠拢，父母形象不再威严，甚至大部分对孩子都百依百顺，孩子没有叛逆的目标，自然没有叛逆期。这些不知天高地厚，凡事都必须顺从自己心意的孩子，正是施暴者的预备军。"

听完陈若颖的话，张简对眼前的女人刮目相看，她讲话的时候整个人似乎散发着某种薄薄的亮光，让他心生出一股敬意。

"我每次想到秦语妈妈撕心裂肺的哭，我心里就不是滋味儿。我没有一早扼杀恶意的萌芽，导致了悲剧的发生。不过我也希望这一切只是我的猜想，我也没有证据，也许是秦语抽筋呢……"

"等等，你刚不是说秦语妈妈从来没露过面吗？"

"是，唯一的一次。不过，她和秦语爸爸一样，也戴着口罩。那天游泳课结束后就该放学了，秦语爸爸没接到孩子，给我打电话，我一开始还猜她是不是去同学家玩了。后来我联系其他同学的家长，都说没有见过秦语而且也不知道秦语是谁。我看课程表最后一节是游泳课，就带秦语爸爸去泳池碰碰运气。结果，我们到了地方，孩子已经浮在了水面上……"

陈若颖的眼泪瓣里啪啦地掉着，胸前的花边领都哭湿了。

"我们带着孩子，和她妈妈几乎是同时到的医院。医生发现秦语只有心跳，没有意识，没有血压，也没有自主呼吸，符合脑死亡诊断标准，建议家人放弃治疗。秦语妈妈口罩都哭湿了，她一遍遍喊着'小语''小语'，哭得都脱力了……我陪他们等了整整一夜，那一夜她的眼泪就没停过。第二天早上，奇迹没有发生，医生宣布经抢救无效，秦语的心脏停止了跳动。"

听完陈若颖的讲述，张简沉默了很久。他想象过黎希失去女儿的痛苦，可一旦那些真实的细节在他眼前一一展开，他开始佩服黎希的承受力。

命运如此摧残，她仍没有毁灭。

他想起尤美玲死那天，苏静茹的笔录里显示，她很排斥关于自己女儿的问题。难道她在心虚？在尤美玲家的私人影院，她一个人去看

《一个母亲的复仇》，难道她知道什么？

　　还有秦尧，他是怎么把女儿弄到这所学校的？他是什么时候和苏静茹在一起的？

　　"若颖，能不能聊聊季琳琳的情况？"

　　张简这样的称呼，唤起了陈若颖一些青春时代的记忆。她定了定神，开始回想。

　　"当时秦语找到我，说她被季琳琳欺负的时候，我没太当回事。这其中有个原因就是，秦语入学是季琳琳的妈妈帮忙办的。我一直以为他们两家人关系很好。说到季琳琳家，我也只见过她妈妈来接孩子，似乎没有见过她爸爸。不过现在很多家庭都这样。"

　　所以，黎希所说的"孩子慢慢大了，秦尧也愿意去工作了"，大概率是指秦尧做了苏静茹的司机。表面上是雇佣关系，其实是找机会在一起。所以他们之间只是单纯的乱搞男女关系吗？张简觉得，一定有什么是他没搞明白的。

　　"季琳琳是怎么死的？"

　　"季琳琳……听说是跟家长去玩过山车出了事故。"

　　"过山车？和哪个家长？"

　　"这件事当时上新闻了，你可以去查一查。就是学校附近那个古城游乐园，停业整顿了好一阵呢。我记得报道说是和父母一起去的。因为我从来没见过季琳琳的父母一起出现，我当时还感慨了下，难得一起陪孩子去玩结果还出了事。"

　　和父母去的……结合这几人的关系，张简大胆猜测，有没有可能是秦尧和苏静茹带去的？

　　"若颖，你有没有对秦语的家长提过，你对季琳琳的怀疑？"

"没有证据怎么好提这个呢？这不是引发矛盾吗？监管不善的罪名已经让学校吃不消了。"

"看，刚刚还义愤填膺批判风气，一涉及现实你就不自觉站队学校，把家长树在对立面了吧？这件事情上家长是弱势群体，他们有探寻真相的权利啊。"

陈若颖理亏地说："老师也有做老师的无奈，我们说出去的话掷地有声，如果捕风捉影的事都告诉家长，对别的孩子也不公平。"

看张简不说话了，陈若颖赶忙转移话题："不过我没跟孩子的父母提过，不代表孩子自己没提。季琳琳这样已经不是一次两次了。所以我想，秦语的父母也有可能知道这件事。那个……你不会把我今天的猜测告诉秦语的父母吧。事情过去一年了，没有证据的事情我有些担心……"

"放心，我不会说的。"

此刻，张简眼里的光已经完全熄灭。

"所以，是秦语和季琳琳的父母出事了吗？"

"案情不明朗，不可以透露。不过今天真得感谢你，帮大忙了。大餐肯定是要请的，只不过今天肯定不行了。"

陈若颖也给自己找了台阶下："初恋男友在七夕突然跑到自己的工作单位已经够吓人了，你再请我吃饭我会吓晕的。"

这么多年过去，陈若颖的情商也变高了，一句话就化解了刚刚的尴尬气氛。

俩人加了彼此社交账号后张简告辞了。

想起苏静茹不配合调查的样子，张简决定去找刚和她离婚的季岩松了解季琳琳出事当天的情况。不过在这之前，他要先去一趟安监局。

在去安监局的路上，张简仔细回想了黎希今天的话。从她的话里，他不能判定秦尧是一个什么样的人，但是他可以肯定的是，在秦尧还没有和黎希离婚时，他就与苏静茹有了瓜葛。

张简抵达安监局时正好是饭点儿，一个值班的工作人员一听说是去年在古城游乐园的过山车事故，立马对上了号。

"那个事情我印象很深。那会儿好像暑假刚结束吧，小孩都开学了，也没什么人去游乐园玩，又是工作日又是大晚上的，还是一个上了年头儿的游乐园，更没什么人了。我们去现场的时候，那儿空的跟鬼城似的。可能就是命不好吧，那家人非要那天走进游乐园挑了那个项目，孩子说没就没了，上哪儿去哭呀。所以没事儿还是少折腾……"

"您能说说那个事故的细节吗？"

"那天也是邪乎。那夫妻俩带孩子玩过山车，那机器只有安全带和手动的那种 U 型杠。按理说，过山车过那种大圆环的时候离心力会抵消人体的重力，有安全措施怎么也不会有事。可谁知道那家人的女儿身上绑着的安全带松开了。孩子也瘦小，不知道是没坐好还是 U 型杠没卡住，就给摔下来了。那两口子从过山车上下来都傻了，看到孩子趴地上不动弹，女的当场昏了过去，男的赶紧叫了救护车同时把老婆孩子拉走了。当时安监局和质监局都去了，调查的结果是设备老化，停业整顿。"

"后来呢？"

"后来……那家人也没闹着让游乐园赔偿。估计孩子没了老婆病倒了，那男的伤心过度没心思闹吧，看着也是不差钱的主儿。我们联系那男的，他也很不耐烦的样子。后来工作人员需要登记事故信息，经营商也需要交涉赔偿事宜，那男的才来了一趟。孩子没了心情肯定不好，还对在场的经营商动了拳头。打完人说自己老婆还在病床上躺着，让我们赶紧搞。我们登记完信息，这件事儿就算这么完了，经营商都不敢信，自己挨了一顿揍，就没事了。"

"我能看下当时的记录吗？"

"没问题。"

死者季琳琳，事故现场监护人，父亲季岩松，母亲苏静茹。

"父亲"不是秦尧，虚惊一场。

也是，如果他真有心为女儿复仇，自己也不会看到今天那一幕。

说不定，他根本不知道自己女儿的死因。或者，真正的死因只是简单的溺水，其他的只是陈若颖的猜测。

不管怎么样，目前看来基本可以确定，季琳琳的死应该不是什么谋杀。

这个七夕过的。

这个结果也表明张简暂时不用去找季岩松了。

一出安监局，张简就接到于晴的电话。

"学长，你在哪？今天……忙吗？"

"刚忙完，什么事。"

"那……你来警局一趟吧。"

张简想起于晴被案子折腾了一整夜，便挂电话回了警局。

对于副手坚守岗位，张简感激又抱歉。回到警局看到于晴一脸"理解"的样子，让张简放松不少。

于晴今天没有梳马尾，散落着头发，相较平时的干练多了分女人味。细心的张简发现，她的桌上放了一束香槟色的玫瑰。

"学长，你的样子可一点都不像刚过完七夕回来，是我的电话打扰你了吗？"

"没有。不过，我看你倒像是刚过完七夕。"

说到这里，张简才意识到，自己今天什么也没给黎希准备，哪怕只是一束她喜欢的百合。

此刻于晴两手正撑在办公桌前松垮地站着，听了张简的话，她才注意到被自己忘在一旁的花束。

"哪有……也不知道是谁放这儿的……"

"对了，你刚在电话里说找我是什么事？"

"嗯……学长，关于过去这两起案件，虽然看起来凶手都落网了，但是我觉得案子还有待挖掘。"

"怎么说？"

"先说近的这个。虽然万雯娟在死前承认陈博是她杀的，动机是灭口。可是我越想越不对劲。你说，她都打算跟蒋亘一起死了，还会杀一个目击证人吗？而且，靠药物解决了蒋亘还好说，陈博那么大个儿，她是怎么制伏的？等陈博的尸检报告出来，也许能发现更多信息。"

张简不得不承认，案子事关黎希，他确实有主观模糊的地方。不只是蒋亘和陈博的案子，在尤美玲和袁梦的案子上，他也有"逃避真相"的地方。

尤美玲案里，那个除了嫌疑人以外，唯一出入过别墅的——上门美甲的人，表面上看似是随着吴乐的落网而自动解除嫌疑，其实，这种不了了之里也包含了张简不敢去深究的原因。

尤美玲的案子刚发生时，他就提醒于晴，要搞清楚尸体脸上的符号是由什么材质画的，事后他在技术科人员送来报告前，就主动去拿过资料。资料显示，尤美玲脸上的红色乌龟，正是指甲油画的。

可充满矛盾的是，不希望别人怀疑黎希，他就要率先怀疑黎希。

他也希望黎希不是凶手，为此就要努力破案，解除黎希的嫌疑。

想明白这一点，他终于能放下所有包袱。他意识到，在认识黎希之前，他先是一位人民警察。

在调查"杀闺案"期间查询尤美玲家门口的道路监控时，除了薛毅，只有那个上门美甲的女人进出过死者家中。那个女人穿着白衬衫和浅色牛仔裤，披散着头发，戴着口罩帽子和墨镜，背着一个黑色的布包，像是装着美甲工具。

蒋亘和陈博出事那天，张简在和同事一起看完监控后，还特意让工作人员给他调取了尤美玲出事那天，话剧院门口的监控记录。画面显示下午六点五十分，有一位穿白衬衫和浅色牛仔裤的女人进入了话剧院，她低着头，黑色的渔夫帽挡住了脸。肩部也背着一个黑色布包。

当日张简从省城出差回来，应约去看黎希西班牙风情的话剧首演。他抵达话剧院的时间是七点半，话剧八点整开演，黎希大概八点半时出场。尤美玲最后一次出现在众人视线中是下午五六点钟，如果黎希去作案，时间完全来得及。

张简记得，当日演出结束，黎希从西班牙女郎的装扮换回的便装正是白衬衫和浅色牛仔。走在月光下，如一泓清水。

前去尤美玲家做美甲上门服务的人，很有可能就是黎希。

根据袁梦的口供，吴乐和尤美玲上楼休息，袁梦和刘晶晶在起居室美甲。袁梦身为下一位被害者，没有什么理由在这件事上撒谎。可问题是，就算美甲服务是吴乐替袁梦和刘晶晶喊来的，就算黎希是吴乐喊来的帮凶，为什么她们二人手握毒药却没有对几个女人一起下手，反而一直等到尤美玲喝多了在步入式冰箱里倒下？

如果是为了扩大怀疑对象干扰警察、伪造成意外减小自身嫌疑，凶手又何必一定给尸体画上红色乌龟的图案暴露自己？处心积虑地伪装成美甲服务的黎希只是去送了个涂乌龟的"染料"？用完后再装入布包带走，起到了销毁物证的作用？这也太说不过去了，即便凶手视死如归，不计代价也要在尸体脸上画乌龟，别说涂料了，那么多女人，那么多支口红，拿口红画不也可以？

如果冰箱不是第一现场，黎希的作用，有没有可能是帮吴乐把尤美玲抬入冰箱的帮凶呢？张简记得法医曾告诉他，机械性窒息和缺氧性窒息看起来是几乎没什么差异的，若是勒死、吊死的话，尸体表面会有伤痕。尤美玲的尸体并无伤痕，如果黎希真是帮凶，冰箱也不是第一现场的话，那么极有可能是吴乐和黎希在捂死、闷死尤美玲后，再将其移入冰箱的。

可即便这样，一些地方仍然说不通。

李清优善良到软弱，自己遭遇非人的欺凌，妹妹也间接被人害死，到这个程度她都没有选择复仇，隐姓埋名十多年，怎么会突然和曾经也是"杀龟大会"的成员吴乐合作呢？而且当时的不确定因素很多，袁梦和刘晶晶一定会醉倒？更不用说案发地还有一个去私家影院看电影的苏静茹。

张简去安监局查季琳琳的事故信息，是"为了排查秦尧"也是个自欺欺人的理由——毕竟没人知道秦语的死究竟和季琳琳是否有关，秦尧若知道了，还会和苏静茹结婚吗？那个隐藏在他心底角落的、让他始终不愿直面的原因，便是希望"排除黎希的嫌疑"。

或者说，张简想要证实，女儿的死会不会成为压垮黎希的最后一根稻草，让她从杀害季琳琳开始，走上复仇之路。

目前来看，黎希起码和季琳琳的案子没有关系。

"尤美玲脸上的红色乌龟符号是由红色指甲油所画"的调查结果，张简一直未公开。他甚至希望所有人随着案件的结束将其遗忘——但现在看来，事情也许远未结束。

"学长？你在听吗？"

"嗯，我在听。还有呢？你刚不是说，你对吴乐的案子也有疑问。"张简强装镇定。

"是呀。你猜我今天中午出去碰到了谁？"

"谁？"

"薛毅。"

张简想了想这个名字，拉了个凳子坐在于晴对面，示意她接着说。

"我那会儿去洪福盛找人，路过一个没关门的包间，听到了尤美玲三个字，我立马停下，躲在门口偷偷一看，是她老公。"

薛毅似乎是不爱管尤美玲叫老婆。

"他说尤美玲什么了。"

"他嘲笑饭桌上的一个人酒量不行，说他还不如尤美玲。说尤美玲千杯不倒，从没醉过。"

"你是想说……吴乐所说的，尤美玲是自己喝多了倒在冰箱里，并不成立？"

"对，我也想是不是薛毅在吹牛，但是旁边的一个男的也跟着起哄，说就算是在场的人一起上，都喝不过尤美玲。说她没遗传她爸的聪明，全遗传了酒量。"

于晴的意思很明显，现场也许有其他帮凶。她看张简摸着自己的耳垂，像是在思索什么，她只好继续"爆料"。

"其实……还有件事，我本来不太敢冒然跟你讲，但是今天这事一出，我不得不讲了。"

张简果然抬起头继续看向于晴，只是他的表情明显凝重起来。

"什么事？"

"那我说了，你可不许生气。"

"说吧。"

"之前去吴乐的美容会所，我就一直好奇她怎么会起那个名字——优柔会所，直到我昨天听……你女朋友说起她妹妹的名字，李清柔，一下子明白了。'优'和'柔'不就是她们两姐妹的名字吗？那……她们三个人的关系岂不是很好？"

"这也太牵强。"张简表面毫无波澜，心里也"咯噔"了一下。他猜到于晴想说什么。

"你听我说啊，虽然吴乐也是'杀龟大会'的一员，但她当初是无奈加入的。而且如果真的像她说的，她并没有跟那帮人一起去迫害其他人，是不是她还会反过来对那俩姐妹有所照顾呢？如果真是这样，那……李清优隐姓埋名十几年，会不会和同样辍学，过早步入社会的吴乐惺惺相惜呢？她死得那么仓促，会不会……"

"你想说什么。"

"我想说，如果吴乐有帮凶，那个人会是谁？"

张简面沉如水，低低地对于晴说："你，别轻举妄动。再等一等。"

午夜，黎希走入死寂的话剧院。空旷的剧场只有舞台打下一束聚光灯。

她从天鹅绒内衬的皮盒里取出暗金古董戒指，上面镶着一颗火蛋白石。她将火蛋白石戒指套在小羊皮手套外，并用这只手从冰桶里拿出香槟。泡沫涌出玻璃杯弄湿了她的手套也没关系，她还要接着戴上那串红宝石项链，因为这是她最后一场演出，今晚之后，她再也不能登上这个舞台。

黎希穿着波瓦雷洋装站在舞台上，凝视着漆黑一片的观众席。

她要谢幕，无关观众。

这是她十多年来灵魂驻留之地，是她残生倾注泪血之处。

如果十七岁以后人生都是苟延残喘的话。

她要谢幕，无需观众。

她不在意台下空无一人。她的人生本就是戴着各种面具表演，而观众的每一次落泪也只是为他们自己感到悲伤。

她要谢幕，和自己告别。

绿色的幕布如水泥般坚固，将舞台紧紧锁住。舞台上凭空出现了五个陈尸袋，她点燃半根香烟，像点燃了自己。

她一一拉开剩余四个袋子的拉链。

妈妈，爸爸，妹妹，小语。

福尔马林的气味快要消失，天快亮了，她要带他们的肉身回家。

她掀开舞台的地板，打算和他们在此长眠。搬了一半，尸体开始懊悔——这不是他们的家。舞台的木板渗出蓝色的腐水，蓄满了舞台。尸体在舞台的"泳池"中逐渐放弃挣扎——水很快淹没他们的身体，他们心甘情愿地沉了下去，只有小语孤独地探出小手。

"妈妈，救我！"

"小语！"

黎希伸出手，只能触到空气。

她失落地从床上醒来，天色已暗。她觉得有些冷，把毯子披在后背，再裹到胸前，把自己紧紧地抱住。泪珠顺着下巴滴答滴答落在毯子上，她轻轻拭去脸上的泪痕，俯身从床下的盒子里拿出一个美人鱼芭比娃娃。

与送给季琳琳的那款不同，此刻她手中的这一款美人鱼芭比，穿着纯美的白纱，浑身上下包括每一片鱼鳞都镶满了珍珠和亮片。美人鱼的眼神清澈而温柔，浓密的金发长及鱼尾，头顶的皇冠尽显尊贵。这是那时候学校里风靡的一款美人鱼芭比娃娃，秦语十分羡慕别的孩子拥有，但从来没提过她也想要。黎希在话剧院的收入不足以让她眼都不眨地大手一挥，去给女儿买来这个五千块的古董娃娃。

是在秦语死后，黎希从女儿的日记里，看到她对这款娃娃的细致描述，才去网上搜的。女儿在日记里画了插画，她画了这款身披白纱的美人鱼，画了蓝色的海洋，还有美人鱼脸上无法溶于海水的眼泪。她不知道女儿有什么心事——连在日记本中都不能书写的心事，像是生怕人看到。

看着手中的娃娃，黎希再一次陷入懊悔。

她不该答应秦尧，把女儿送去司家小学——那是个不属于他们的地方。可禁不住秦尧三番五次游说，毕竟这是她第一次见他振作起来，不好不支持他——秦尧正在为一家上市公司的老板开车，他说他喜欢这份工作，不用接触什么人，不用面对其他人审视的目光，只需要安静地为一个人开车就好。而那个老板也很好心，为了方便秦尧接自己孙女放学的同时也能接到他自己的女儿，把秦语也安排到司家小学读书。黎希多次表达要当面感谢，都被秦尧拒绝了。他的说法是，对有钱人来说，没有什么比浪费他们的时间更可恨。

秦尧包揽了秦语的接送问题，黎希晚上常常有演出，如此也解决了一个大难题。可是当黎希向秦语打听和她一起坐车的小姑娘——老板的孙女时，秦语只会说，别的班的，她不认识，然后就跑开了。

陈若颖不知道的是，在案发后，黎希去过学校，想要看事发时的监控录像。当天也许校方的监控真的在维修，警方都没拿到监控，更何况黎希。黎希无奈，提出观看平时游泳课的视频，这是合理要求，工作人员答应了她的请求。

工作人员调取好视频后，给黎希搬了个凳子。当时刚放暑假，学校没什么人。黎希坐在那儿看了很久，一边看一边掉泪。工作人员有些不忍心，给她倒了杯水就出去了。

黎希一个视频接一个视频地寻找，希望从日常的影像里捕捉一丝事故的预兆。终于，她在过往的视频中，发现有个身形和女儿相像的女孩儿常常带人欺负女儿。游泳时拽她的小腿，蛙泳时拔掉她的泳镜，起跳时突然踹她下水，走神了就拿走她的泳帽，抽筋了就把她往水下拽……这是监控拍到的，在看不见的地方呢？黎希越看心越冷，身体止不住地颤抖，这些看似无足轻重的"小打小闹"，无异于明目张胆的谋杀！

只发生过一次的事，可能永远不会再发生；但发生过两次的事，肯定还会发生第三次。

秦语离去的那天，一定也发生了这样的"日常"。

想到这里，黎希闭上眼睛，潸然泪下。

黎希深知，与校方纠缠这些事实没有用。这样的亏她还没吃够吗？在看完视频后，她定格一处画面，喊来工作人员，指着那个常常带头欺凌秦语的小女孩，问对方认不认识。本来她以为这种事要惊动班主任，没想到对方直接指着门外公示栏上的光荣榜，说秦语后面那个女孩儿就是。她们都是校游泳队的，在区里拿过奖，上了学校明星榜，是几个好苗子，每天进来进去都能看见。

黎希顺着工作人员手指的方向看，在女儿未来得及被校方摘下的照片旁，有张不好惹的脸，下方写着三个字：季琳琳。照片上的她的眼神充满挑衅，黎希的手捏紧了身上的布包。

黎希以拜访女儿生前好友同时归还其物品为由，向工作人员要了季琳琳父母的联系方式。在看到季琳琳父母名称的一瞬间，黎希差点没站稳。她抬起头看了看光荣榜上季琳琳的照片，觉得一阵恍惚。

她不由得苦笑，这太魔幻了。

这算什么？对自己懦弱的惩罚？

她笑命运的讽刺，也笑这一次，她终于能亲手解脱。

看着季琳琳的照片，还真是很像季岩松，那张让她倍感恶心的脸。

当年，在情话事件后，"杀龟大会"消停了一阵，但是季岩松对那场"游戏"里最终"得到"李清优的人不是自己耿耿于怀。可惜那件事后，大家私下都受到老师的警告，有所收敛，他也再没机会躲在面具后接近李清优。

终于，他等到了李清柔入学，这分明是李清优的软肋。季岩松以保证她妹妹不受欺负为诱饵，胁迫李清优就范。她已经不知该相信谁，她只能寄希望于季岩松所说不假——他说他是"杀龟大会"的"盟主"，可以掌管所有成员的一举一动。

她为自己感到羞耻，但她不后悔，反正她已经烂了，如果妹妹可以没事，那这一切都值得。后来妹妹出事的时候，她觉得天崩地陷，也觉出自己的好笑之处。这个世界再也没有值得她守护的东西。没想到十几年后，她又一次体验了那种感觉。

小语的离去砸碎了她锁住十几年的心门，那道门里关着她的恨意。

当年，她没有为自己复仇，没有为妹妹复仇。现在，她要为女儿复仇。唯有复仇，她才配得上作秦语的母亲。

她又想到季琳琳的母亲，那个把恶魔引到她们秘密之地的背叛者，那个间接害死妹妹的刽子手。

季琳琳，你和你的父母一样，只会躲在阴沟里作恶。

那么，现在轮到你享受这种坠落了。

于是，黎希制造了和季岩松的偶遇。果不其然，他还是老样子，看见她就两眼放光，走不动道。她为苏静茹悲哀，也为自己悲哀。她想起自己刚刚排好的话剧《染血之室》里，千里奔袭为女儿报仇的母亲。她想，如果自己的成长没有母亲的缺失，她是否能早一点参透婚姻的本质呢？

一切为时已晚，幕布早已拉起。

在和季岩松接触两个月后，她终于有机会为季琳琳送上礼物——她早早地放在车里的另一款限量版美泰芭比。和女儿喜欢的那款身披白纱的高贵"天使"不同，这个美人鱼有着深邃神秘的欧式眼窝和嘴角向下的猩红嘴唇，眼睑下方点缀着醒目的黑色泪痣，季琳琳手中的娃娃散发着不详的气息。带着这股气息，她们共同登上奔赴死亡的"列车"。

她要她为自己的所作所为付出代价，她要奉还他们夫妇承受的痛苦。最可怕的不是死亡，是活着体验死亡。

她要用自己的方式得到救赎。

怎会有张简这样的爱人？

晦暗不明的命运，偏偏让她在人生绝境处遇见张简。

她一次次拒绝他的追求，不为什么，只为那张干净的脸上，写满了她不配拥有的未来。

她以为和他在一起，便意味着她的每一刻都如老鼠见了猫一般，要不断提醒着自己的罪恶。但是她没想到，他给了她从未有过的安心和快乐。她担心自己玷污他的人生，可她又无法自拔地沉迷于他。不是他审查她，而是他阅读她。

只有在他温热的怀里，她躲藏在黑暗中的灵魂才能甩开过去的阴影，暂时走到阳光下，嗅一嗅那遥不可及的生活。

她开始审视自己过去的人生，开始幻想曾经的苦痛只是她虚妄的前半生。

但是她失败了。

季岩松的背影提醒她，她也要为自己的所作所为付出代价。

回想今天民政局前的情景，比起秦尧和苏静茹领证结婚，更令她害怕的，是再次遇见季岩松。这是出事以后，她第一次见到他。心虚和紧张让她浑身发软，差一点在张简面前露出破绽。好在秦尧和苏静茹同时出现，让张简误以为她的不安情绪都是来自他们。

如果今天没遇见他们，她真的敢和他去领那个证吗？

她不知道。她不是什么聪明的女人，她依然心存侥幸。

客厅传来了声音，是张简。

她感到他的脚步比以往沉重，似乎走到卧室门前，又停了下来。

黎希坐在床上胡思乱想着，身子僵硬，不敢下床。她知道，随着接二连三的事件发生，她已经无法真正心安地待在他身边了。

突然，客厅传来 G 小调巴赫的钢琴声，急促异常。

黎希瞪大了瞳孔，接着，眼泪夺眶而出。

黎希万万没想到，自己对张简讲的故事，会这样快应验在自己身上，张简在用故事里的方式提醒自己——山雨欲来。

张简严肃得像一尊雕像。虽然眼下证据不够明朗，但一旦开始调查，他不觉得黎希能置身事外。

黎希知道，危险要来了。

她发呆，直到琴声结束。她像是决定了什么，擦干眼泪，起身推开门。

看着张简干净的脸庞，她努力张开颤抖的嘴唇。

"我们分手吧。"

潘平升黑着脸从警局离开，上车以后拿出手机，打算给刘晶晶拨电话。

昨天七夕，他一整天都和冯爱萍——刘晶晶的母亲在一起。他们二人昨天也赶时髦学年轻人出去过节，去古城那边看了一个名导演编排的沉浸式演出。看完以后，潘平升觉得噱头大于内容，直呼票价不值，不过冯爱萍却很高兴。潘平升打趣地说她"品位太低"，她却一副无所谓的样子，只紧紧挽着潘平升的胳膊，反而笑得更开心了。

潘平升知道，他最近陪她的时间多了，这种从前想都不敢想的日子对冯爱萍来说十分珍贵。潘平升想着等退休了，自己可以慢慢弥补她更多。可是没想到自己今天刚来警局上班，就听到林昊然的"小报告"。

林昊然昨天在办公室门口听到张简和于晴的对话后，一晚上没睡，想了一大堆。一方面，他不服张简这个不食人间烟火的大队长；另一方面，他觉得这件事非同小可，他决定替于晴做这个恶人，向潘局汇报这件事。若黎希真是凶手，将其捉拿归案也是警察的使命，他做不到假装没有听见昨天的一切。

于是第二天林昊然早早地来到警局，潘平升一来，他就去敲门。

听完林昊然的话，潘平升表面淡定，说他会找于晴了解清楚情况的。等他一出门，潘平升的脸色沉了下来。他立即离开警局，打算开车去找刘晶晶一趟。在离开警局前，潘平升对技术科下令，全面调查黎希从尤美玲案案发至今的行动线，此项工作在他准许公开前须秘密进行。

上车后，潘平升翻出手机通讯录，盯着刘晶晶的名字，开始平整思绪。

对于刘晶晶，潘平升一直有种很复杂的感情。这个他百般宠爱的女儿，他真的了解吗？

青春期的刘晶晶像一座白雪堆砌的少女，会在打雷下雨的夜晚害怕并寻求他的陪伴，会记得他每一年的生日并送上精心准备的礼物，会日日期盼他回家，会娇柔甜美地眯起她弯月般的眼睛喊一声"爸爸"。

这样的女儿，是什么时候起，变成一个心思诡谲的少女？还是说，在他们成为父女之前，她就已经变成了那副模样？难道一切只因她的身体里，生来便流着她亲生父亲的血？

那一年，冯爱萍去外地开会，好在周一到周六刘晶晶住校，周日才回家。所以她走之前嘱托潘平升周日的时候照顾照顾孩子。那天周六放学后，他从七中接走刘晶晶，陪她逛街、吃饭、回家。

把刘晶晶送回家后，外面开始打雷。那时他和冯爱萍还没有结婚，暴雨挡住了他回家的路。刘晶晶一句楚楚可怜的"爸爸我害怕"，就让他缴械投降。

于是，潘平升听从心里的声音留了下来。外面的雷声越大，刘晶晶将他搂得越紧。"爸爸，我好希望你真的是我爸爸。"

漆黑的房间里，闪电映照出刘晶晶的瞳孔，接着便是一道巨大的雷响。

"我就是你的爸爸啊，难道爸爸对你不好吗？"

潘平升和同时代的很多人不一样，他一直想有一个女儿，那种软得像一团糯米的女儿，从小把她抱在怀里，陪她一起长大。如今，他体会到了这种感觉。

"可是……我很害怕会失去爸爸！"

刘晶晶的话让潘平升心里一阵触动，他意识到，她平时的乖巧也掺杂着讨好。无论是她的赌徒父亲，还是她曾经困苦的生活，都带给她强烈的不安定感，让她觉得如今舒适的生活，全是借来的。

她才十六岁，还没有来得及向这个世界索取，竟想着怎么向这个世界偿还。

"你不会失去爸爸的。忘掉你以前的生活。以后你只有我一个爸爸。"

刘晶晶流下了眼泪。

又是一声霹雳响雷。闪电照亮了他怀中的少女。

"不要再哭了，我会永远保护你和你妈妈。"

陷入回忆的潘平升看着副驾驶的空位置，打了个冷颤。

他定了定神，解锁手机，像平日里那样，拨通了刘晶晶的电话。

"喂，怎么了爸？"

"你在家吗？"

"在啊，刚给你的同事开了门。"

第四章

青春葬礼

潘平升一听，似乎是张简或于晴已经找上门，便匆匆挂掉了电话。

其实当年李清柔死的时候，警方做了一些前期调查，但家属的异常反应让后续的调查无疾而终，一口咬死是自尽。那次调查让他发觉刘晶晶在学校里并不"乖巧"，虽然刘晶晶说这件事和她没什么关系，但在潘平升心里，她也不再是那个白雪雕刻的少女了。

直到近日的案件将刘晶晶牵涉其中，潘平升才知道，当年的刘晶晶参与了什么样的组织，犯下了什么样的过错。

本来吴乐的畏罪自杀让他松了口气，但得知凶手可能还在逍遥法外，他怎能不紧张？尽管刘晶晶的青春期污秽不堪，但他承诺过，会一直保护她。

如果还有凶手未落网，那么与死去的尤美玲、袁梦走得最近的刘晶晶极有可能成为凶手的下一个报复对象。

挂了电话后，潘平升意识到张简或者于晴大概开始从刘晶晶下手继续调查，自己此时不方便露面，于是安排了两名警员，要求他们潜伏在刘晶晶周围，伺机捉拿潜在的凶手，以起到暗中保护的目的。

刘晶晶没想到警察还会上门，有些措手不及。不过她看起来依旧得体，波澜不惊。她知道，如果有什么事，刚刚爸爸就会告诉自己了。

"我这次来是想了解一下尤美玲死亡当天的情况。"于晴依旧一脸严肃。

"凶手不是……已经落网了吗？不是吴乐吗？"

看得出来，吴乐蛰伏多年突然实施报复的事让刘晶晶心有余悸。

"是，但我们怀疑，当时现场还有一个帮凶。"

"什么？"刘晶晶有些紧张，"您……该不会是怀疑我？"

"你和苏静茹都有嫌疑。不过我记得，第一次做笔录的时候你说过，当天你和袁梦喊了上门美甲的人，对吧？案发现场除了你们，只有那个人出现过。所以那个人也有嫌疑。"

"对。是有这么回事。"

"现在袁梦已经死了，吴乐也死了，只有你能告诉我，美甲服务是谁叫的。所以，请你好好回忆，慎重发言。"

刘晶晶想了想，印象里似乎是袁梦嚷嚷着要做点什么。结果吴乐喝多了不舒服想上楼，就给她们喊了美甲。毕竟吴乐做美容行业那么多年，这方面还是她更了解。

"吴乐。没错，是吴乐。"

如此，同伙的性质更明晰了。

于晴有些激动，心里的答案又笃定了一分。

在来刘晶晶家之前，于晴连夜做好了功课。她调查了尤美玲出事当天的道路监控。那个上门美甲的女人，穿白衬衫和浅色牛仔裤，戴着黑色渔夫帽以及墨镜口罩，下午从齐蜀路西山枫林小区打车，一路抵达尤美玲南外环的别墅，一直到晚上六点多才从别墅大门出来，上出租车后直达话剧院。等她再次出现在话剧院门前的道路监控时，身旁多了张简。

这项重要证据让于晴激动不已。但是如果凶手真是黎希，似乎又有一些说不通的地方。一方面，作案的人显然有执念，不惧暴露也要在受害人脸上留下印记；另一方面，他们将尸体抬到冰箱里，伪装成意外。

这太矛盾了。

"你能尽可能回忆并描述那个给你们做美甲的人吗？"

昨晚在调查"美甲女"行踪的同时，于晴从物证科取来吴乐的手机，要求手下的人连夜调查吴乐的通讯记录。结果发现，尤美玲死亡当日，吴乐并未联络任何人上门做美甲。所以，或者是刘晶晶撒谎，或者是吴乐和"美甲女"事先有准备，时机成熟时放她进门。

此刻，于晴对黎希的怀疑占了上风，让她直接忽略刘晶晶"嫌疑人"的身份。在人的思维模式里，过去生活得好，如今也生活得好的人，没有道理赔上自己的大好人生去实施报复。更何况，她与死者看起来没什么仇，反而是多年好友。但于晴不知道的是，刘晶晶和吴乐的性质一样，身份都是由"被虐者"转向"施虐者"。外人看来，刘晶晶和尤美玲关系最好，她们从小学起就在同一个学校。但小学时，刘晶晶可没有潘平升这么好的爸爸。

听完于晴的话，虽然觉得不可思议，但刘晶晶依旧努力回忆。可惜当时刘晶晶和袁梦都喝高了，她光顾着看自己的指甲了，根本没太注意美甲师的样子，更何况对方还全副武装。虽然美甲师进屋摘了眼镜，但又是口罩又是帽子的，包裹得依旧严实。

直到于晴快要放弃时，刘晶晶突然想起一个细节。

"我想起来了，她的手指很纤长，美甲全程都戴着高弹亲肤的橡皮手套，当时觉得她好注意卫生。"

哼，那是为了不留下指纹。于晴想。

"不过她的手指很特别，在伸直状态下，手指关节是向下弯曲的，就是中间那块软骨凹陷下去了，她的手一旦离开支撑物，比如桌面，五根手指就不能像正常人一样完全伸直。我还是头一次见这样的手指……就很软，有种残缺的美。"

刘晶晶和黎希同窗又同寝，这种特征她竟然一直没发现？

离开刘晶晶家之前，于晴纠结了一下，还是给刘晶晶看了黎希的照片。

"你觉得她像那个美甲女吗？"

回警局的路上，于晴拼命回想自己漏了哪个环节。为什么刘晶晶会对着照片摇头。难道凶手另有其人？还是她害怕被报复？或者，她当时喝高了记忆出现了偏差？

本来去找刘晶晶是给自己增加信心的，现在看来反倒少了些底气。不过好在目前的证据都指向了黎希——黎希名下有套房子，所在小区正是监控里美甲女的出发地"西山枫林"小区。加上道路监控视频中美甲女后来抵达的话剧院，还有张简这个"最佳证人"，黎希几乎没跑了。而且，刘晶晶在对着照片摇头后，还补充了一句"哎呀我真的不记得了"。

退一万步讲，作案过程再自相矛盾也可以用紧张、思路不清晰、反侦察能力差解释，但尸体脸上的指甲油骗不了人，黎希鬼鬼祟祟前往案发现场也骗不了人，美甲女的地址也骗不了人。现在，若是能去黎希西山枫林小区的家中搜查，说不定还能发现吴乐在外网购买的剩余毒药。

就在于晴为案件的进展兴奋不已时，张简来了。

一向干净利落的张简如今一副邋遢模样，衣服没换，胡子没刮，面如死灰，一夜之间仿佛老了好几岁。

昨晚，不等他质问，黎希就拿"分手"堵住了他的喉咙。他被她逼迫着离开。

分别时，她说："如果真的爱我，就假装从来没有认识过我。"

张简自然知道这句话的涵义。她在用最克制的方式恳求他。

"学长，你怎么了……"

张简没有说话，旁边的林昊然看着他颓唐的样子，心里直打鼓。

"学长，我有重大发现……"

"等一下。我今天是来申请，全面退出这个案子的调查。"

警察走后，刘晶晶给潘平升回了过去。他告诉她实情后，她怅然若失地挂了电话。

对于这个比亲生父亲还要好的男人，刘晶晶是感激的。

她当时只是没办法。她所做的一切都是为了保护自己——每每被梦魇缠绕，她就这样告慰自己。

刘晶晶永远也不会忘记，小学五年级的合唱比赛里，她特别想当指挥，但是同学都把票投给了尤美玲。那是升到五年级才会有的比赛，她一直期盼着在那一天站在舞台中心，好像那样就可以从她失控的生活里寻到一丝掌控感；尤其是评选出的"最佳指挥"还可以在六一儿童节那天站在高高的台子上，指挥全校的人唱校歌。

为了那一天，她不知在镜子前练习了多少次。四二拍的轻快歌，四三拍的华尔兹，四四拍的柔调曲，所有老师教过的歌，她都能按对应的强弱拍子"打"下来。可是刘晶晶怎么也没想到，评选指挥的那天，毫无节奏感的尤美玲胜出了，也许是因为她有数不清的漂亮裙子。

那时的学生合唱还不流行穿指挥服，加上小学生看不懂也不在意所谓指挥，所以在他们眼里，每届合唱比赛除了比选曲，就是比哪个班的指挥穿得漂亮。尤美玲有数不清的漂亮衣服，比赛时她站在最耀眼的中心，可以让他们班级的演出给评委留下最深刻的印象。

多么天真而残忍的理由。

那天放学后，刘晶晶失落地走出学校大门，看到尤美玲爸爸像往常一样开车把她接走了。平日里，她从来没羡慕过她，可是那天，她多么希望自己是尤美玲。

平平无奇的尤美玲。

她怎么会有那么好的爸爸，而自己的爸爸——那个赌徒，把整个家输得精光后，卖掉妈妈的首饰，拿着钱消失得无影无踪，只给她们母女留下了一堆债主。

走了也好，在家也只会打女人。可是每当冯爱萍辛辛苦苦快要还完钱的时候，就会有新的债主拿着欠条上门。如果没有钱，那帮人就会搬家具，抢电视。后来家里实在没得搬，他们就会对冯爱萍动手动脚。

有次，眼看妈妈被几个粗壮的男人打，刘晶晶拿起刘振东喝剩的酒瓶就冲其中一个男人砸了下去。那个男人愤怒地走到刘晶晶面前，看到她漂亮的脸蛋后，又兴奋地扛起她，说用这个小美女来替爸妈还债也可以。冯爱萍看到这一幕疯了一样求他们放过刘晶晶。

那是刘晶晶第一次见潘平升。他一到，那帮人就被警察带走了。后来发生了什么刘晶晶不知道，她只知道从此再没人来找过她们麻烦。

不幸的童年好像结束了，但冯爱萍告诉她，她必须更优秀、更谦卑、更懂事，才能赢得更多。于是刘晶晶依旧小心谨慎地活着，面对同学的不友好时，她也慢慢学会了如何优雅地反抗。她感谢潘平升的出现，让她不用再活在尤美玲的阴影下。

做潘平升女儿的日子里，她感到自己每天就像踩在云上，日子美好得不像真的，随时都有可能从云端坠落，摔回曾经面目全非的生活。

她不知道用什么方式能永远留住这个爸爸，于是愈发讨好他，在潘平升面前，她永远是那个乖巧、懂事、可爱的女儿。

当时她已经和尤美玲进入七中高中部，因为长得漂亮，刘晶晶收到不少情书。她终于在某一方面超越了尤美玲，但那些可笑的情书她一封也没有打开，因为她有了自己的目标——山耀寺。

山耀寺和秦尧一样，不是那种高高大大的运动系男孩，但十分有气质。那时流行日系花美男，山耀寺就像漫画书里走出来的白衣少年。他平时独来独往，低调异常，这让她更加相信那个传闻——家里有官商背景的山耀寺就是"杀龟大会"的盟主。

这个传闻绝非空穴来风。

要知道，"杀龟大会"的成员是通过一款网络游戏进行联络的，所有的成员通过给盟主的游戏账号充钱的方式缴纳会费。他们在这款游戏中组建了一个部落，为了增加凝聚力，每个成员都以"轩辕"为姓氏给自己的游戏角色命名，盟主要求每个人的昵称带有成员本人真实姓名的暗示。在头几次行动、人员尚未充沛时，即便每人脸上厚厚的面具让他们的发声失真，也总有一些认出彼此的同学，那时他们就意识到"杀龟大会"的组建是率先从他们44班发起的。

七中44班的"杀龟"成员有一份默认的名单：

盟主（未知）：轩辕 π

　　　　尤美玲：轩辕大王

　　　　刘晶晶：轩辕文日

　　　　苏静茹：轩辕月

　　　　袁梦：轩辕衣夕

　　　　吴乐：轩辕小口

　　　　季岩松：轩辕山木

　　　　……

　　山耀寺因为名字发音和圆周率前三位"3.14"相似，加上他既富又贵的家庭背景，"杀龟大会"的成员都认为，盟主轩辕 π 就是那个高冷神秘的山耀寺。

　　只是没有人敢上前求证。

　　如果我能嫁给 π，就再也不用担惊受怕了吧？

　　刘晶晶常常这样想。

　　女人有一种天赋，她们早早地就能看见自己的一生。

　　而总有女人会选择用一个男人的名字去覆盖自己的一生。

　　她们用尽智慧和血泪，将如何选择和攻占这样一个男人当作毕生事业。

　　刘晶晶就是这样的女人。

　　她对山耀寺的觊觎绝非花季少女的痴想，而是严肃认真地把他当作一个只属于自己的靠山去筹谋和占领。

　　那不是她从别人手中抢来的靠山，那是她终身可以依靠的大树。

　　于是，她决心好好地做他的麾下之臣。

　　就连起 ID，她都花了好一番心思。叫"轩辕刘""轩辕文"，山耀寺都不一定能认出自己，叫"轩辕文曰"，就相对好猜了。包括"杀龟大会"的日常行动，刘晶晶从不沾手。她不想山耀寺看到自己恶毒的一面，要做就做不可替代的那一个。于是，她主动在"部落"里表示，自己可以解决药物问题。当她看到轩辕 π 的夸赞时，有一种自己成为他"贤内助"的快乐。

她想起自己失去指挥机会的那个儿童节——刘晶晶人生最后一个儿童节，她看着台上那个傲慢无礼却光芒四射的尤美玲，在阳光下挥舞着笨拙的手臂；而她淹没在人群里，跟随着她错乱的节拍里，小声哼唱。

于是，刘晶晶开始想办法搞一些处方药，包括安眠药等。她自己自然搞不到，但她可以打着潘平升的旗号唬住一些弃学的社会青年，让他们想办法。

就在她感觉山耀寺对自己的明示和暗示都有所反应时，她的亲生父亲出现了。

刘振东一脸猥琐地出现在学校门口时，刘晶晶万分紧张。那些讨债的人上门，她都没有这样紧张过。

这怎么可以？她的人生中已经没有他的身影了。

"那是谁啊。"刚做完课间操，大家刚从操场走出来，很多人都看到了这一幕。尤美玲这样一问，刘晶晶更紧张了。

"也不知道是哪路穷亲戚，不认识，找我爸爸办事找到这里来了。"刘晶晶一脸无辜。

刘振东，当初就那样跑掉，如今怎么会有脸找到学校，还用他脏兮兮的手捏着她的肩膀说，他要努力赚钱，他要重建他们的家。

可怕。厚颜无耻。

一个刚刚抢了别人货车的人，竟然如此大言不惭。

刘晶晶不记得这是刘振东第几次找她，她每次面对这个无赖，都不得不用钱打发他。越是这样，刘振东就越骚扰她。刘振东心安理得地拿着潘平升的钱，还说这是他欠自己的。每每听到他这样说，刘晶晶就恨得直流眼泪。为什么，为什么你给不了我们幸福生活，我们靠自己得到了，你还要来毁掉它？看着刘振东贪婪的嘴脸，刘晶晶告诉自己，童年已经被他毁掉，未来一定不可以。她一定要想办法甩掉他，彻底甩掉。

于是，她拿着小混混们搞来的迷药随他上了货车，看着这个给了她生命和痛苦的男人，她竟毫无留恋。在掏出自己身上的钱后，她假意为刘振东出主意，说他总这样东躲西藏不行，让他开着刚抢的货车赶快连夜离开，去外地发展，她帮他筹钱。等他在新的地方落了脚，她汇钱过去。等风声过了，他也赚到钱了，再回来，一家团聚。刘振东听后两眼放光，抱着刘晶晶在脸上亲了一下。

"不愧是我的好女儿，没跟你妈一样无情。"说着，刘振东开始数刘晶晶刚刚给他的钱。

刘晶晶忍着恶心说："爸，你别耽误时间了，快上路吧。"

"好，我去买包烟。"

趁刘振东下车的时间，刘晶晶用裙子裹着矿泉水瓶盖拧开，将安眠药倒了进去。

"我和妈妈等你回来。"

刘晶晶下车后，一边招手，一边哄着说。

看着货车消失在视野中，她面无表情地拿袖子擦拭自己脸上刚刚被他亲过的地方。

刘振东因疲劳驾驶，中途出了车祸。

后来，刘晶晶在考大学时，追随山耀寺前往了陌生的城市。再后来，她成功地成了山太太，过上了她梦寐以求的生活。

她以为，中学时的不堪过往会成为他们夫妻间心照不宣的秘密。

直到她昨天收到一封纸质邀请函，请她参加草地音乐节。

落款：

你的 π。

邀请函上印着山耀寺公司的 LOGO，文字是机打的，上面写着的时间正是今晚，地点是山耀寺这次演出所在地——滨河湾公园。

山耀寺当年成绩很好，独来独往的他成绩一直是年级前十，物理竞赛还常常拿奖。然而这样的成绩，所有老师同学都没想到山耀寺的第一志愿竟然是中央音乐学院管弦系。在这之前，大家甚至不知道他会演奏乐器。

艺考时，山耀寺以一曲难度颇大的《埃尔加 E 小调大提琴协奏曲》拿到专业课第一的成绩。从第一乐章的宣叙调开始，他就用声音抓住了在场的艺考老师。人们闭上眼睛，仿佛能看到杜普蕾正抱着她心爱的大朵卫夫在用生命泫泣。

这样的人自然和刘晶晶没什么可聊的。

大学期间，刘晶晶利用自己能想到的一切办法，制造了和山耀寺重逢的机会，可惜山耀寺依旧拒人于千里之外。最后还是利用潘平升和山耀寺父母的关系，让两人有了几次结伴回家的机会，才熟悉起来。在两边家长的撮合下，俩人在大学毕业时订婚。之后山耀寺去波士顿音乐学院学习现代音乐，刘晶晶一直等到他回国才结婚。

婚后，山耀寺开始做独立音乐，将古典乐和现代乐结合，吸粉无数。乐迷喜欢山耀寺将各种元素的奇妙组合的能力，再结合他的名字，爱称他为"π"，代表他无限的才华。于是后来山耀寺成立自己的唱片公司时，也将其命名为"印象π"，听起来就像接棒新古典主义、继承现实主义的印象派。

忙事业的山耀寺很少着家，全国各地跑是常态。可即便山耀寺回家，对刘晶晶也不冷不热的。这些年两个人也没能有个孩子，究竟是谁的问题山耀寺似乎也不关心。他这次回家乡办音乐节，甚至没有回过家。

刘晶晶自认外表加分、内在温柔，与他从未有过争吵，两个人关系成这样，问题出在哪呢？有时候刘晶晶也会胡思乱想，是不是因为他们共同经历过"杀龟游戏"？两人都没掩饰人性之恶，所以他与她自然有隔阂？还是他憎恶自己的虚伪，可那又何必娶自己呢？她不知道，她也不敢问。对于那段过去，她没有丝毫悔意，如果不是最近的命案，她甚至已经忘了那些被画上乌龟的脸庞。只是从上学到现在，山耀寺的威严和高冷从未改变，她也始终小心翼翼。

所以，当收到邀请函的时候，刘晶晶是意外的，却也是开心的。因为山耀寺从未邀请过她，也从不主张她去看自己的演出。可是这一次，他不仅在演出前两天向自己发出邀请，还在上面写了一句话：

让我们再次戴上面具，重新相爱。

随着邀请函一起寄来的，还有一个可以遮挡住上半张脸的红色面具。

当年，"杀龟大会"的每一次行动，所有人都集体佩戴面具；如今，这个邀请函将"π"与"面具"再次联系在一起，刘晶晶整个人面红心跳，十余年的猜测似乎在此刻得到了证实。她直勾勾地盯着"重新相爱"四个字反复看了十几遍。

难道，他们俩要和解？

刘晶晶越想越高兴，她似乎感到那个让自己倾尽全力才得到的男人要回来了，回到自己的怀抱里。

之前的命案，的确让刘晶晶捏了一把冷汗。可是紧接着，她又开始庆幸母亲教会自己的"得体"。她不论在何时何地，都是"得体"的。即便藏在"杀龟游戏"的面具后，她还有第二张面具——只是提供药物的人。所以，刘晶晶紧绷的神经随着吴乐的死松懈下来，自己也算逃过一劫。可是刚刚潘平升打电话过来，说起李清优是嫌疑人的事，让她猛地想起，于晴给自己看的照片，正是自己当年同寝室的舍友李清优。可是，她怎么会是"美甲女"呢？

潘平升说，警察现在已经在查她了，而且嘱咐她最近不要出门。

但这个时候，什么警察上门，什么父亲的叮嘱，完全替代不了她脑中嗡嗡作响的"重逢"。

这是她重获幸福的机会，她知道，她必须赴约。

李清优这个文弱又怯懦的人即便真的是杀人犯，还能当众杀人吗？

想到这里，刘晶晶匆忙去衣帽间挑选衣服。此刻已是午后，她选了半天，最终还是穿了件简单的白T，脖子上系了韩式碎花丝巾，青春又不失优雅。接着，她把邀请函和红色面具装进她的爱马仕手袋里，趁潘平升派来保护她的警员还未到，匆匆出了门。

和丈夫的坦白局，她可不想被警察盯着。

　　由"印象 π"唱片公司打造的电子音乐节某种程度上来说算是刘晶晶自家的节日了。可是刘晶晶已经想不起来，自己有多少年没看过丈夫的现场演出了——自从他明确表态不希望自己到现场看他演出之后。有时候刘晶晶也想过这算不算冷暴力，但她愿意把这归咎于丈夫的本性使然。

　　抵达滨河湾公园时，已经是下午四点。这个音乐节虽然只有一个舞台，但是场地十分宽广。大大小小搭起很多帐篷，很多小店都汇集过来做生意。本地的插花陶艺工作室、复古小花馆、手作制造社、复古油头店甚至刺青工作室都涌了来。各路赶来的社交达人，有人在自拍，有人在直播，也有人到处捕捉免费的风，灌满一个个充气沙发。

　　山耀寺很有号召力，引来了不少音乐圈的明星助阵，吸引了周围几个城市的人前来，两万张门票全部售罄。

　　此刻舞台上是本土的乐队在演出，舞台前的人稀稀拉拉——更多人都在养精蓄锐，等待奋战晚上的爆炸演出。过来过去的声音里，偶尔能听到人们对山耀寺的满口夸赞。刘晶晶戴上了红色的面具，等待山耀寺的出现——邀请函背后明确标注着：

　　　到场即可，等待我的找寻。

　　他，会给自己什么惊喜吗？

　　她兴奋地等待着。

　　天色渐晚，刘晶晶随着人流涌向舞台周围。作为东家，山耀寺要在今晚压轴演出。刘晶晶钻入人群中，像个无名粉丝，默默等待着偶像的演出。

也许，惊喜就在最后吧？

进行开场演出的，是山耀寺的好友川齐。丈夫在家的日子里，也总是和这个人联络，电话里、游戏里，有说有笑。刘晶晶有时都羡慕这个叫川齐的，他也是本地走出去的音乐人，作为蒸汽波音乐的创作者，川齐的年轻粉丝极多。他们疯狂地举着旗子，冲舞台大喊着川齐的名字。看着那些年轻的面孔，穿戴着各种霓虹色配饰，刘晶晶觉得戴着红色面具的自己有些土气，与这里似乎格格不入。

随着舞台上的阵容越来越强，台下的乐迷们也越来越疯狂，连蹦带跳拥挤至极。刘晶晶感觉自己像是浪花里的一分子，随波逐流，身不由己。一晚上过去，不常运动的刘晶晶已经腿酸到站不稳，耳朵也快聋掉。

但她甘之如饴，她的骄傲，她的自豪，她的全部——她的 π，要出场了。

山耀寺还未登台，台下的乐迷就已经兴奋不已，他们高举着印着"自成一 π""π 总有派"和"印象 π"的旗子，开始尖叫。刘晶晶想起自己学生时代的追星，有种梦回青春的错觉。

在回忆与现实交织之时，一个女人出现在了刘晶晶身旁。她戴着半个面具，只不过是黑色的。她的下半张脸上用不同颜色的摇滚油彩写了几个大小不一的"π"。

"请问是刘小姐吗？我是印象 π 的工作人员。"此刻台上还未开始演出，刘晶晶清楚地听到了对方的自我介绍。

终于来了。

刘晶晶感到自己的心"扑通扑通"地跳着，像是马上要迎来人生中最重要的告白。

为了这一刻，她过去的所有付出都变得更加值得。

"按照 π 的要求，一会儿灯光会打在您这里，我可以在您脸上画上我们印象 π 的 LOGO 吗？"

刘晶晶紧张地点点头。

画完之后，台上传来了声音。

"欢迎来到 π 的派对！"

是山耀寺。刘晶晶兴奋地看了身旁的女人一眼，女人回了她一个微笑。她幸福地扬起下巴，开始等待生命最高光的降临。

此时，底下已是一片欢呼尖叫。

"今天，我用一首新歌作为本次音乐节的收尾——《青春葬礼》。"

"π！π！π！π……"

山耀寺依旧冷峻克制，他闭上眼睛，怀抱着银色的静音大提琴。

所有人都安静地聆听他的演奏，接着，电吉他和架子鼓恰到好处地加入，让现场乐迷终于有了欢呼的时机。

刘晶晶和那位女性工作人员被后面的人浪挤至前排人的后背，所有人都贴在一起，随着空灵的音乐一起律动，看起来更像是进行某种仪式。夏日晚风吹来，空气里的闷热和人们身上的汗液瞬间被抽走，刘晶晶感到一阵凉意。

终于，山耀寺的音乐在高亢的吉他尾噪中结束。乐队成员在最后摆了帅气的姿势，山耀寺高喊了一句"青春葬礼"，随着他的手势，巨幕落下。

一起落下的，还有一具被绳子吊着的尸体，在幕布前晃来晃去。

现场的人都被这个场面狠狠吓了一跳。如果说远离舞台的乐迷尚把这一幕当作山耀寺的行为艺术，那么在前排的观众和工作人员则真真切切看到了——那就是一具真的尸体。

见台下一片哗然，山耀寺也朝天上看了一眼，发现自己准备的道具不知什么时候变成了真人——一个面无血色的女人，吓得倒在了地上。

接着，越来越多的人反应过来发生了什么，人们都被突如其来的命案吓得一片慌乱，台下瞬间失控。有人还未反应过来呆若木鸡；有人往四面八方逃窜；也有人镇定地举起手机录像甚至直播。

哪怕有人不小心踩到已经倒在地上不省人事的刘晶晶，也无人在意了。此刻，她的血已经和杂乱的脚印一起，污秽了她干净的白 T 恤。

有个主播一边撤离，一边举着手机四处拍摄。当他的镜头不小心对准地面时，一个女人闯入他的屏幕——一个脸上涂着红色乌龟图案的女人。

几年前的一个跨年夜，一个男生正独自蜷缩在沙发上，看着《真爱至上》。这部十多年前上映的影片，已经被他看了不知道多少遍。男生第一次看这部片子，还是被女朋友拉着一起。他们说好今后每年都要一起看一遍《真爱至上》。没两年，女孩子就出国了，他们的结局像大部分跨国恋那样，因为未来注定要走不一样的路而分开了。可是恋人终究是在自己的生活里留下过痕迹，男生独身一人，还是忍不住看了这个电影。

在电影的欢快尾声里，他感到一种前所未有的孤独。他不出门已经有一年多时间了，每天宅在家里，看古早动漫，听复古音乐，玩红白机游戏，发呆，睡觉，几乎与外界隔绝。他知道自己这种人被称为"蹲族"。学了冷门专业的他，觉得自己无用武之地，又无法说服自己从事与心理预期落差太大的工作，于是毕业即失业。加上失恋的打击，他把自己禁闭在无形的岛上。白天浑噩，晚上清醒，宛如废人。

看完电影，他还是很烦躁，又开始玩一款名为《时空地带》的红白机游戏。他记得小时候这个游戏的名字还叫《两小无猜》。游戏里，博士抢了小男孩的女朋友，经过一路过关斩将，小男孩终于干掉白胡子博士，女友在充满粉红泡泡的音乐里从黑色的天空缓缓降落，两个人手拉手开心地在银河里转着圈圈。可是现实里的爱情不是游戏。而今，连游戏也变了，不再是之前的名字，是觉得"两小无猜"太土气吗？大概是现在的人们认为这种爱情一点都不酷吧。

没意思。

他拉开窗帘，看到窗外竟然下起了大雪。连雪都记得跨年的约定，但是他好像被世界遗忘了。

百无聊赖中，他打开手机，刷着"奇奇怪怪网络店铺"。忽然，他看到一家店铺的介绍很有意思。那是一家出租时间的店铺，店主说自己不是美女，全店只有自己一个员工，单纯出租时间做任何在力所能及情况下不违法的事情，且上门会带一键报警装置。

好像找人陪自己看看雪也不错。一个人真是太孤单了，特别在这样的雪夜。

于是他试着敲字给店主——让一个"社恐"主动给陌生人打电话是想都不要想的，对他们来说，能发语音就别打电话，能打字就别发语音。

"你好，陪看下雪多少钱？"

"啊，今天吗？"

"对，现在。"

"真是很浪漫的一次工作机会，可惜今天是跨年……"

"五百块，看一个小时的雪。"

"唔……在哪？"

"体育南街鸢尾巷 42 号，这条巷子里唯一的小二层。如果增加了时长可以加钱……"不想让对方再犹豫，他想都没想就说，"我现在就付钱，先付两个小时的，你人一到我就确认订单，拜托了。"

"这样啊……那……好，我现在打车过去。"

没过多久，男生从窗外看到楼下缓缓驶来的出租车里，走下一个温柔的女人。她穿着白色羊角扣大衣，围着厚厚的黑色围巾，饱满的脸上透着英气，像极了年轻时候的宫泽理惠。这样的女人竟然说自己不美，果然漂亮的女人爱撒谎。他赶忙下楼开门，对方看他穿着短袖短裤人字拖，愣住了。

"你不冷吗？"

男生有些不好意思，常年在温室不愿接触现实世界的他似乎已经对季节失去感知，哪怕他刚刚喊人是来陪自己看雪。

"你好，我叫川齐。"

"你好，我是黎希。"

俩人一边进门，一边聊了起来。

"我能说你很像宫泽理惠吗？"

"那我是不是应该往这里点一颗痣呀。"黎希指了指眼下。

"你竟然知道。"

"我很喜欢她啊。"

对上了信号的两个人坐在院子里，听着落雪，从渡边信一郎一定崇拜吴宇森聊到庵野秀明的电影美学，从绫波丽和明日香的人气之争聊到仿生人会不会梦见电子羊。川齐没想到，会遇见这样的妙人。

"那个，我们可以在屋里看雪吗？不瞒你说，我肚子里有宝宝。"

看着冷到抱紧自己的黎希露出一脸无奈又幸福的笑容，川齐震撼又动容。

不过，他尽力让自己的表情恢复了镇定，不想让对方觉得难堪，没想到对方倒是很坦然，黎希从容地表示，这份兼职既开心又能赚钱，还有意义，她权当体验生活，磨砺演技。不过她也知道，即便只是为了钱，努力赚钱没有什么丢人的。这是一份干净钱，谁也不能看不起她。如果看不起，那是别人的自由，她心里干净、内心平静，就好了。

听了黎希的话，川齐很受触动，那感觉就像有人替演了一年哑剧的他说出内心独白：没有找到梦想的入口前，做一只咸鱼并没有欠了谁。看着她不经意地摸摸肚子，他很想问她背后的那个男人，但是他忍住了。

回到屋里，黎希看到川齐收藏了很多复古光碟、各种乐器和看起来像音乐设备的电子器具。

"好羡慕你，可以活在自己的世界里。"

换别人看到这幅光景，大多数情况会在心里想：好可怜你，只能活在自己的世界。

川齐有种被治愈的感觉。准确地说，他感到自己融化了，就像黎希羊毛大衣上的落雪，他融化在她的温柔里。他盯着黎希久久说不出话，他甚至怀疑黎希就是上天送给自己的礼物。而这种瞬间，其实也是黎希做这份工作所追求的意义——互相治愈。

"你竟然还懂音乐……你……有没有想过，把你的爱好变成事业？哪怕不是事业，也可以是别的很有意思的事？"看穿川齐内心症结的黎希没有戳破他的窘境。

"怎么变？"

"我不是很懂，我瞎说啊。也许，你可以把这种对事物的迷恋记录下来，用音乐的方式，结合你熟悉的太空朋克，把它变成一种从未来向过去发出的……一种完全架空的、来自另一个平行世界的流行音乐。"

黎希的话像一束激光，射进了川齐早已石化的灵魂。他们当场开始尝试，一起从动漫里采样对白，结合爵士、城市流行乐、放克等风格，对旋律进行混音化，效果竟出奇特别。后来川齐才知道，这种风格叫 Vaporwave，多从 20 世纪 80 到 90 年代的歌曲中采样。复古动感，舒缓流畅，也有很多人叫它"蒸汽波"。

那个夜晚，改变了川齐的一生。几年后，说起蒸汽波，没有人不知道川齐。

出名以后，川齐还经常去看黎希的演出，每次都往后台送花，话剧院的同事还以为有人在追求黎希。他常说，如果她离婚了，他一定要试着争取的，黎希当他是玩笑话。在他回乡的时候他们像好友一样小聚，看着川齐的成就，她也为他开心。放松的时候，她也会听川齐制作的音乐，当她从歌里听到《星际牛仔》的元素，总能想起那个多年前的雪夜。她欣慰地想，他终于能像星际牛仔一样，不撞南墙不回头地冲向他的浪漫宇宙了。

后来，川齐说他加入了一个老乡的唱片公司，要介绍这个即是老板也是好友的人给她认识。黎希就这样见到了山耀寺。

黎希曾半开玩笑地跟张简说，上学时有个对自己有好感的男生，发现自己是深渊后选择了远离，那人就是山耀寺。

高中时，独来独往的山耀寺平日里和同学没什么接触，除了在校学习就是周末练琴。他们这里不是省会，但省师大坐落在这里，人文气息浓厚，师资力量也很雄厚。山耀寺从小就跟着师大音乐系的老师学习提琴。

在一次周末提琴课后，山耀寺竟在师大音乐系的琴房看到了李清优。她披散着天然深亚麻色的长发，穿着棉布衬衣，流畅地弹奏着李斯特的《叹息》。下午四点的阳光在她的侧脸勾勒出绮丽的金色。琴声中，山耀寺感到自己眼前是波光粼粼的海，岸边是温柔的麦田。

人们总说要珍惜纯粹的校园时光，因为步入社会后一切都是天平上的砝码。实则不然，从幼儿园起，小孩子就能分辨谁的衣服漂亮，谁的饭菜丰盛，谁的鞋子昂贵，谁的家长不凡。跟着从政的父亲和从商的母亲早早便学会待人接物的山耀寺，自然也知道李清优不是能上得起这样一节钢琴课的人。

"小寺？你在这做什么。"

是母亲的朋友，在师大授课的汪教授。

"汪叔叔，您什么时候开始愿意收校外学生了。"

汪教授从门上的玻璃看进去，发现是李清优。

"哦，你说她。她不是我的学生。她只是借这里练琴。"

"你们认识啊？"

"我本来不认识她，但是她每周末都会来帮我干活，整理谱子，打扫琴房，就为了让她有琴可以练。一开始我没答应，这怎么行，就没理她。但是她总是等在琴房门口。有次我作曲卡壳了，她竟然帮我顺过去了，我就让她弹了一曲，发现这姑娘很有天赋。看她那么有韧劲儿，怎么赶都赶不走，我就答应让她周日下午用那架旧琴练习。学艺不容易啊，我也是穷孩子过来的，有时候真是惜才，就手痒指导一下，谈不上教。还真别说，她悟性很高，你听这首《叹息》，弹得多好。"

顺着汪教授欣赏的目光，山耀寺觉得李清优在发光。

他不是不知道那个组织，他亲眼见过她硬气地抵抗，更坚定了这种想法。

于是，他开始在每个周末学完琴后和她偶遇，一起回学校上周日的晚自习。

"还真不知道你成绩那么好，大提琴也这么厉害。"

"你不也是，藏得很深。"

"你以后要走音乐这条路吗？"

"不吧，我的选择很多，还没想好。你呢？"

"我倒是想。"

后面的话，李清优没说，但是他懂。

从前山耀寺觉得师大到七中之间要穿两条马路实在是太远，可自从他和李清优结伴回校，他只嫌那段路太短。在校园里，山耀寺依旧是一副生人勿进的姿态，李清优也从未主动与他接近，好像校外的那段"关系"是他们之间的秘密、彼此保持距离也是他们之间的默契。渐渐地，他发现李清优并不是他认为的"外柔内刚"，恰恰相反，神情里总是不经意流露些许英气的她，内心充满着对这个世界的怯弱和忌惮。

"你在我面前，不用这么小心翼翼。我和他们不一样。"

关于李清优，山耀寺之前不是没有耳闻。那时，他把那些人对她的欺凌理解为"漂亮女生在哪里都会引起纷争"，尤其是为了那个所谓的校草。后来，默默关注了一段时间的他知道了，不是她在招惹秦尧，而是秦尧在招惹她。每次看到秦尧向她靠近，山耀寺就又急又气。

那时，不论什么传言都无法撼动山耀寺对李清优的欣赏，他相信那个弹《叹息》的女孩纯净如水。

直到同寝室的男生说，李清优和社会上一些男人在外面开房，山耀寺才觉得不对劲。

他要对方拿出证据，谁知那同学直接亮出手机里的照片给他看。照片里清清楚楚地登记着某个酒店里李清优和几个不同男人的身份信息。

"你怎么会有这个？"

"这酒店是我家开的啊。"说完，那个男生还发出"啧啧"的声音。

"真的，差点被那张脸给骗了。我同桌是李清优寝室的，她说李清优全靠这个赚学费和生活费呢。"

"她身材这么好，应该很受欢迎吧。"

寝室里的其他男生也都附和了起来，伴随着刺耳的尖笑。

人言可畏。山耀寺多次想找李清优证实，但一想到她对艺术高校的憧憬与囊中羞涩，那些传言便在他心里根深蒂固一分。到最后，他终究没能开得了口。

年少的喜欢，有时风一吹就散了，禁不起世俗的期许。

他开始请老师到家中授课，不再去师范大学，与那条曾经与她同行的路彻底划清界限。

李清优也是剔透的人，她明白对方的意思。虽然自尊受到伤害，但仅剩的尊严绝不允许她有多余的举动。

高考前夕，李清优的妹妹身亡，李清优也人间蒸发，看着她空荡荡的座位，山耀寺才后悔，没能坚定地去相信一个自己真心欣赏和喜欢过的人。也许他多问一句，站出来说一句，就能避免恶意越滚越大。可惜他和那些人一样不懂事，一样自负，也一样懦弱。好几次，他等晚自习结束，所有人都走光后，悄悄坐在她的座位上，把头埋在胳膊里，一遍遍地说"对不起"。

高考后，山耀寺第一志愿报了中央音乐学院。他也说不上来，是觉得在那可以"留住"她，还是在那可以等到她。

从那以后，山耀寺再也没听到李清优的音讯，开始接受家里的安排，接受和刘晶晶的婚姻。当他看着身穿婚纱的刘晶晶向自己走来，感到心里的水晶崩碎了。那时，山耀寺才意识到，李清优只能是一声"叹息"了。

多年过去，他再见李清优时，她已为人妇，且刚刚产女。青春期的误解解开，山耀寺再遗憾也枉然。李清优得知山耀寺和刘晶晶结婚后，恳请他对自己的现状保密，让自己可以继续隐姓埋名地生活在这个小城，并对他讲了当初"杀龟大会"的事，希望山耀寺不要把和自己重逢的事告诉刘晶晶。惊闻妻子真面目的山耀寺有了继续冷暴力她的理由，同时对自己当初的意气用事更加懊悔。

那天，听完故事的山耀寺眼里噙着泪，终于当面对李清优说出了那句迟到多年的"对不起"。他万分肯定地说，自己能做到为她保密。从此，本就繁忙的山耀寺再也没回过那个让他遍体生寒的家。

再后来，他们之间一直保持着淡淡的联系，曾经青春年少的朦胧好感变成了实实在在的友谊。两个人和当年一样，没有人会主动联络另一方，每次都是川齐组局。他们的唱片公司很忙，有时候过年回一次老家，三个人才有机会在川齐的院子里小聚一下，像是回到那个雪夜。

今年的音乐节，山耀寺早早地就喊川齐联络黎希——他也开始习惯用新名称呼旧人，为了替她掩藏过去，也为了让她遗忘过去。川齐一边嘴硬地说"自己想见的人自己联系",一边早就背地里见过了黎希——
这次见面是黎希要求的。

她对川齐讲了山耀寺夫妻的情况,说想邀请几个旧友来现场,需
要他准备几张印着公司 LOGO 的邀请函。

黎希和他商量,要给山耀寺一个惊喜。为了方便黎希在音乐节筹
备期进出场地,川齐还给了她内部人员的工作牌和演出清单。

看着一脸天真的川齐,黎希微笑着,心里却在一遍遍地说:川齐,
对不起。山耀寺,对不起。

黎希没想过要逃。

她穿着溅有刘晶晶血迹的衣服——她第一次见张简的那身,麻木地
朝远离人群的方向一步步走去。

她的身后聚集了光芒,她的前方一片昏暗。

当终于远离人群,黎希在一片草地上躺了下去。

被光污染的天空看不到一颗星星,草尖也隐隐扎刺着黎希的双腿,
可她感到从未有过的放松和解脱。

上一次这样躺在草地上似乎还是中学时代,似乎也是这样一个夜
晚,李清优、吴乐、苏静茹,这样躺在七中的操场上。不过,她们是
被迫的,因为操场的大门被锁住了。

那是一个周末,她们寝室的六个人难得集体行动——为了给寝室
文化节排舞,必须六个人共同表演。因为是夏天,她们图凉快,选了
操场西南方角落的地下通道。那是一个可以从地下穿过马路去街道对
面的安全通道——不用出校门,直达学校建在对面的音乐厅。平日里,
通道出口是关着的,但是入口不会关,所以很多同学体育课自由活动

时也会来这里乘凉。

她们唱跳的曲目是《瓶中沙》，那是一首讲述友谊的歌。李清优觉得很讽刺，并不是很想参与，但她也清楚，其他几个人和她心里想的一样，躲不过，不如安安分分把节目演好交差。至于"杀龟大会"对自己的所作所为，她没有证据证明面具后面的人就是她们。戴上那种厚厚的面具，发出的声音浑厚得完全听不出原声。

在分歌词的时候，六个人之中的"大王"尤美玲傲慢地表示："你们'吴苏李'仨人唱开头，我们'美梦晶'三个唱后面，知道吗？"

李清优看着歌词没吭气，吴乐"哦"了一声，心想：美梦精。

苏静茹摸了摸鼻子，还是问了句："都是一个宿舍的，为什么我们三个就只配有姓，你们就'美梦晶'的。"其实苏静茹压根儿不在意，她只是觉得这样"顺从"脸上无光，一点都不酷。她象征性地反抗。

吴乐听完，撇了撇嘴，小声嘟囔着开涮苏静茹："我还以为你多有种，要去问为什么她们唱高潮部分呢？"

平日里一头短发、大大咧咧的苏静茹人缘看起来很好，特别是男生"哥们儿"不少，尤美玲那时就很看不惯苏静茹的做派。最可气的是苏静茹会打篮球，越来越多的男生喜欢和她玩儿，她们经常会在楼道和教室门口听到男生喊她的名字，其中不乏吹口哨送饮料的，听说家境很好的季岩松就在追她。尤美玲觉得苏静茹真是灰姑娘糊上墙——硬上台面。这就算了，苏静茹还和秦尧这种级别的帅哥坐同桌，尤美玲对她已经出离嫉妒，但出于某种需要，她不是很想在苏静茹那里被记上一笔，毕竟目标的朋友就是朋友。在尤美玲眼里，苏静茹和刘晶晶一样，是一种资源。

"哎呀，不要那么计较，小茹茹，这不是历史课上'乌苏里江'念顺口了吗，你这么帅气，要不然你唱开场吧，一开口惊艳他们所有人。"

尤美玲脑子转得快，说着说着就挽上了苏静茹的胳膊。平日里，她还指望着找她随时上演姐妹情深来获取男生们的注意呢。不过即便如此，她也不会出让自己的利益，比如表演时压轴的权利。

吴乐见状，看了眼身侧的李清优，也挽上了她的胳膊，个子小小的她同时把头靠了过去。李清优知道吴乐在学尤美玲滑稽的样子，于是笑着把吴乐一把推开。

苏静茹比尤美玲更懂"生存法则"，给台阶就下，笑过以后拿着歌词页就唱了起来。

苏静茹："树梢的枝桠开满凤凰花，问你知道吗成长要代价？"

李清优："风雨在敲打我放心不下，去年的嫩芽又怎能无暇。"

吴乐："亲爱的朋友，与你共度的年华，让我的回忆很潇洒。"

尤美玲："瓶中沙装的话，我用笔写下，海风刮竹篱笆，我们埋下它。"

刘晶晶："瓶中沙写的话，问你是否还牵挂。"

袁梦："那张年轻熟悉的脸颊，留长的发，逃离过的家。"

合："记得多年后的下午茶，我们约好要一起喝下。"

那天练了不知多久，吴乐的舞总是不熟练，尤其是走位，李清优还在一个动作一个动作地帮她调整。

尤美玲看了一眼自己的新款手表，已经七点半了，操场八点锁门。"美梦晶"三人已经跳熟了，她们平日里本来就十分留意偶像们的各种花絮，更别说经典动作了。于是几个人收拾着水瓶和校服外套打算走。

"几点了啊？"苏静茹随口问了句，她也想再多练会儿。

同样抬起手腕看过时间的袁梦抢在尤美玲前面说："六点。"

说完，袁梦冲尤美玲试了个眼色，对方很快心领神会。

"对，我们先走啦。你们再练会儿吧，早呢。"

苟且，浑身小聪明的人，担当不了悲剧的角色。袁梦的伎俩并不高明，"又蠢又坏"让她的整个人生像个闹剧。

不过当下，她得逞了。

当"吴苏李"三人走出地下通道时，发现外面已经天黑了，操场的门被老师锁上，其他在校老师和同学都在上晚自习。操场离教学楼很远，她们三个喊破了嗓子也没人来。晚自习结束了，同学们回宿舍更不会路过操场了，一些回家的老师要离校也不会经过操场。

她们似乎习惯了这样"不经意"的恶作剧，甚至庆幸这一次"还好"，没有很过分。

眼看天色越来越暗，大家都不愿意回深邃而封闭的地下通道，索性躺在草地上，等待天明。

也许是夜太漫长，三个人开始讲心事。

吴乐抱紧平日里总帮她出头的李清优，悠悠地说："我有点想妈妈了。"

李清优没吭气，她好像已经想不起妈妈的样子。自从九岁那年妈妈去世后，她就不怎么允许自己去想她。不然，她就会陷入无休止的"假如"里。假如妈妈不是妇产科医生，假如出事的那个晚上本来该休息的妈妈没有答应前去救场，假如那个产妇没有大出血死亡，假如她的孩子没有窒息……算了，"假如"担不起这么多重量。

吴乐枕着李清优的肩膀，继续说："不知道我妈过得好不好，我已经很久没见过她了。"

苏静茹两手交叉抱着头躺下，跷着二郎腿，用十分轻松的口吻说：

"虽然你家在县城，但是你们县离市里很近好吧，不像李清优家那么远。想她就回去看呗。"

吴乐咬了咬嘴唇，像下定了什么决心："我爸工伤不能赚钱以后，我就很少见我妈了，她把弟弟带走，不知道去哪儿了。我回去只能陪我奶奶，照顾照顾我爸，他们也不知道我妈去哪儿了。虽然我妈她有些重男轻女，总是把弟弟挂嘴边，但我还是很想她。你们说，她真的舍得不要我吗？真的可以一走了之当没生下过我吗？"

李清优转过身抱了抱吴乐，原来她和自己一样"没有妈妈"。想想她被欺负时逆来顺受的样子，李清优明白了：有时候人会懦弱，也许只是因为心里知道，没有人给自己撑腰。

苏静茹显然更幸福一些，她是独女，父母都宠爱她，虽然家庭不算富裕，但生活得很安逸。她有她的洒脱之处，但她也更工于心计，比同龄人更会隐藏自己。平日里她表现得很看不起那些花痴的女生，但她自己的心思和青春少女没多大差别，耍帅久了，她总是离自己想要的越来越远，她只能让自己变得更独树一帜。比如她和男生打球这种事，是其他女生学也学不来的。与其傻不拉叽地尖叫、送水、送毛巾，不如和他们一起挥汗如雨。对于自己是众人话题中心这件事，苏静茹心里一清二楚，即便如此，她依然心事重重，因为她心里的那个人，并不是可以靠"篮球社交"接近的人，即便他是自己的同桌，她感觉他们之间隔着银河。不仅如此，她还要时刻提防"美梦晶"她们明里暗里的绊子，她这么酷、这么骄傲、这么要面子的人，绝对不允许自己被人在脸上画乌龟，绝对不要沦成为弱者，绝不。

回过神来，吴乐还在碎碎念："你们说，我爸妈为什么给我起这种名字。难道我注定没有快乐吗？这种'诅咒'要跟我一辈子吗？"

吴乐每每想起自己被欺负的事，就像光天化日下的贼，时刻提心吊胆，生怕被人注意到。

听到这话，李清优想到自己。父母给自己起名字的时候，一定也不会想到那个寄托美好愿望的字眼会成为恶意倾泻的靶点。

"如果能改名字，你会叫什么？"吴乐忽然问了这个问题，言语之间，尽是"改了名字就可以改变命运重新做人"的可爱和无奈。

李清优想了想，大概是每次被欺负时，那个让自己坚持活下去的、虚无缥缈的"未来"吧。抱着那一点点希望，支撑着自己一次次挺下去。

"李希吧。"李清优随口说道。

"改都改了，就连姓也改了吧。黎希，黎明的希望。熬过天黑，就有希望。"

吴乐笑着说。

一阵风吹来，她们彼此又靠近了些。一起唱着《只要我长大》。

她们望着天空想，也许这个糟糕的世界，等她们长大、等熬到黎明，就会变好吧。

黎希的回忆被警笛声刺破。

她缓缓睁开眼，身体像被吸附在土地上般，一动未动。

该来的终于来了。

警察来之前，滨河湾公园已经封锁现场。安保人员拉起了警戒线，把所有在场的人围到划定的活动范围，公园出入口也已经关闭。

潘平升知道，多年来女儿都不参与女婿的演出事宜，他们的婚姻问题他多少也知道一点。但是得知草地音乐节出事，他的脑袋还是"嗡"的一声，特别是报案人说两具女尸的脸上都有红色乌龟符号，听起来极有可能是刘晶晶和苏静茹。在没调查清黎希前，潘平升还未派警员去盯梢苏静茹，他没想到凶手真的还会出手，而且行动这么快。

潘平升对女婿的事知之甚少，完全没料到凶手会出现在草地音乐节，他甚至不知道女婿今天有演出。更让人着急的是，女儿女婿都不接电话。他拨给负责在女儿楼下盯梢的警员，喊他们上楼去看。得知家里没人后，潘平升跌坐在椅子上，然后立即起身和于晴等人出警。此刻，他只能祈祷今天的凶案是模仿犯，两个死者里千万不要有女儿。

通过今天的调查，警员已经基本掌握了黎希的情况和动向，通过手机定位知道了她全天都在家里——青阳路七里小区。于晴看着这个陌生的地址心有疑虑，再三跟技术人员确认，但那的确就是她家——黎希去年离婚后，一直租住在这里。

而于晴昨天查出黎希名下的房子在齐蜀路西山枫林小区，尤美玲案案发当日，"美甲女"就是一大早从这个小区出门打车前往尤美玲家的。掌握这个重要信息的于晴今天白天时跑了一趟西山风林小区。邻居说，平时这里是一个男士在住，很久不见家里的女士和小孩了。听到这话，于晴也不奇怪，人情淡漠的社会，不了解隔壁家的情况再正常不过，这个邻居能说出这些细节已经很难得了。

于晴找到物业，亮明搜查证，顺利进入了黎希的房子。房子里除了儿童房里有一些化妆品，还真没什么女人生活的痕迹。经过搜查，这里貌似也没有那些毒药，吴乐买回来的毒药去哪儿了一直是于晴心里的谜团。

为什么自己的房子不住，要租一间房子住呢？

回到警局得知黎希真实住址的于晴虽深感疑惑却并未多嘴，总之她决定搭上潘局的这趟顺风车好好查一查。没想到，警局这边还没查出什么眉目，晚上就出了事。

坐在警车里的于晴看着手机上和张简的对话框，不知道该不该告诉他。自从学长表示要退出这个案子，于晴就知道他们之间势必有一场心理战要打。但她万万没想到，"杀闺案"竟然有后续。如果黎希真的认准了张简可以包庇她，不是应该借着侥幸心理收手吗？难道凶手另有其人？

于晴坐立不安的样子被潘平升悉收眼底，也顺便提醒了他，若凶手真是黎希，张简在场或许比较好办。潘平升让于晴联系张简立即到案发现场。

张简此刻正在黎希家里。昨晚被黎希逼走后，他有些后悔。白天去警局申请退出案件调查以后，他立即返回黎希家。张简等了一天都没等到黎希，却等到了于晴的电话。

瘫坐在舞台上的山耀寺，全然不知刘晶晶正躺在离自己不远的地方。他正看着一具高高悬挂的尸体，惊魂未定。

舞台旁侧的川齐也还没有反应过来发生了什么。黎希之前给他看过这个悬挂的惊喜装置，是配合"青春葬礼"主题做的，寓意青春结束后，希望每个人都能在人生新的阶段收获幸福。五颜六色的冥币都被装在一个定制的大提琴复古铁盒里，象征伴随山耀寺音乐道路最重要的朋友。这个装置今天下午被高高地挂在了舞台顶端，只要川齐按下启动键，大提琴的"琴箱"便会被打开，彩色冥币就会倾洒下来。可是川齐怎么也没想到，随着空中飞舞的冥币，"琴箱"里还有一具尸体。

终于有勇气注视那具尸体的山耀寺认出来，那似乎是苏静茹，脸上还画着一坨红色的东西。听见有人喊着"台下也死了人"，他强迫自己定了定神，起身跑到人群间。人们不像往常一样尖叫、蜂拥、激动，而是自动给他让出一条路来。那个倒在地上的人，虽然戴着面具，山耀寺还是一眼就认了出来。身中数刀倒在血泊里的刘晶晶瞪大了双眼，没有了呼吸。

警察们也进来了，看到悬吊的尸体，立马冲上台处理。

"这里还有一个！"

潘平升见舞台上那个不是女儿，便循声来到刘晶晶所在的地方。看到她的瞬间，他再也忍不住，哭出声来。他缓缓蹲下身，用戴着白手套的手摘下红色面具，为她合上了双眼。虽然现场被破坏了很多，但法医和技术人员依旧需要保护现场，在痕迹检验完成前，潘平升他们都不能再碰尸体。

这时，张简也大汗淋漓地赶来，看到了两具尸体。

远处还在搜罗四散乐迷的安保人员此刻正拿手电照射着躺在草坪上的黎希。看到她一动不动，浑身是血，吓得转身就跑，一边跑一边叫："又死人了！又死人了！这里还有尸体！"

是时候了。

黎希缓缓起身，吓得回头看她的安保人员又喊："诈尸了，诈尸了！"

安保的声音引起了警察的注意，他们朝黎希所在的黑暗处走去。

远远地，张简就看到坐在草坪上的爱人在冲自己微笑。她满身血迹，一切似乎都不需要解释了。这幅画面让张简不知所措，一切预设都在这一刻得到印证。过往所有的情爱与快乐，信任与猜忌，都在这一刻烟消云散。可他仍旧不舍，在心底拼命地挽回那些即将分崩离析的画面。

潘平升一个箭步冲上去对着黎希的脸来了两巴掌，随后蹲在地上泣不成声，被身后的警务人员拉开了。

"你来了。"

已经服下河豚毒素的黎希此刻四肢麻木无力、呼吸困难，连她的口唇和舌尖都开始感到发麻和刺痛。但是看到张简，她还是很高兴。自己可以在死前见到他，也算是幸福。

黎希环视一周，看着一帮俯视自己的人，淡淡地说："尤美玲，袁梦，刘晶晶，苏静茹，都是我杀的。我认罪。我也赎罪。"

"为什么……"

吴乐伏法了，她完全可以有侥幸心理的，为什么一定要继续杀刘晶晶和苏静茹呢？她的恨意真的无法遏制吗？她就这样恨，恨到无法溶入自己的爱吗？复仇就比爱情、比人生、比性命、比未来还要重要吗？

"为什么，你宁愿毁掉自己的下半生，也要报仇？"

黎希已经神志不清，但还是笑着回他："因为……上半生已经被毁掉了……没有勇气和信心走入下半生了……"

惊闻此言，张简痛彻心扉，他感觉和黎希的过去都变成了玻璃碎片，扎入了自己的内脏。

黎希呼吸越来越急促了，张简猛然意识到她可能服了毒。

"你怎么了？"

"冷，你抱抱我，好吗？"

黎希开始大口大口地呼吸，手也捂在了肚子上，像在忍耐剧烈的疼痛。

张简赶忙抱住黎希。他感觉自己此刻的情绪不算很剧烈，但眼泪像夏日的急雨，噼里啪啦地掉落在黎希的脸上、脖子上，晕开了她身上的血迹。

　　她想起了母亲，想起了妹妹，想起了女儿，接着，眼前又浮现出吴乐，阿姐。她幸福地微笑着，她们很快就能相见了。

　　"谢谢你……对不起……"

　　仰视着张简，看着他背后的夜空，黎希想起十七岁的那个被锁在操场的夏夜，那个她以为自己还可能拥有黎明与希望的夏夜。

　　可惜，她等不来自己的黎明了。

第五章

永不结束的夏天

警局里安静异常，很多人都前去潘局家吊唁，但是于晴没去。

她去了苏静茹的葬礼。

关于刘晶晶死前为何戴红色面具，以及她又是如何被一步步引至凶手身边的，那封印有"印象 π"的邀请函说明了一切。山耀寺和川齐的笔录也表明一切都是黎希的精心布局。但是苏静茹又为什么出现在音乐节？又是怎么被装箱吊起来的？秦尧身为黎希的前夫和苏静茹的现任男友，与凶手和受害者关系密切，于晴打算去会会他。

张简因为有包庇罪犯的嫌疑被降职，他一句话没说，停薪留职，没再来上班。

人们总以为，葬礼是骗不了人的，人们和死者生前的关系，一目了然。可其实葬礼是表演者的最高殿堂，因为几乎所有人都在伪装情绪。

别的不说，起码要伪装严肃，所有人都在刻意紧绷自己：要与笑的肌肉记忆对抗，要改掉打招呼的浮夸语气、要在主家面前表现出足够的关怀……

在这种氛围下，倒不如大哭一场，最好把脸哭花，让脸部的肌肉尽情释放压力。

可人哭不出来，还要面对各种尴尬的状况。

　　所以葬礼上，更多人为了避免出差错，会选择接受氛围的引导。死者的遗像，肃穆的氛围，催泪的哀乐，和死者再不熟的人多多少少都能哭一场。

　　在这种情境里询问秦尧，再好不过。是多情种还是好演员，也许能看出一丝端倪。

　　到了地方，于晴没有表明身份，只看到一个瘦弱文静的男人一直跪在灵柩旁，右边的侧脸很俊朗。他的左边紧紧挨着的，是一个五十多岁的妇人，一直在捶打他哭喊着"都是你害的""你还有脸来"之类的话。可是那个男人任凭对方怎么打骂都纹丝不动，他一直低着头跪在那里，像是赎罪。

　　这时，另一个中年男人进来了，看到这一幕赶紧上前扶起妇人，喊了声"妈"。这一声下去，妇人像是见着撑腰的人，拉着男人的胳膊哭得更凶了。

　　"季岩松，你当时为什么要和小茹分开呀！即便孩子没了，你们也是多少年的夫妻了，你怎么就忍心离婚，把她丢给这么一个人。结婚没两天就被人前妻给杀了，小茹的命好苦啊……你说我造的什么孽啊……送完小茹她爸，又白发人送黑发人……季岩松，你，你要还认我这个妈，你就让他走！这才几天哪，你离婚分给小茹的房子和那么多钱就要被人分走一半！"

　　"不对……我知道了，他就是蓄意谋财害命！一定是这样……一定是这样……"

　　显然，妇人是苏母，来人是苏静茹的前夫季岩松，跪在地上的自然是秦尧了。

　　来宾看到这个场面也不哭了，围着看了起来，却没人敢上前干涉苏母。毕竟苏静茹死于凶杀，凶案关键人还在眼前，哪句劝慰的话说不合适都难以收场。只见秦尧不紧不慢地从地上起来，端端正正地站在众人面前，对季岩松和苏母说："妈，她的钱我一分都不要。"

好一张脸，散发着文艺片男演员的忧郁气质。这样的脸有一半被烧伤了，实在是可惜。

"谁是你妈！你这个杀人凶手！"说着，苏母又要上手。

季岩松虽然浑蛋，这个时候倒也像个人，从进门到现在一直咬着后槽牙保持着体面，此刻也拦住了激动的苏母。但马上，他又暴露本性，他和秦尧说自己今天就是为这事儿来的，让秦尧说话算话，立下字据。说着，就示意身后的律师拿出合同，让他放弃对自己那部分遗产的继承。

秦尧扫了眼合同，毫不犹豫地签了字。

他签完字都没看季岩松一眼，转过身对苏母深深鞠了一躬，接着，不卑不亢地走出了门。

秦尧出门没多远，季岩松追了出来，一把揪住秦尧的衣领："刚在里面我不想动手，你说，我女儿的死是不是也是你老婆搞的鬼？还是你们两口子搞的鬼？"

季岩松其实是不知道怎么在人前解释，为什么女儿出事的时候，他和杀死苏静茹的凶手黎希在一起。

"你在说什么？"

"装什么蒜？老子要知道她离婚是要跟你结婚，老子怎么可能让给你！你挺有本事啊秦尧，上学的时候就靠小白脸吸引女人，现在了还来这一套！软饭好吃是不是啊，吃完一碗还有一碗！"说着，一个拳头就砸了下去。

秦尧没还手，也没追问季岩松他刚刚的话什么意思。

站在不远处的于晴捕捉到了关键信息："你刚说什么？你女儿的死和黎希有关？"

"你谁啊？"

"警察。"

季岩松迟疑了一下，犹豫要不要说实话。确实，他现在婚也离了，苏静茹人也死了，他没什么可隐瞒的了，但是他要跟警察说什么呢？说李清优杀了女儿后消失，一年后又杀了苏静茹吗？她也没纠缠自己上位啊。即便她因为恨苏静茹当年出卖了自己，后来又抢了她的男人，才失心疯杀了人，可如今她也自裁了，自己要跟警察说什么呢？怀疑她和秦尧联合作案吗？对她有什么好处呢？秦尧能捞到的"好处"，他刚刚亲手放弃掉了，自己有什么理由控诉他？更何况当初自己对安监部门撒谎说被吓昏住院的李清优是自己老婆，遂上报了苏静茹的资料，如今推翻这些对自己的声誉会有影响，划不来。

"原来是警察同志啊，抱歉抱歉，刚失态了。我气糊涂了，随口胡说。您别见怪。我的事处理完了，您继续。"季岩松挽了挽袖口，头也不回地离开了。

于晴又转向秦尧。

"你还好吧？"

"我没事。"

"找个地方说？"

"好。"

"要不……去你家吧。"

秦尧显然迟疑了一下，神情依旧冷静克制："我现在没有家。"

"就去齐蜀路的西山枫林小区吧，据我所知，黎希遗嘱里把这套房子留给了你。"

秦尧再没理由拒绝。

这间屋子前几天于晴刚来过，但一无所获。今天，她打算借着询问秦尧，再好好看看这里。

"苏静茹去音乐节那天，你在做什么？"

"我去了旅行社，咨询蜜月旅行的事。"

"几点？"

"中午我和她一起出的门。她说要去给刘晶晶一个惊喜，办姐妹趴什么的。我心想，那就让她好好玩一玩，我自己去问旅行的事。我在旅行社待了一个下午，咨询了挺久，最后选了南法深度游。我当天填了资料，给了证件，交了钱，这些都能查到。唉，早知道我就陪她去了，希希……也许是想不开吧……我也没想到事情会变成这样。"

看着秦尧低沉的样子，于晴想了半天，实在没发现秦尧有什么问题，打算告辞。

临出门，她被秦尧的书架吸引，上面摆了差不多上百本书。

大多是一些武侠小说。《雪山飞狐》《连城诀》《天龙八部》……很多都是金庸的小说。

"这么爱看小说？"

"嗯，有一段时间专门在家陪孩子，白天没事就看看书。"

"所以……你们两家的孩子到底是怎么出事的？方便问吗？"

秦尧用低沉的嗓音回答："我女儿……在学校游泳课溺水了。她女儿，跟他爸爸出去玩的时候出了安全事故。"

于晴若有所思地点点头。

你想爱一个人，好像她是一场梦境，而你只是其中的低频电波。你想在那个梦境上标一个记号，生怕她在幽深处消失，可一切为时已晚。

昏暗的房间里，张简坐在琴凳上，他感受不到生命的重量，手指甚至都摁不下黑白键。

他分辨不出外面是白天还是黑夜，他不想计算这是她离开的第几天。

他恨自己那天晚上为什么乖乖离开这个房间，他恨自己没能真正走进她心里。

人们总说，每开始一段新的感情，人们能给予的就更少。张简觉得他们都不懂爱，爱这种东西，怎么可能越来越少？

可是，他就懂爱吗？

在仿佛早已凝固的时空里，张简屏住了呼吸。他理性地审视每一块记忆碎片，又不可避免地沉溺在有关黎希的记忆中。他时而痛哭，时而沉默，他甚至开始怀疑，她到底有没有爱过自己。

如果她从一开始就抱有目的，为何对他没有一丝利用；如果她珍视这段感情，又为什么要抛弃唾手可得的幸福，突然杀红了眼，走得那么迫不及待？

如果她爱自己，为什么不相信自己可以帮她走出阴影，重新开始生活？愤怒并不是复仇的全部，好好活着也是啊。她为什么这么傻？

一种前所未有的窒息感深深袭裹着张简。

他不明白，就像那些无法感同身受的无力感，那种被地狱的锁链锁住四肢的恐惧感，那种生活已经无法重建的失重感，他永远不会明白。

他只觉得自己人生第一次领会，何谓失去。

张简收拾着黎希的遗物，看到那本英国女作家安吉拉·卡特的《焚舟纪》，再次看到她写在上面的那句话。

"渡河之后，烧掉你们的船。"

黎希，你究竟背负着怎样的秘密？需要你烧掉人生的残舟去守护。

还是说，我从未有一天真正认识过你。

黎希没有留下照片，除了一张和吴乐的合照——夹在一个透明封皮本子的尾页。照片里，黎希，准确地说是李清优，戴着蓝色假发，穿着 JK 制服，和同样穿了 JK 制服、戴着粉色假发的吴乐一起，像是在什么露营派对上，俩人贴着面，开心地对着镜头，一脸青春。

是啊，当时她们关系最好。好到连吴乐会所的名字，也取名"优柔"。所以，吴乐那么急着自杀，真是为了保护黎希吗？那黎希后来又自曝式地连杀两人，岂不是辜负了吴乐的"牺牲"？

仔细想想，这两起连环杀人案的"合谋者"，似乎从一开始就"意见不合"。

在尤美玲家时，一个凶手宁愿等所有人喝醉再找时机下手，也不愿使用现成的药物，明显想将尤美玲之死伪造成意外；一个凶手又在尸体脸上画红色乌龟符号，将案件彻底指向他杀，又丝毫不畏惧"美甲女"的暴露，大胆地用指甲油当作颜料。

"杀闺案"的两位凶手，就像两位视死如归，但没有统一作案计划的战友，东一榔头西一棒槌。

想到这里，收拾完遗物的张简终于打算走出房门，去一趟优柔会所。临出门前，他带上了那张照片。

下了楼，张简看到自己的老凌志旁，还停着黎希的小白车。

他眼眶有些湿润，想象着下一秒黎希会开车门跳出来，扑过来搂住他。

张简想了想，打算开黎希的车前往秦湘路。

到了优柔会所，还未下车，张简就看到杨树明从里面走了出来。一个年轻小伙子送他出门，杨树明拍了拍对方的肩膀。杨树明的举止稳重、成熟内敛，完全不像在警局时那么放肆。

待杨树明走后，张简下车，向会所走去。

他正犹豫要怎么开口，刚才送杨树明出门的年轻人一眼认出了他的车。

"你是希希姐什么人？"

张简有些不知所措，深吸一口气说："爱人。"

"你是张警官吧。我听我姐提过你。"

"你是？"

"我是吴乐的弟弟吴伟。"

"弟弟？"

"嗯。半年前，我姐把我叫来，让我熟悉这里，说她之后会和杨哥一起把这家店移交给我。"

"你说杨树明？刚才那个人？"

"对。"

"他和你姐姐感情……很好吗？"

"他对我姐很好，我姐也很感激他。"

张简再次感到迷惑。他当初觉得吴乐用杨树明的手机作案实在是多此一举，如今听到二人关系比他想象的还要好，他愈发觉得，吴乐当初的"栽赃"不合理。

他想到吴乐和黎希的几次"意见不合"。

"老板,杨哥找的装修公司的人来了。"一个店员走过来,对吴伟说。

"装修公司,来做什么?"

"杨哥昨天来说的,让你们商量重新装修门面,会所名也顺便能改,手续他帮你弄。"

"让他们走吧,这儿还叫优柔会所。"

"好的,老板。"

店员走后,张简问道:"这个名字怎么了?"

吴伟愣了愣,笑了一下:"没什么……杨哥大概怕晦气吧,但这名是我姐起的,她估计不想换吧。"

"你知道这家店名字的由来?"

吴伟示意张简随他去办公室,两人坐下后,他才娓娓道来。

"没什么要紧事,只是有些话我必须替我姐说。你是希希姐的爱人,如今她和我姐都走了,我也没什么可瞒的。我姐和希希姐关系一直很好,我也以为是因为这个,会所才会有那个名字。可是有次我问她,为什么还有个'柔'字,她说……因为当年是她做了错事,害了李家姐妹。"

"什么事?"

"我姐得了心脏病以后,就什么事都和我说了。她说当年我妈带我走之后,她在学校被欺负,因为不懂事误入歧途,做了不该做的事。为了赚钱,她需要有身份证,可她比同学小一点,始终没办下来。她和希希姐走得最近,所以她为了赚钱,即便知道这样做对不起希希姐,也还是找机会偷了她的身份证……"

张简心里一惊，没有打断他。

"常在夜里走，终于撞见鬼。有次我姐住了一个同班同学家开的酒店，这事儿就被人知道了……总之，他们把脏水都泼到了希希姐身上。我姐害怕极了，而且她也是那个组织的一员，必须和他们一起行动。我姐亲眼目睹了他们的恶行。我姐又愧疚又胆怯，她没想到自己偷了好朋友身份证会有这么严重的后果，更没想到后来会让李清柔也惨死。所以我姐拼命做事补偿自己内心的亏欠。可她对希希姐好，希希姐就对她更好；希希姐对她越好，她就越羞愧。直到她得了那个病，她说，她这次终于能还清了。我一开始不懂什么意思，现在我懂了。"

张简以为整件事里，起码吴乐对黎希的感情是真挚的，可谁想，这份感情竟参杂了一多半愧疚。也难怪，她死得那么决绝。

张简忽然想起什么，于是掏出那张李清优和吴乐的合照："你在家里见过你姐这张照片吗？"

吴伟看了看："见过，而且印象很深。她曾经喊我处理掉所有和黎希有关的东西，怕案发后警察发现她们的关系亲近。事实上，案发前很久，她就开始刻意疏远希希姐了，也不许她来这边。"

"关于这张照片，你姐有没有说过什么。"

"这是她高三的时候，他们高中部夏令营的化妆舞会，她们大概没得扮吧，就那样扮上了。"

她懦弱，年轻的她不敢反抗命运的不公；她又很坚强，即使在经历了足以使人毁灭的打击后，她还能胆怯且充满希望地活着。

她都死了，他还是不懂她。

窗外不知什么时候落了初雪，世界像积了一层厚厚的奶盖。一簇又一簇的白日焰火在空中乱窜，噼里啪啦的声音透过窗户钻进来。楼下的女生举起戴着红色毛线手套的双手去接捧天空撒下的甜蜜佐料，围着男朋友兴奋地叫喊着。男生捏了一个雪球，假意要往女生脖子里塞。两个人打闹着跑开，渐渐消失在张简的视线里，只剩下一串脚印。

"快过年了，你该去于晴家里走动一下。"

张简母亲一边从厨房往餐桌端菜，一边敲打他。

倚在窗边的张简被打断思绪，心不在焉地说："知道了。"

黎希走后，他不打算再回警局。直到两个月前，一个特大涉黑团伙的重要成员从外省潜逃到他们这里，队里要配合市局进行侦查，同事们终于请动了他这位大神。谁知在行动过程中，张简遭遇突然偷袭，于晴本能地替张简挡了一刀。伤口在锁骨下方，离心脏不远，十分危险。救护车赶到后，张简抱着于晴上了担架，一路陪着她去医院。看他紧张的样子，于晴终于吐出深埋多年的感情。

"学长……我会死吗？"

"胡说什么？"

"你知道我为什么毕业了……工作了这么多年……还这样叫你吗？因为……因为这样可以让我感觉和你更近一些……学长，我现在死了也没有遗憾了……"说完，于晴虚弱地闭上双眼，一边搂着张简，一边"死得其所"地靠在了他的胸膛。

张简百感交集，他还没能从上一段感情中完全抽离，自然无法回应于晴。

事后张简父母出于感激也去医院探望，和于晴的家人慢慢熟络了起来。看两人各方面都很般配，张母和于母起了撮合之意。

于情于理，于晴家这一趟，张简都该去。于是饭后，他买了些年货，开车往于晴家驶去。

于晴家在解放西路，七中所在的那条街道。张简本就觉得自己和于晴的接触很别扭，在快要开到学校时他的思绪被拽入校园中，那里似乎有某种吸力，让他想要靠近。张简的车越开越慢，到了学校门口，他终于还是停下车，跟门房大爷打过招呼后，走进了学校。

正值寒假，学校空无一人。张简踩着未被污染过的新雪，在"咯吱咯吱"声中思念着黎希。黎希走了半年，时常会回他梦里，他总觉得她还未走远，或者，她有什么未了的心事。眼泪随着脚印在白雪中凿出窟窿，忽然，他发现另一边也有一串脚印。

张简来到教学楼前，发现前方有个身影。

一个身形不高的男人穿着黑色大衣，正仰着头，像是在望着连接初中部和高中部的塔楼，又像是在看天。男人的手中拿着一大束玫瑰花和一杯饮品，他缓缓将它们放在地上，又静静伫立了一会儿，朝学校南门的方向离开了。

男人转身的时候，张简看到他的左脸处有疑似烧伤的疤痕。他记得黎希说起过秦尧被烧伤的事，难道……那个人是秦尧？

待男人走后，张简好奇地走了过去，发现对方刚刚留下的饮品是北海道红豆奶茶。它和那束鲜红的玫瑰静静地躺在洁白的雪地里，格外刺眼。

这算是一种祭奠吧。张简记得黎希说过，爱喝红豆奶茶的是妹妹，当年总有人趁午休时偷偷往她的课桌上放一杯奶茶。后来，陈博闯入黎希的生活，黎希猜当年那个人是他。

也许玫瑰给姐姐，奶茶给妹妹吧。

早知今日，当初又何必离开。

不过黎希也说，她不知道秦尧爱没爱过自己。一直以来，她都感到自己的婚姻里像是存在第三个人。

离开学校后，张简去了于晴家。她父母看到张简上门很是开心。

"来就来，花什么钱，都这么熟了，就当亲戚串门。"于母欣喜地接过年货，话里话外暗示着张简，一边拿眼神示意于父招呼人。

于父正在看电视。电视上正播着98版《鹿鼎记》。就像没看到来客，于爸只是摆摆手示意张简坐下，眼睛一秒也没离开电视。

张简知道于父对自己不满，女儿已经是警察，他不希望女儿再找一个警察。或者，他是对女儿替张简受伤不满。总之，于父的态度反而让张简更自在些。

电视上演到韦小宝带着长平公主和心上人阿珂参加"杀龟大会"——康熙年间的反清复明人士为商量对策诛杀卖国贼吴三桂而成立的同盟。

子时的篝火前，华山派掌门开嗓："开始我们的"杀龟大会"前，我们恭迎延平郡王的二公子郑克塽，有请郑公子！"

郑克塽穿着大明官服在阿珂兴奋的眼光中煞有介事地登场，用韦小宝的话说就是"真是个绣花枕头"。

"今天大家聚集在这里，都是为了一件大事。我大明江山被鞑子占据，而罪魁祸首，就是十恶不赦，罪该万死的……"

后面各路人马齐喊着："吴三桂！吴三桂！吴三桂……"

于父看得津津有味儿，丝毫没有发现一旁的张简已经被"杀龟大会"几个字震惊得张大了嘴巴。

这时，于晴刚洗完澡穿着睡衣从里屋走出，看到张简来了，她很开心。虽然表白之后张简没有回应，但是张简肯定知道了自己的心意，她愿意等他慢慢从情伤里走出来。

于晴难得地流露出少女的羞涩，却看到沙发上的两个男人都死死盯着电视出神。她一边擦头发一边撇了眼电视，无奈地对张简说："我爸就是金庸迷，只要电视上演金庸的武侠剧，他老人家不管看过几遍都会跟着重温……不过说到这，我倒是想起秦……"

于晴忽然意识到上面，赶忙闭嘴。

"你说什么？"

张简立即站了起来。

于晴只好小声说："我是说……秦尧也是金庸迷……上次去他家，看到很多金庸的小说……怎么了？"

张简示意于晴看电视，郑克塽正在煽动情绪。

"那个大汉奸罪大恶极，相信在座各位都想吃其肉，寝其皮。我们今天就趁'杀龟大会'这个好机会，商议出一个妥善的方法，来诛杀那个汉奸，在各省成立'杀龟同盟'，好吗？"

"杀龟同盟！杀龟同盟！"

同样意识到什么的于晴和张简一样，第一次把儿时看过的经典剧和案子联系起来。

"可是这……就只是巧合吧。"

"你再想想？"

一脸疑惑的于晴突然瞪大眼睛，恍然大悟："游坦之！"

"对，《天龙八部》里，游坦之的脸不就因为被阿紫套上铁头盔而毁容的吗？秦尧的脸也被烧毁了一半！"

张简激动地和于晴讨论案情的样子在于父眼里十分不讨喜，更何况还打扰到他看电视剧，于是他大声清了清嗓子，但是俩人此时显然顾不得这些。

"如果……这个也是巧合呢？而且，如果秦尧和'杀龟大会'有关系，为什么会这么多年后报复当年的成员？而且还是借黎希和吴乐的手？黎希和吴乐还……心甘情愿？他的动机是什么呢？"

想到这里，于晴掏出手机，搜索着"游坦之"的信息。

游坦之，金庸武侠小说《天龙八部》中的人物，聚贤庄少庄主，丐帮第十代帮主。父亲为游骥。他是金庸笔下命运最悲苦的角色之一，父母双亡，在复仇路上，痴恋残忍歹毒的阿紫而被套上铁头，成为毁容的奴隶，误入歧途。阿紫练化功大法，贱待他的性命，因为游坦之捡到易筋经修炼才得以存活。偶然机会下游坦之练就冰蚕毒掌成为绝世高手，武功威力几乎与萧峰和虚竹平手。后来化名庄聚贤，成为丐帮帮主。阿紫瞎了眼睛，他就把自己双眼换给阿紫。最后阿紫不想欠他人情，挖出游坦之给她的双眼掷还给他，并抱着萧峰的尸体跳崖，游坦之也跟着跳崖……

"父母双亡……复仇人设……这和'杀闺案'有什么关系？"

张简想起上个月，"SOS"来找他吃饭——知道张简的事以后，"SOS"经常找张简玩，想要逗自己的"救命恩人"开心。她说自己因祸得福，因为直播有了自己的粉丝，所以她有事没事都会关注其他主播的动态。吃饭间隙，"SOS"便一直关注一个美女的直播，看到别人的打赏，时不时地发出羡慕的声音。

"这有什么好看的？"

"这可不是普通的美女。"

"SOS"一边回话，一边继续紧盯着屏幕。

"怎么个特殊法？"

"这是个帅哥。"

"什么？"张简拿过手机，看着屏幕里那个只露出半张脸的"美女"，正拿自己纤细白皙的手指摆弄她一头性感的大波浪。

"你看他，真的很美，看那鼻子，看那下颌线，这颜值都能出道当明星了。"

"好端端的男人，为什么要扮成这样？"

"吸粉啊，做直播没点特色怎么行？好多人给他打赏呢，但他永远只露半张脸，有点可惜。"

张简看了看这个主播的 ID，名字叫"夏雪宜"。当时他对这个名字印象很深，总觉得这个名字耳熟，像是儿时在某个武侠剧里听到过。想到这里，张简拿出手机搜了"夏雪宜"三个字，信息如下：

夏雪宜名号"金蛇郎君"，是金庸小说《碧血剑》里的隐形主角，书中并没有正式出现过，却是书中极其重要的支线人物，故事中很多情节都始自于他。夏雪宜是一个正邪参半的角色，在温家人眼里他是十恶不赦的冷血魔头，在温仪眼中却是善良和温柔的化身，他有情有义，只是个性有些偏激。

果然，"夏雪宜"也是金庸小说里的人物，这个宜男宜女的名字实在是适合那个男扮女装的主播。而且，夏雪宜同样是复仇人设。

所以，那个嫁祸杨树明的"游坦之"、那个始终挡住半张脸的"夏雪宜"，会是秦尧吗？他和"杀龟大会"有什么关系？和"杀闺案"又有什么关系？

张简和于晴陷入了沉默。

看张简似乎又陷入对往事的痛苦回忆中，于晴知道他此刻再也没有心思做任何事情。于是她胡乱擦了两下湿漉漉的头发，对张简说：
"等我换衣服，我们回局里。"

待于晴换好了便装，于母也从厨房出来了。

"腊月里还下着雪，你们这是要去哪儿玩？你的伤口才刚好，不要
命了？"

"哎呀，那点儿伤还要养多久。别管了，有要紧事。"

于晴说着，已经匆匆走到门口换鞋。

"有什么要紧事比命重要啊，别好了伤疤忘了疼。张简你快说说她，
你说话她听，你们得在家吃晚饭啊，我正炖肉呢。"

于母话里有话，俨然已经默认俩人是一对儿。

"我在家都快成肥婆了，还炖肉呢。"

于晴抢在张简说话前把于母的话噎回去。张简冲于母不好意思地
点点头，随于晴一起出门了。

"神经兮兮。"

张简转身后，于父终于瞧了他一眼。看他出门，忍不住说："俩神
经加一起更神经。"

"终于能出门了，还能看雪，多亏了你，不然我磨破嘴皮老太太也
不会放我出门的。"

出门以后，于晴兴奋地捧着雪花，故作轻松地对张简说。

"于晴，谢谢你。"

于晴为他受了伤，还这么善解人意，处处为他着想，张简心里更
加过意不去。可是看着她在雪中快乐的样子，他的眼前浮现出黎希在
雪中哭泣的模样。

"这话说的，好像查案是我们义不容辞的本职工作吧？"

是啊，于晴现在还是他"上司"呢。他"隐居"后，于晴暂代队长职务，张简回到工作岗位后也没有职级变动。

可能意识到自己的话容易被误会，于晴赶忙接着说："我们去警局除了查秦尧，是不是还应该喊两个人过来？"

"谁？"

"季岩松和山耀寺。"

有可能知道一些当年的事的人，也就他们两个了。

张简点点头，于晴立即联系林昊然去办。

到了警局，于晴立即发起对秦尧的调查，关于"夏雪宜"是否就是秦尧的问题，马上就会有答案。他们翻看着秦尧的基本资料，于晴有些疑问："这个县……我记得……她，是不是也是那里的？"

张简心里"咯噔"了一下，还真是。秦尧和苏静茹领证那天，黎希讲起她的过去，有说过她和秦尧是老乡，所以秦尧有时会关照她。

一直以来，总是出现在背景故事里的秦尧都是一副无害的模样。他独来独往与世无争、沉默寡言、隐忍不语……他的一切特征都被掩藏在"校草"的光环里，让人误以为他只是个无关紧要的角色。他照顾同是老乡的黎希、按时接送女儿、体面分手、放弃遗产……顶多算是情种。

这一切……如果反过来看呢？

张简不寒而栗。

山耀寺没在国内，刘晶晶的葬礼后，他就远离了这里。只有季岩松来了。

年底的饭局多，季岩松应接不暇，偏偏还接到警局的电话，晦气。他开着大奔猛踩油门宣泄情绪，下车后他还一边骂骂咧咧一边拍着身上的雪。可一进警局他又换了张"面具"，笑嘻嘻地进门了。

一听警察问的是当年"杀龟大会"的事，季岩松的表情瞬间出卖了自己。"杀闺案"的本质就是对"杀龟大会"的复仇，在一帮女人接连死后，季岩松也一阵后怕，毕竟当年他也没少作恶。

如果警察问的是他当年的事，他也许不会讲真话，可警察问的是秦尧，他的神情立即复杂了起来。当初苏静茹虽然是自己下功夫才追来的，可经济地位的悬殊让他一直对自己在这段感情里的"主导地位"十分自信。女儿死后，他以为苏静茹会更加做小伏低，最起码不会再出去搞她的事业，好保护这份风雨飘摇的婚姻。没想到，她反而对自己更冷漠。时间久了，季岩松觉得没劲，试探性地提了离婚，苏静茹立即同意，这一点让季岩松耿耿于怀。

好歹是真心喜欢过的人，加上他好面子，给了苏静茹一套别墅和一大笔钱。而且他也不愿意活在对女儿的思念里——看见苏静茹，他就觉得愧疚，毕竟女儿是死在自己和"情人"手中。只是他没想到，离婚当天，苏静茹就和秦尧领证了，这让他像吞了苍蝇一样恶心。他知道，上学的时候苏静茹就惦记秦尧，要不是葬礼上秦尧愿意在放弃遗产同意书上签字，他一定饶不了这个人。

事后，季岩松也有怀疑，秦尧和李清优这两口子的行为太割裂了，可是秦尧又没什么破绽，他也不好找警察吐露自己和李清优的破事，毕竟女儿死在自己眼前，自己当时还谎报了信息。更何况，李清优是个杀人犯——连环杀人犯，他可不想再牵扯进去。但是听到警察询问秦尧，他感到自己的一些邪恶的猜测得到了印证，不免有些兴奋。

"秦尧怎么了？"

"不该问的别问。"在于晴眼里，季岩松和薛毅是一类人，她没什么好脸色。

"我们只是想了解，秦尧当年和'杀龟大会'有没有关系。"林昊然补充道。

"他？他和'杀龟大会'？不可能。"

"原则上你们之间不是互相不知道对方身份吗？你怎么这么肯定？"

"表面上是不知道，但是行动的时候多少会猜到啊，而且他只有被欺负的份吧……"

季岩松说完意识到自己上套了，于晴两句话就套出了季岩松当初是"杀龟大会"成员的事实。

但警察问的问题，季岩松还真没想过。不只是他，所有同学都没有想过。

当初秦尧入学的时候，口音很严重，一张嘴就被人取笑。平日里秦尧没少被他们欺负，所以他一直不是很爱说话，一向独来独往。说到这，季岩松还真想起一件怪事。他说，隔壁宿舍有个男生曾经在秦尧接水时死死摁住他，让他在水管下淋了个透，后来那个男生身上就发生了很诡异的事情。

"什么事情？"

"每天他醒来就鼻青脸肿，像是夜里被……群殴了，但是他夜里毫无察觉。"

于晴和张简对视一眼。同样的事情，吴乐也曾经讲过。看季岩松不敢往下说了，张简接着说，"后来这个同学就退学了。"

季岩松瞪大了眼睛，接着又心虚地低下头，但依旧嘴硬，不肯直截了当地承认自己是"杀龟大会"的一员。

不过讲到这里，季岩松也感到惊异，毕竟当年"上级"要求对这个男生下手时，其他人也有些奇怪，毕竟那个男生虽然不富，但也不穷。

如今想来，似乎的确是在他欺负了秦尧之后，才被"杀龟大会"盯上的。而且秦尧当时的反应也很奇怪，他没有反抗，也没有求饶，他像没事人一样，端着盆接完水走人了。

"难道他才是'π'？"

"你说什么？他派谁？"林昊然听到了季岩松的小声嘀咕。

"轩辕π……"

"什么？你们还分派别？"林昊然有些头大。

"不是，'杀龟大会'的盟主，发起人，轩辕π是他的代号，每人一万元的入会费都是交给他的。其他成员也都姓'轩辕'，ID需要体现真实姓名，比如尤美玲就叫轩辕大王，袁梦，就叫轩辕衣夕。这算是一种投名状吧，所以内部人口风都很严，私下里行动就算认出来了，也不会捅破那层窗户纸，大家都是一根绳上的蚂蚱，谁也不会傻到给自己挖坑。"

"那你刚为什么说秦尧是轩辕π？"

"当年我们都以为山耀寺是π，因为他名字谐音是'314'嘛，加上他家庭背景强大，我们觉得只有他有魄力建立这么个组织了。加上他平时一副生人勿进的样子，谁也不搭理，我们自然猜测"轩辕π"就是他。包括他后来那个唱片公司，叫什么……'印象π'，我都觉得当年一定是他了。可是刘晶晶葬礼我去了，我跟他聊了'杀龟大会'的事，毕竟过去这么多年了，没什么不能说的。可他说他根本不是什么'轩辕π'，甚至很意外我会那么想。我当时还想，如果不是他还会是谁呢。可现在你们看，秦尧的'尧'里，不就包含着'π'吗？"

于晴想，难道刘晶晶邀请函上的"π"，不代表山耀寺，代表秦尧？那她是为谁赴约呢？如果像季岩松所说，大家都以为山耀寺就是"π"，那刘晶晶应该是带着某种期待赴约的，黎希也许正是利用对方夫妻关系不好这一点，吸引刘晶晶乖乖前去的。

张简此时也紧皱着眉头，若"π"就是秦尧，那关于"金庸迷"的就都对应上了。可是，他当年和李清优同为"弱者"，他怎么会去成立一个这样的组织？《鹿鼎记》中"杀龟大会"的报仇性质，"游坦之""夏雪宜"的复仇人设，代表什么呢？这两个人物和秦尧有什么关联点？父母双亡？黎希说过，秦尧的父母是高考前夕在一场火灾里丧生的，他左脸的疤痕也由此而来。难道他父母的死和黎希有什么关系？

"季岩松，你好像还有事情瞒着我们。"

张简只是用"杀龟大会"这件事诈一诈他。他知道，没有两次审讯结果是完全相同的，审讯大多都利用了人性中的某些弱点。没想到季岩松以为警方知道了自己在女儿事故当中谎报信息的事实，忽然心虚起来。眼见调查是针对秦尧的，他小心翼翼地问："警察同志，我说了可以将功折罪吗？"

还真有东西，于晴冲季岩松扬扬下巴："你说，我们听听。"

"我……我女儿去年夏天在游乐场出意外从过山车上摔下来……其实，那天不是我跟苏静茹去的。当时，她在出差，是我和……李清优……就是黎希，是我们两个去的。

"我们两个有那种关系，不过现在想来，她只是为了取得我信任，然后向我女儿下手吧。虽然秦尧最后没要苏静茹的遗产，但是我还是觉得这两口子一切早有预谋。当时我和苏静茹还没离婚，秦尧就迫不及待下手了。如果秦尧真是'杀龟大会'的盟主，那他藏得也太深了，说不定今年这个连环杀人案他也是幕后操控人呢？真是个狠人，连老婆也卖……"

张简一拳捶在了桌子上，狠狠地问："你们两个是哪种关系？"

季岩松愣了愣，以为警察要听八卦，开始美化自己。

"您不知道，李清优当年就很随便，不然也不会三番五次爬上我的床，早年觉得我能罩着她……后来就像我刚说的，是为了方便行凶报复……"

"报复什么？你和你老婆做了什么让她想要报复？"于晴见张简已经气得紧咬后槽牙，赶忙揪住关键信息。

季岩松眨了眨眼："女人之间那些事儿呗，我可不清楚……李清优都是杀人犯了，肯定心理变态……"

"林昊然！"不等季岩松把话说完，张简便吼道，"季岩松涉嫌包庇罪犯，拘起来！"

林昊然看了眼于晴，见老大没反应，他也十分解气地说："是！"

但凡爱人之间有一点不信任，就会被不信任的钩子牵着鼻子走。即便完全信任，也做不到无视刚刚那些话啊。可是，人和人之间哪有什么"完全信任"呢？

死人无法替自己辩白，活人肆意为自己开脱。

在季岩松的喊叫声中，张简的视线开始模糊。

但是季岩松有句话点醒了他。秦尧很有可能就是不露声色的幕后操控者，如今亦然。

难怪秦尧放弃了遗产，因为他和苏静茹结婚的目的，可能是为了方便作案。

不过目前只是猜测。他需要找到背后的动机。

"盯紧秦尧，我去趟他老家。"

张简起身就走。

留于晴坐在原地怅然若失。

一旁的林昊然将一切看在眼里。

张简打开车窗，雪在风的裹挟中一片一片砸在脸上。

一路上，他都在试图努力平息自己的愤怒和悲伤。

可季岩松那句"卖老婆"像无休止的音节，一直回响在耳旁，张简无法平静。

黎希出事后，他虽然消极逃避，可事后他有查看笔录，对川齐的一段描述印象深刻。对方在交代他和黎希结识的过程时，讲到她在跨年夜怀着身孕出去赚钱。

当时看到这里，张简一阵心痛。

沉浸在痛失所爱的情绪里，他看不到旁人，也注意不到故事背后的寒意。

如今想想，如果丈夫真的爱她，不会眼看着怀孕的妻子在跨年夜冒着大雪，去赚那一点生活费吧。如今也置身于大雪之中的张简，看着白茫茫的世界，想到被掩盖的肮脏和罪恶，再也无法平息。

而关于季琳琳死亡的真相，也冲击着张简对黎希的认知。

她究竟还经历了什么？她究竟为了什么？

雪花消失在张简的眼泪里，再也不见踪影。

一如爱人，消失在风中。

这是张简第二次来这片土地。

第一次是为黎希下葬。

她在他怀中的最后一句话便是"送我回老家"。

　　他知道，她想和家人葬在一起。

　　四周都是山区，这里最不缺的就是土地，很多人死后会葬在农村的祖宅附近，好像回不去的故乡在死后终于得见。其实这里的许多农村早就不再住人，整个村子里也没有多少户人家，大片的土地无人耕种，守着它们的是为数不多不愿进城或进不了城的老人。

　　黎希全家人的墓地也都在祖辈所在的泽灵村，这里同样一片荒凉。从县城到村子有段路很险，窄得刚好能过一辆车，一边是悬崖，下了雪根本没人敢开车进出。所以即便是春节前夕，泽灵村里也鲜有祭祀痕迹。

　　此刻已近黄昏，大雪依旧未停。站在黎希的墓碑前，张简悲恸欲绝。他拿着一束白百合，缓缓放在雪中。一时间，他突然想起秦尧放在七中的那束玫瑰。

　　黎希死前的那段日子，一直沉迷排练新话剧《染血之室》——《焚舟纪》里的一个故事。扮演侯爵新娘的黎希，在丈夫布满百合的婚房醒来。他记得黎希当时曾说，在那部话剧里，洁白的百合是一种意象道具，是不容置疑的男权心中妻子的忠贞。令人颤栗的侯爵跟百合一样有着蟾蜍般微微发冷的皮肤，在现场，观众可以同"新娘"一起嗅到百合花阴沉的气息，感受"新郎"的冥重。当时黎希还开玩笑说，安吉拉·卡特的原文里，当"新郎"要置"新娘"于死地时，新房的百合花也全部开始腐烂，像是某种排泄物；如果剧院连这种味道也要沉浸式同步，会不会吓跑观众。

　　那段时间，张简常常买百合给黎希，一来她本就喜欢百合，二来帮她更好地入戏。她说，花朵腐烂的过程也是释放香气的过程，但人的死亡却不一定。所以关于百合腐烂的意象，是在指丈夫心中妻子地位的凋零，抑或是妻子心中丈夫形象的崩塌。

想起和黎希谈论艺术的日子，就像在昨天，她曾存在的那个世界，仿佛由高速列车拖拽着朝后驶去，仿佛满心欢喜地要把他带向只有晴天的远方。他不稀罕什么晴天，他宁愿永远待在她的世界里，即使这里风雪肆虐。

张简克制着自己汹涌的思念，脑子里浮现出那束红玫瑰，似乎是有哪里不对。

对，黎希根本不喜欢玫瑰。

秦尧和黎希相识多年，不该不知道这一点。

想想玫瑰旁的北海道红豆奶茶，想想他"祭祀"的地点，李清柔从天台摔下来的地方，难道……玫瑰和奶茶都属于妹妹？

从泽灵村回到县城，天色已晚，张简来到县公安局，一名周姓警官接待了他。

"秦尧的确是父母双亡，但并不是你说的死于火灾。他母亲是在他九岁时，死于难产。"

"你说什么？"张简有些蒙。周警官的话瞬间击中他脑中的某个信息。两个讯号碰撞在一起，激起闪电般的效应。

"今天下午接到你的电话后，我就连查带打听，了解了个大概，这个秦尧身世还挺可怜的。他母亲当年是开家电卖场的，长得漂亮，性格好，能力强，把生意做得有声有色，卖场慢慢变成了正规的家电城，可以说是个富婆了。他父亲不是本地人，虽然人木讷了些，但也许正好跟秦尧母亲互补吧。本来一家三口过得很幸福，哪知为了第四口人，一尸两命。"

周警官给张简倒了杯热茶，接着说："秦尧有两个舅舅，他的小舅舅把难产归咎为当时负责接生的妇产科医生，一冲动就把人捅死了。人进去以后秦尧大舅借题发挥，说自己弟弟妹妹都为了秦家折了，竟把家电城抢了去。秦尧父亲不善经营，加上善良软弱，就同意让出生意，只在年底拿一点分红。他大舅那人我听说过，做事比较狠辣，估计账面上也没少做手脚，指不定怎么克扣呢，秦尧父子的日子大概不好过啊。"

张简已经被惊得说不出话，沉默着继续听周警官的讲述。

"秦尧高中的时候去市里念书，高考前他父亲在火灾里丧生了，不知道是不是因为这个没参加高考。说起来也是家门不幸。听说，秦尧父亲是亡妻生日那天在家电城后院祭祀她，不小心引起了火灾。唉，也算夫妻团聚了吧，就是秦尧大舅损失了一大笔钱，暴跳如雷，说秦尧已经十八了，他们不会管了，就断绝了往来。从那之后，秦尧就离开了这里。"

来永宁之前，张简一肚子疑问。若秦尧是"π"，是"杀龟大会"的盟主，他当年为什么要欺负自己的"同类"？如果他真的那么讨厌"同类"，为什么又要娶李清优？秦尧又为何谋划要杀掉当年这几个女性成员？黎希为何又心甘情愿受他摆布？他知不知道黎希杀害季琳琳的事情？如果是给女儿报仇，为何在黎希成功得手后依旧要搞那么大动静的连环案？他为何同时是当年的"施虐者"和如今的"复仇者"？

周警官所说的解开了张简心中一部分疑惑，那就是"游坦之""夏雪宜"的"父母双亡"和"复仇人设"统统将秦尧报复的对象指向了黎希——她母亲正是在她九岁时死于产妇家属之手。

"那……秦尧曾经的家还在吗？"张简试图寻找一丝有关秦尧过去的蛛丝马迹。

"这我不清楚。秦尧父亲是外乡人，跟上门女婿差不多，即便房子还在，也被秦尧母亲的娘家人处理了吧。"

看张简纠结，周警官主动提出带他去秦尧大舅家走一趟。

到了地方，舅舅不在，只见一脸富态的舅妈笑脸相迎。生意人本就善于交际，更何况来的还是警察。舅妈三下五除二就准备好了名茶、点心、香烟，谁也没注意到，一个男生悄悄将卧室门打开一个缝隙，正偷听他们的谈话。

见警察打听的是秦尧，舅妈脸色一沉，但很快，她眼珠一斜，开始伤春悲秋起来。

"唉，别提了。这孩子命苦，还敏感，他妈走得早，从小到大我没少照顾他，结果他爸那个倒霉的后来也稀里糊涂死了。那会儿这孩子也成年了，不想寄人篱下，就一走了之了，招呼也不打，让人着急上火。这么多年也不回来看看，一个电话也没有，真寒心。"

张简没有接话，淡淡地问了句："这里还有他的东西吗？"

这话把舅妈问住了，秦尧住的房子早被他们卖了。刚刚还是好舅妈，现在一句话都说不出来了。

一直悄悄从门缝里瞧着他们的男生从书柜里翻出一本小相册，打开门，将其交给了张简和周警官。

里面是秦尧全家人的照片，其中大部分都是秦尧与母亲的合照。

"你个祖宗，哪来的这个？"

"你们扔他们家东西的时候，我偷偷藏起来的。这是小尧哥最宝贵的东西，我一直等着他回来拿，可他当年离开以后再也没回来过，跟人间蒸发一样。警察叔叔，你们知道小尧哥在哪儿吗？他出什么事了？"

张简认真翻看着那些照片。他抽出一张秦母抱着秦尧的照片，背

后有字，记录着当天他们在做什么。他翻开每一张照片，发现后面都
有文字。

　　妈，你的心血被小人抢走了，我很生气，可我无能为力。
　　要是你在，该有多好。
　　妈妈，我和爸爸都很想你，我至今都不愿意相信你已经离
开了我。
　　若你还在，该有多好。
　　妈，我今天升高中了，我考上了七中，你开心吗？
　　妈，我感觉自己在地狱里，我不知道该如何反抗。
　　如果你在，我的人生就不会面临这一切。
　　妈妈，我今天好像闻见了你的气息，那气息让我着迷，让
我觉得你回来了。
　　我想，谁带有你的气息，我便会爱上谁。
　　妈妈，我成为被"尊敬"的人了，但我开心不起来。这一
切都是我偷来的。
　　如果你在，我什么都不要。
　　妈妈，爸爸去找你了，你们团聚了吗？
　　原谅我的懦弱，我还不想死，因为那些人欠你的，还没有还。

带着那本相册，张简连夜开车返回了市里。
他感觉自己快要拼起秦尧的过去了。
他查了七中 44 班的班主任崔晋红的电话，决定在年关"拜访"
一下。

清晨，张简早早地就上了门。

没想到时隔半年警察又找上门，还是找到家里来，崔晋红心里直呼晦气，却不得不笑脸相迎。

得知对方询问的是关于秦尧的事，崔晋红一副"果然"的样子，叹了口气。

"上次见面你问李清优，我不是说过她早恋吗？对象就是这个秦尧。其实说早恋不太准确，因为根本就是李清优单方面的行为……警察同志，这一趟一趟的究竟是出什么事了？"

"你为什么这么肯定说是她单方面的行为？"张简并不接话。

"因为……因为不只是我，其他学生也都看到过，她自己不上进还耽误秦尧这个好苗子啊。我们班学生的座位是按月考的成绩排名，一个一个进教室自行选择的，谁和谁坐同桌都是他们自己选，我很民主，其他班我可没听说过有这样的。"

崔晋红还是老样子，一脸得意。

"不过这样有时候是会给早恋创造机会。这个秦尧呢，每次成绩保持得很好，可以选最前面的位置，但是他常常会选中间的座位。李清优的成绩在我们班也就中上等吧，她就选了秦尧。自从那次他们坐了同桌，就不停有同学跟我反应他们上课窃窃私语，不认真听讲，影响周围的人。事后我问秦尧，他说因为李清优总让他给她讲题什么的……还有人在教室贴出来李清优写给秦尧的情书，那明显就是她的笔迹，她想赖也赖不掉……后来我才给秦尧换了同桌，没想到后面还有她妹妹的事……具体我也不清楚，应该是因为她妹妹和秦尧都在话剧社吧，走得近了……所以后来才传言这和妹妹跳楼有关……哎呀，具体我真的不清楚警察同志……而且都过去这么多年了，更想不起来什么。"

说起情书，张简想起苏静茹和李清优笔迹很像的事。

"举报的人是不是苏静茹？"

"你……你怎么知道？"

张简这么一说，崔晋红还真记起当年的确是苏静茹找到她，说黎希不仅影响秦尧，还上课讲话影响到自己。而且苏静茹还打了自己当时同桌季岩松的小报告，理由也是一样的，说季岩松骚扰自己，影响自己学习。崔晋红索性就把这两颗"老鼠屎"放到一起，让李清优和季岩松坐了同桌。

"因为李清优根本不是会给男生写情书的人。"

张简没忍住说了句气话，说得崔晋红一头雾水。

"我在问你秦尧，说秦尧就好。你能不能回忆一下，他当年是个怎样的人。"

"他……话不多，安心学习的那种，虽然身体不好总是请假，但是成绩一直没落下，后来没参加高考也是可惜了。"

"身体不好？他当时有什么特殊状况吗？"

"什么特殊情况。"

"一些……奇怪的反常的行为。"

崔晋红带过的学生太多，实在没印象了。大部分情况下，那些差不多的学生和差不多的问题，她既没觉得有什么异样，也分不清发生在了谁的身上。

"没什么……没什么反常，他就是不喜欢跟人说话，独来独往的……"

这时，崔晋红的丈夫不小心被热茶烫到了手，"呀"地大叫了一声。崔晋红朝他白了白眼，咋咋呼呼的，平日里也是，一个大男人一点儿委屈都受不了。突然间，她想起了什么。

"我记得当年查宿的时候，他们的生活老师，就是那个程老师，专门跟我说过秦尧。说这孩子可能被欺负过，但是他特别能忍，从来没告过状。有时候程老师都撞见了，可秦尧硬是不吭声。因为这个程老师还找过我，让我多关注关注他。一些细节如果你想知道或许可以问问程老师，他还没退休。"

程老师此刻并不在本市——和学生一样，寒假回乡过春节了。于是张简离开崔晋红家之后，试探性地打了个电话。

起初，对方也没想起秦尧是谁。张简想起季岩松讲的那件事。

"44班，崔晋红老师的学生，长得帅，学习好，个子不高，话有点少，可能常被同学欺负，最后没有参加高考。哦对了，有个欺负过他的学生还退学了。"

那边沉默了半晌，缓缓地说："哦……我想起来了。一个话挺少的孩子，长得很好看，楼下常常会有女孩子堵他。好像是叫秦尧，他怎么了？"

"没事程老师，就是涉及一些事情，想要了解下这个人。"

"唉……是个可怜孩子。不过，过去这么久了，我也不知道一些话该说还是不该说。"

"您的话也许会对我们有很大帮助，您放心，我们会替您保密。"

"这样……说一件我印象深的事吧。秦尧念高一那会儿，晚自习总是请假，说体虚，要出校门按时做中医治疗。有一次他晚自习前被同寝室的其他人反锁在宿舍里了，家教中介的负责人找到宿舍我才知道，他每晚偷偷溜出去，是装成师大学生去给初中生做家教赚钱去了。我说你知道秦尧的真实情况还故意欺骗客户，那人说秦尧为了筹高昂的学费没有办法了，他也是因为认识秦尧母亲才冒险帮忙的，加上秦尧教得好还要得少，确实可以胜任。"

"还有这么回事，怎么崔老师好像完全不记得。"

"因为她根本不知道。中介找来的时候我去宿舍找人，才发现秦尧被反锁在了里面。他求我别告诉老师，不然他这学就没法上了。这孩子可怜哪，我如果告诉老师，这孩子就没了经济来源。我也是那天才听说了他家里的事，没妈的孩子……我撞见过几次他被同学欺负，当时他承诺我，再给他一个月时间，他会找到更好的解决办法。我不忍心，就答应了先假装不知道这事。后来，他晚自习不再请假，好像后来也没再见有人欺负他了。我怕他有什么不正当经济来源，找他谈过，他说是他妈妈以前的合伙人资助了他，以后不用出去赚钱了，还感谢我帮他保密。我看他确实渐渐开朗了，也就没再过多插手他的事情。"

挂了电话，关于秦尧的拼图又完整了一些。

开车路过话剧院，张简看到门口的巨幅海报——《染血之室》隆重上演。

看着海报上美丽而惊惶的女主角，往事如浓雾入侵。这是黎希辛苦排练了很久的剧，还没等到成功面世，她就走了。

张简停下车，鼓起勇气下车朝话剧院内走去。

这是黎希走后，他第一次来这个地方。

门房大爷认出了张简，带他进了演出大厅。台上的演员们正在为晚上的首演彩排，和新院长交谈过后，对方允许张简坐在台下观看。

他选了自己常坐的那个位置，一瞬间仿佛回到夏天，他也是坐在这里，默默注视着爱人。

舞台上的布景比之前排演精致不少，中央摆放着一张气派的婚床，床架表层雕刻着滴水嘴怪兽，白纱帐在微微飘动。床的周围有很多镜子，房间的"墙上"也都是镜子，镶着有缠枝花纹的华贵金框，映照着无所不在的白百合。侯爵"新郎"用这些百合迎接刚刚嫁到城堡的"新娘"，年轻的"新娘"变成镜子中的无数个女孩，全都一模一样。

"你看，"带着蓝胡子面具的侯爵新郎朝着镜子里映照出的"十二个新娘"挥手一比，"我娶了一整个后宫的妻妾！"

新娘发现自己在发抖，呼吸急促，无法迎接新郎的眼神，只能转开头。她看着镜子里的十二个丈夫在十二面镜子里向她靠近，逗人遐思地解开她外套的纽扣，将它脱下。

新郎为新娘戴项链时，旁边的台词显示器上放出了女主的内心独白：

> 他的结婚礼物紧扣在我颈间，一条两英寸宽的红宝石项链，像一道价值连城的割喉伤口。它冷得像冰，让我全身发寒，他把我头发卷绕成一条绳从肩上掀起，好亲吻我耳下的凹陷部位，吻得我一阵颤抖。然后他亲吻那串炽烈的红宝石。先吻红宝石，然后吻我的嘴。我看到，十二个丈夫刺入十二个新娘。

十二个丈夫刺入十二个新娘。

整个话剧里，那十二面镜子像是特殊的符号，在充满阴沉百合香味的"卧房"，从"白天"到"黑夜"，女主都要面对镜子中那些是自己又不像自己的女人。

戴着蓝胡子面具的侯爵出行前，要将钥匙交给新婚妻子保管。

新婚妻子天真而惊恐地对她的侯爵丈夫说："那把是什么钥匙？打开你心房的钥匙吗？给我！"

"哦，不是，"蓝胡子将钥匙高高举过头顶，"不是我心房的钥匙，是我禁区的钥匙。"

蓝胡子将钥匙环扣好，摇动着发出乐声，仿佛排钟。然后他把整堆钥匙丁零当啷丢在新娘的膝盖上，只见蓝胡子俯身，隔着胡子面具在新娘额上印下一吻。

"每个男人都必须有个妻子不知道的秘密，即使只有一个也好。"

听到这句话，张简猛然想起，夏天黎希排演这个场景时，眼神里都是惊恐。

"爱的举动与施行酷刑有惊人的相似之处。"

女主用丈夫给的钥匙打开了禁区的房门，看到他曾经的妻子们死于各种刑具，意识到自己正处于一座监牢。

"被带到这座城堡的新娘都应该穿着丧服，带着神父和棺材来。"

舞台上的故事照着张简熟悉的剧情上演着，他想起黎希曾说，她喜欢这个版本的《蓝胡子》，因为作者在故事结尾，丈夫要为妻子实施私刑时，骑着马，踏过河，救下女主角的，是她的母亲。

而现实故事里，黎希的母亲是缺席的。

所以……她才死于那个迫害了一个又一个女性的"蓝胡子"吗？

吴乐、尤美玲、袁梦、刘晶晶、苏静茹、黎希……她们的死会与秦尧有关吗？

"十二个丈夫刺入十二个新娘。"

"每个男人都必须有个妻子不知道的秘密，即使只有一个也好。"

"爱的举动与施行酷刑有惊人的相似之处。"

……

这些独白和对白在张简心里来来回回，张简再也坐不住，离场走了。

从剧院出来已经是下午三点，张简接到于晴的电话，关于"夏雪宜"的资料已经查出，主播确系秦尧本人。

听了这话，当初那个困扰了张简很久的疑问迎刃而解。

在尤美玲家时，一个凶手宁愿等所有人喝醉再找时机下手，也不愿使用现成的药物，拼命将尤美玲之死伪造成窒息于步入式冰箱的意外；一个凶手又在尸体脸部画上红色乌龟符号，将案件彻底指向他杀，同时丝毫不畏惧"美甲女"的暴露，作死地用指甲油当作乌龟的"染料"。

之前张简以为这是黎希和吴乐因为没有"作战经验"，所以手忙脚乱，一个想保护另一个，另一个视死如归。

如今看来，秦尧极有可能就是那个处处和吴乐意见不合的同伴——美甲女。张简当初就觉得吴乐用杨树明的手机作案实属多此一举，后来听到二人关系比他想象的还要好，才愈发觉得，吴乐当初的栽赃根本不合理。若凶手是不管不顾的秦尧，要比善良软弱的黎希更有说服力。

"而且……我想起一件事，关于'美甲女'，刘晶晶虽然也没有留意过对方的样子，但是她提供了一条线索，她说对方的手指有关节凹陷，即便平放在桌子上也无法伸直。我后来没再把这个线索当回事，我以为常年弹琴的人，手就是那个样子的，是黎希也没问题。但是现在我很怀疑秦尧。"

两个人想到了一起。

"我让你查李清柔的生日，你查了吗？"

"查了，是昨天。"

果然。

"带人，西山枫林小区见。"

于晴挂了电话，便前往齐蜀路。

抵达秦尧家楼下后，张简做手势示意其他人等待指示，他和于晴先上楼。

林昊然无奈地看着依然习惯发号施令的张简，无异议地服从。

秦尧给他们打开门，他一副女性扮相，正在直播。如果不是事先知道秦尧是男性，张简和于晴会以为自己走错了。

"警察。"

看到来人是他们，秦尧跑回屏幕前，跟粉丝打完招呼，匆忙下了直播。

"我需要卸妆吗？"秦尧淡定地问道。

"不用。"

"卸吧。"

于晴和张简一热一冷同时给出了不同的答案。

"那我还是去洗一下。"

秦尧不紧不慢地走向卧室。

张简冷着脸，用眼神扫射了一圈，走到了书柜面前，那些金庸小说确实扎眼。他又走到儿童房，看到了秦语的"日记本"，打开一看，竟没有一个文字，全都是画。

秦尧很快地换好衣服卸了妆，示意两个警察坐下聊。

"于警官我见过，您是……"

"张简。"

"哦……您好……"秦尧自知理亏，没敢再说什么。当初黎希的后事，他没敢插手，所以和张简没有碰过面。他友好地伸出手，张简保持着冷漠的表情，没有握手。

秦尧也没觉得尴尬，很自然地缩回了手，给他们泡茶。

于晴观察秦尧的手，此时正处于自然弯曲状态，暂时无法看出什么。

"我们今天来是怀疑你和半年前的几起命案有关，至于是哪几起，相信你心里有数。"

"哦？为什么这么说。"秦尧翘起腿，一副轻松的样子。

线索很多，于晴一时不知从何说起。这时，张简起身，向书柜的方向走去。

"秦尧，你真的爱过黎希吗？"

恍惚间，秦尧明白为什么黎希会对眼前这个人死心塌地了。

她真正的爱人来替她讨回公道。

"不爱，怎么会在一起。"秦尧依旧面不改色。

"爱她什么？爱她是你'弑母仇人'的女儿？还是爱她是你心爱之人的姐姐。你又是怎么爱的，用'杀龟大会'折磨她？还是成为你的替罪羊？"

一连串出乎意料的反问让秦尧屏住了呼吸，就连于晴也瞠目结舌——张简的话信息量有点大，她需要消化一下。从那个小县城回来的他得知了怎样的秘密？同时，她也惊异于张简的直接，往日里，他一定要和嫌疑人过几招才舍得亮底牌。

再看秦尧，那个演技在葬礼上都能完美过关的男人，此刻也禁不住"轰炸"，瞳孔微张。

"你……你在说什么？"

秦尧没太卸干净妆的脸上写满无辜。

"继续装就没意思了吧，'轩辕 π'。"

听到这话，秦尧下意识瞥了眼张简身后摆满武侠小说的书柜。

"这是在打什么哑谜？"秦尧依旧一脸茫然。

张简拿出从他舅舅家带回的相册，抽出其中一张，夹在相册本里，扔了过去。

"自己看。"

秦尧接过那本他以为永远不会再见到的相册，双手有些颤抖。

这本相册竟然还在。

他差点以为母亲在世上再无影像留存，没想到这本相册没有被他们烧毁。

秦尧激动地翻看着，眼角微微发潮。

张简抽出的那张是他母亲年轻时的照片，背后是秦尧当年留下的字："原谅我的懦弱，我还不想死，因为那些人欠你的，还没有还。"

"从小你就跟你的母亲感情很好，她又美丽又聪慧，你对她既有依赖也有崇拜。你有一个幸福的童年，不出意外的话，你可能还会有幸福的一生。可你九岁那年，她难产去世，家里的生意被流氓舅舅抢走。你父亲是外乡人，性格软弱，没了母亲支撑，他就像个废人，你的生活质量从此一落千丈。上了高中以后，昂贵的学费成了问题，你自己趁晚自习偷偷溜出去赚钱，平日里还要忍受同学的欺凌。而你一直都知道，李清优的母亲就是当年给你母亲接生的医生。"

在于晴震惊的神情中，张简一步步走到了秦尧面前。

"有一个人可以去恨，大概就能缓解痛苦吧。相信你小舅舅说的，你母亲是被那个医生害死的。当你发现靠近你的女生会被其他人孤立甚至欺凌，你开始刻意接近李清优——你'弑母仇人'的女儿。你表面上让她感到老乡的照顾和温暖，但其实她在你面前笑一笑，你心里都会恨得牙痒痒吧？"

张简凑到秦尧跟前，眼睛死死盯着对方。

秦尧微微蹙眉，冷漠地将目光移向别处。

"你全家被她母亲害得那么惨，她有什么资格过得比你好？你把其他人对你的恶意统统转嫁到她身上，你每被欺凌一次，你就更恨她一分。如果不是她母亲，你怎么会因为没钱没背景，因为个性孤僻被欺辱？如果你母亲还在，你怎么会沦落到欺骗老师跑出校门偷偷赚钱？所以，当你一边上学，一边伪造学历赚钱的事暴露，你终于想到一个又能敛财又能报复的好方法。"

说着，张简从书柜抽出那本《鹿鼎记》扔到秦尧面前。

"你想起了小说里熟悉的桥段，你用《鹿鼎记》里'杀龟大会'的名字成立秘密组织，决定集众人之力，好好惩罚害你变成缩头乌龟的凶手之女，那个爱你的笨女人。你可真算个男人。"

秦尧低头盯着手中的相册，没有迎接张简凌厉的目光，好像对方在讲别人的故事。

"于是，你省吃俭用、勤勤恳恳都不一定能攒够的学费，竟用一个虚拟的游戏部落轻松搞定。不仅如此，你还能剩很多钱。就这样，你玩弄着所有人，在面具后面得意。"

看秦尧的头垂得越来越低，张简在他面前蹲了下来，继续对上他的眼神。

"直到高三，你喜欢上话剧社的学妹。她喜欢北海道红豆奶茶，你就每天都买给她。但你这么懦弱怎么可能有勇气亲自送给她呢？李清优曾以为送奶茶的人是陈博，不，是所有人都这样以为。但是以他当时的生活费每天买一杯那样的奶茶显然不现实。所以我猜，那个偷偷对妹妹好的人是你吧？你找到陈博，用钱收买他做这件事。但你没想到，他也喜欢李清柔，而且安心接受着别人对他的误解。因为'喜欢李清柔'的嘲笑声对他来说，是个再甜蜜不过的负担。昨天是她的生日，你带着玫瑰和奶茶前往她坠落的塔楼祭奠，你深情啊！黎希为你而死，你连面都没露，你真是一个好姐夫。"

说到黎希的死，张简咬牙切齿，站了起来，俯视着眼前的浑蛋。

于晴这才明白，张简让她查李清柔的生日为何意。忽然，她看到秦尧的手正平放在相册上，而他的手指关节正如刘晶晶所说——向下凹陷，和"美甲女"的特征对应上了！她用眼神向张简示意，张简顺着于晴的眼神也看到了秦尧的手指。

秦尧个头不高，拥有女人般的雪肤，加上"美甲女"案发当日的出发地——齐蜀路西山枫林小区，以及刘晶晶对特殊手指关节的指证，几乎可以确认，秦尧就是"美甲女"。如果真是这样，他当天对黎希装扮的模仿和刻意前往话剧院的引导实在是恶毒。

"当你发现自己爱上的，竟是李清优的妹妹，你十分痛苦。那一年，也许你为了她开始减少'杀龟大会'的活动。但是，恶是最容易传播的病毒，你苦心经营的组织早已不受你的掌控，如果你阻止恶行，便是对'杀龟大会'的背叛。当年折磨李清优是你的授意，'杀龟大会'的成员自然不会放过李清优的妹妹。李清柔跳楼那晚，你清清楚楚地看到，是苏静茹将李清优的藏身之地透露给所有人，事实上也是她带着人前往了塔楼的天台。所以，你后来怎么可能爱上你最恨的苏静茹。"

此时，秦尧终于抬起眼看向张简，对视的瞬间，房间的温度似乎骤然降低。

秦尧眼神冷得像块冰，他像听了一个离谱的笑话，笑了出来。他站了起来，来回踱步。

"这也太有想象力了。如果真是这样，我和静茹在一起图什么呢？我不图人、不图钱，难道图你们多个理由怀疑我吗？"

张简被气笑了，他咬住后槽牙，继续对质。

"你父亲因为祭奠你母亲，不小心造成了家电城的火灾。父亲死了，你毁容了，你错过了高考，也再没勇气面对人生。你懦弱地把这一切归咎于黎希，如果不是她母亲的'术业不精'，就不会有后面的一切连锁反应，你的人生也就不会'毁于一旦'。即便你压根儿不知道那场手术的真实情况，但恨她，可以让你逃避现实，可以让你获得快感，让你拥有人生的目标。我不知道你出于什么心理娶了她，我只知道你不爱她。不然，一个正常的丈夫怎么会忍心自己的妻子在大雪之夜，怀着自己的孩子，冲进黑夜里，去赚一份可能会有危险的钱……

"她心甘情愿地养着你，由着你，照顾你，给了你家和孩子。而你呢？你婚内和苏静茹勾搭在一起。出了校门，你一事无成，就连曾经引得女生争风吃醋的那张脸也变得丑陋不堪。你自卑，你懒惰，你胆怯，你宁愿被老婆打两份工养着，也不愿屈尊去讨生活。苏静茹的出现满足了你作为男人的自尊是吗？不管你是贪图苏静茹给你带来的物质条件，还是享受她对你一如既往的崇拜，或者是为了给真正心爱的女人报仇，你都完全没顾及妻子和女儿的感受。你不管不顾地对妻子撒着弥天大谎，说你给好心的老板开车，为了自己的私欲不惜搭上自己的女儿！"

提到女儿，秦尧的神情开始紧张。张简转身从儿童房拿出秦语的"日记本"，每一页都画着各式各样的美人鱼。只不过她们都在哭泣。

"你每天同时接送小心翼翼的秦语和嚣张跋扈的季琳琳，你想过你女儿会因此面临什么吗？你自己没经历过吗？知道你女儿的日记本为什么一个字都不敢写吗？你有没有要求她在黎希面前为你工作的事情撒谎？她有没有看到过你和苏静茹在一起的画面？她在老师眼里心事重重，老师找你谈话，让你注意秦语的情绪问题，你有没有把孩子的情况透露给妻子？你看准了她晚上要去话剧院，没时间管你和孩子，你没少出去鬼混吧？你以为你女儿的死都怪季琳琳吗？一大半拜你所赐吧？但是你多懦弱呀，你当然把她的死归咎于旧日仇人。新仇旧恨让你想把当年种下的恶果一并铲除。"

秦尧走到窗前，闭上眼睛。

"女儿的死，压垮了你，也压垮了黎希。过去的遭遇，她默默承受。妹妹跳楼惨死，她逃避消失。女儿的惨死她无法再说服自己接受这一切，她不能再面对那个软弱的自己，她甚至开始养那该死的乌龟，提醒自己别再软弱下去。可她没有更多的证据，也没人会帮她主持公道，她只有亲手替女儿复仇才能对得起自己身为母亲的良心！她一定在责怪自己如果早一点站起来复仇，女儿就不会惨死。但是那个时候，你在哪儿呢？在她最需要你的时候，你以女儿的死为借口和她离婚……你留她一个人面对前所未有的绝望……她对季琳琳下手的时候，一定万念俱灰，没想过独活……"

说到这里，张简的神情紧张了起来，开始喃喃自语。

"对……我们就是那个时候认识的。难怪那个时候她一直拒绝我……"

黎希在杀人后的每一天都视死如归，她和自己在一起的每一天都如履薄冰。

张简冲到秦尧面前，揪起他的衣领怒吼道："只会躲在面具后面的缩头乌龟！真正的缩头乌龟！你哪来这么多面具！'轩辕π''美甲女''游坦之''夏雪宜'……都他妈是你！你竟然还要伪装成黎希的样子，畜生！她哪里对不起你！尤美玲和袁梦的死和她根本没有关系对不对？她为了吸引警方注意力才那么着急杀后面的两个人！不然她不会在向季琳琳下手一年以后才继续杀人！她那么高调地杀死刘晶晶和苏静茹，是在着急替你揽罪！你借黎希已经杀过人的破窗心理，在她心上撕开一道口子，引导她替你杀人和抗罪，你利用她对你的爱，报复当年害了李清柔的所有人！还是说，从杀季琳琳开始，就是受你蛊惑的！你说！"

张简将个子不高的秦尧抵在墙上，眼中的怒火快要喷射而出，将眼前不配为人的畜生烧成灰烬。

秦尧一直在等张简说出证据，见他说了一堆都是猜测，瞬间松懈下来。

"什么'美甲女''游坦之'，什么乱七八糟的，现在的警察办案都靠编故事吗？说我操控凶手，证据呢？"

秦尧若无其事的表情彻底激怒了张简，他朝着那张一半丑陋一半美好的脸庞砸了下去。

最让张简生气的是，这个男人此刻急着和黎希划清界限，竟冷漠地用"凶手"来称呼她。

黎希真是瞎了眼。

张简看着被自己打倒在地的窝囊男人，蹲下身捏住对方的手。

"你的手指就是证据。"

林昊然带人冲了进来，在张简的示意下给秦尧套上了手铐。

"张警官，为这一拳，你可能要停职的。"

张简当没听到。

在邻居疑惑的眼神中，警察带秦尧上了警车。

回警局的路上，于晴一直在想张简刚才的话。

秦尧这样的人，连黎希的死都不露面，却会带着玫瑰和奶茶去塔楼给李清柔"过生日"，可见李清柔在他心里的分量。

可是，害死李清柔的，难道不是他自己吗？

这个问题，秦尧一定也问过自己无数遍。

而张简却在担忧，目前除了"手指关节凹陷"这个已故被害者的证词，没有其他有力的证据可以证明秦尧的犯罪事实。关于"杀龟大会"年代久远，"美甲女"的道路监控中，秦尧并没有露出面部，"杀闺案"的四个死者似乎都无法指向秦尧，就连吴乐和黎希的通讯记录里，也没有留下有关秦尧的痕迹。在密集的案发期，他又是怎样和她们联络的呢？

"对了！"于晴从刚刚的"红豆奶茶"突然想到陈博的死，想起剧场里的两起命案。

大概在黎希死后一周，陈博的尸检报告出来了。

报告指出，死者生前头部受钝器击打致颅内出血。

万雯娟个子小小的，怎样袭击高大的陈博呢？于晴有些怀疑，但是万雯娟对此供认不讳。出事那天话剧院的监控显示，下午最后离开剧院的除了黎希就是万雯娟，再没有别人。

袭击陈博的会不会另有其人？因为尸检报告显示，他几乎是被活活打死的。每当她想起万雯娟死前的眼神，就感觉其中隐含着什么。

况且她都一心赴死了，又怎么会害怕多一个陈博这样的目击证人呢？

还有，她当时剪掉蒋亘的生殖器，是出于对他不忠的惩罚，可她完全没必要也剪掉陈博的……

所以刚刚听到秦尧和陈博还有这么一段往事，于晴有个念头在脑中一闪而过。

"杀死陈博的是……"

张简突然一拍大腿，恍然大悟。

"想到什么了？"

"'美甲女'离开尤美玲家之后，打车到了话剧院。进去的是秦尧，出来的是黎希。那秦尧去了哪？去剧院调查的时候我趁机调取过尤美玲死亡当天的监控，我只看到同样穿着白衬衫和浅色牛仔裤出来的黎希，没有看到秦尧。会不会他有本事藏匿在话剧院后台呢？剧院案发当天，监控里最后离开的是阿姐，会不会真正的凶手压根儿没有离开话剧院，直到晚上演员们发现尸体，他才和那些工作人员一起离开？"

"你是说，秦尧也是话剧院的工作人员？这……可能吗？"

"秦尧的脸被烧毁以后就不愿见人，黎希的同事应该不知道她的丈夫是什么人。你说在一个单位，什么岗位最不容易引人注意，但是可以出入自由？"

"清洁工？"

"没错，像清洁工这种岗位，有自己的休息室，有存放清洁工具的储物间。如果真是秦尧利用这一身份杀了陈博，那他在杀人后藏到储物间，直到尸体被发现，再与众人一起撤离案发现场的成功率是很高的。所以他如果真的杀了人，完全可以等到晚上和其他人一起离开。而且清洁工平时戴着帽子和口罩，别人也不会注意他，更不会注意他脸上的疤痕。这样的话，也解决了他跟吴乐和黎希的联络问题。之所以没有发现他们的网络通讯痕迹，是因为他们都是面对面交流。而清洁工的身份就是最好的伪装。"

说完，张简也倒吸一口凉气。秦尧为了借刀杀人，真是用心良苦。

"如果说他在黎希杀死季琳琳的一年之后再下手是为了筹谋和等待合适时机，那陈博的出现完全就是偶然，他为什么要杀陈博呢？"

"陈博一直咬定黎希是当年杀死李清柔的凶手，也许秦尧担心他轻举妄动影响自己后面的计划吧。像你刚刚说的，杀人需要时机，也许秦尧之前没想向陈博下手，但是他目睹了万雯娟杀死蒋亘的过程，模仿她的手法除掉这个'程咬金'，还能顺便报当年的夺爱之仇。不过，我猜他主要为了李清柔吧。我怎么也想不明白，究竟是什么，让秦尧这样去爱一个在自己生命里短暂出现过的女生，胜过为自己付出一切的黎希。"

于晴有些蒙，她觉得这一切难以置信。

"而且……"张简欲言又止。

"而且什么？"

"其实今天和秦尧说的一些话，在我脑子里过了无数次。这半年来我怎么想也想不明白，黎希为什么会这样，突然杀红了眼。后来我明白了。这些案子里，可能黎希唯一带有主观意愿去杀的人，只有季琳琳。这也许是她为了女儿毅然做出的决定。但是这件事成为她心里洗不掉的污点，她说'上半生已经毁了'。这让她更心甘情愿地替她爱过的人背锅。加上她遇到了我……我三番五次的怀疑和调查让她更加觉得自己之前只是侥幸，才那么着急去杀人，去给刘晶晶和苏静茹的脸上画上红色乌龟，给自己贴上连环杀人案凶手的标签，好彻底认领'杀闺案'的幕后真凶。但是秦尧呢？'处决'这些女人他几乎一个都没有沾手，他利用着吴乐和黎希，即便自己出手也要伪装成黎希的身份，他早早地谋划好了一切……但是唯独为了李清柔，他亲自动手，顾不得仔细筹谋——我不相信他预料到万雯娟会扛罪。大概他在杀掉陈博的那一刻，脑子里都是李清柔在天台被逼跳楼的样子吧。"

于晴做了个深呼吸，不得不说，张简的推测有道理，但是关于秦尧是否为杀害陈博的凶手，还有待考证。而且，万雯娟为何会替别人顶罪这一点，也无法解释。

"估计还得去一趟话剧院。"张简看出了于晴的疑虑。

这时，一个电话打了进来。

是一个陌生号码。

"您好，请问是张先生吗？"

"我是，您哪位？"

"我是青阳路七里小区 1014 的租户。之前是你住在这个房子里吧？"

"是，怎么了？"

"是这样，最近我把这个房子买下来了，装修的时候发现了窃听器。我打电话给你是想问问你，知不知道怎么回事。如果你不知道，也当提醒你留意周围的人了。"

挂了电话，他们也抵达了警局。张简停下车，用力地拍了一下方向盘。

如果说刚刚他心里对爱人闪过一丝怀疑，认为她接近自己有利用的成分，那么此刻他完全打消了这种怀疑。如果黎希从一开始就是秦尧的同谋，她完全可以向秦尧转述从自己口中套走的信息，根本不需要冒风险安装窃听器。所以，窃听器极有可能是秦尧早早就安装好，以便掌握离婚后黎希的动向的。从离婚以后，他就开始盘算如何利用黎希做她的替罪羊。他躲在角落……他掌握着他们的一举一动……他什么都知道。

一下车，心烦意乱加怒火中烧的张简就跑到前面的警车上，对着刚刚下车的秦尧脸上又来了一拳。

秦尧知道自己落在了张简手里，只好一边举着被铐住的双手，用手腕擦拭鼻子里冒出来的血，一边当着其他警察面控诉："张警官，你现在没有任何有力的证据证明我违反了法律，即便有，我也有权控告你，故意伤人、刑讯逼供、暴力取证……"

秦尧的话还没说完，张简又是一拳。

其他人从来没见过张队这样的一面，在一旁看得目瞪口呆。林昊然也不知该不该拉住张简，只有于晴挽住他的胳膊，把他和秦尧拉开两米远。

张简恶狠狠地看着秦尧："我今天就给你定罪，等着。"

说完，张简转身上车，疾驰而去。

张简抵达话剧剧院时，天色已晚。

晚上的演出还有一个小时就要开始。后台的人化妆的化妆，开嗓的开嗓，有的在角落默词，有的在熟悉走位。排练了小半年的重磅话剧即将首演，所有人都兴奋异常。

在工作人员的带领下，张简找到后勤负责人。这时饰演女主的演员穿着一袭哥特式长裙从他面前走过，张简呆住了，直勾勾盯着她看。对方还以为自己的装扮惊为天人，有些害羞地从眼前这个高大的男人身边跑过，留张简一个人在原地怅然若失。

如果她还在，今晚就是她的首演。刚刚那身衣服穿在她身上，一定更美。台下所有人将再一次为舞台上光芒万丈的女演员黎希所惊艳。

"您好，张警官，好久不见。"

后勤负责人看到是曾经总来陪黎希排演的那个深情男友，有些意外，但还是小跑了几步过来。

看到今晚的女主角光芒四射，负责人感叹地说："夏天那次西班牙风情的弗拉明戈话剧首演前，希姐排练了整整一夜，都没有离开过话剧院。现在像她这么敬业刻苦的演员太少了。"

张简心里一惊，也就是说，尤美玲出事那天，黎希根本没有离开过话剧院。该死，自己为什么没能早点调查？秦尧当时一定也知道这个信息，才敢伪装成黎希的样子，从尤美玲家打车过来，让监控里不至于出现"两个黎希"。

张简心里直骂自己没用，不是事发前怀疑爱人，就是事发后颓废度日，现在才知道振作起来查明真相。自己过去明明也不想相信那些都是她干的，为什么一直不坚定呢？因为自己从来没有真正相信过她……

张简平复了下心情，开口问道："你们话剧院的同事们，之前都没有见过黎希的丈夫吗？"

负责人迟疑着摇了摇头，在记忆里确定搜寻无果后，头摇得坚定了些。

张简要求对方提供今年所有人事变更的信息，顺便询问近一年是否曾招用过一个左脸有烧疤的男人。

负责人想了想，说有。

张简给他们看了秦尧的照片，对方点点头："没错，就是他，吴伟。"

"吴伟？"

"对，不爱说话，干了不到一年就走了。"

张简觉得这个名字耳熟，想了想，是吴乐弟弟的名字。

这个缩头乌龟，偷用完杨树明又偷用吴伟的身份信息，利用完吴乐还要利用她身边的两个男人。

"他负责什么工作？"

"不是全职员工，人手不够的时候偶尔过来帮忙做一些后勤工作。帮忙清点管理服装，上台搬运道具之类的，拉大幕，帮打灯，偶尔也帮忙清扫，反正就是一块砖，哪里需要往哪儿搬。"

那他的确有很多机会和黎希接触，而且是个"替补"员工，和这里的人也不算熟，有个工牌可以出入而已。

"什么时候辞职的？"

"大概……快秋天吧。"

黎希去世以后。

"平日里，你们感觉这个人有没有什么奇怪的地方？比如……做一些事情，避开你们之类的。"

对方低下头想了想，忽然记起来一件事："他每天午饭从来不和大家一起去吃。"

也许秦尧就是趁这个时候和黎希"碰头"。

"你们蒋院长死的那天，他有没有来干活？"

"这个我们要查一查记录。"

这时，"吴伟"的身份证复印件送来了。负责人说这种偶尔才来的临时工没有劳务合同，工资都是日结，只会登记一下。张简看着身份证复印件上面的人，果然，正是吴乐的弟弟吴伟。

"这和你们见到的吴伟是一个人？"

负责人看了看那张复印纸上面的人，挠了挠头。

"难道……不是一个人？我看着都是精干小伙子啊，他说他的脸被烧伤了，可是能看出来当年是个帅气小伙子，他说自己那张'好脸'其实也烧伤了一些，但是不严重，恢复了以后就和以前不太像了。当时看他挺可怜的，说得少做得多，就留下了。这人……有什么问题吗？"

张简摇了摇头，让对方给他复印了吴伟的身份证复印件。

这时，台上的演员们正在排演高潮段落。看着新娘母亲在最后关头如战士般持枪赶来，杀死新郎救下新娘，张简突然想起了曾经饰演新娘母亲的万雯娟。

如果秦尧是万雯娟的"模仿犯"，那万雯娟为他顶罪动机是什么呢？即便是自己服药将死也不至于这样替一个陌生人顶罪，除非……除非他们认识，但可能性不大。或者……她以为自己在替某个人顶罪。

当年万雯娟饰演的"母亲"，在"女儿"危难之际前来救她。

危难之际……

难道她以为，杀人的是黎希？

如果是那样，那这一切就都圆上了。

可惜，世事不圆。起码，没能如万雯娟和秦尧所想的那般。

张简努力回忆着蒋亘死亡当日的情景，脑中始终挥之不去一个人的身影——蒋亘的老婆，那个臃肿的妇人。

蒋亘死时，她穿着玫红色的大 T 恤，下身是深灰色碎花裙，头上别着绿色的鱼骨大发卡，喘着粗气跑到后台。她看着陌生的人和房间，不知该进哪一间，俨然一副对话剧院不熟悉的样子。直到看到丈夫的尸体，她终于号啕大哭。

这样一个情感外放的妇人，在看到黎希时十分惊恐，哭完丈夫之后依旧死死盯着黎希看。当时黎希还问她，是不是自己脸上有什么东西，她心虚地连连摆手。

当时黎希已经知道了蒋亘珍藏妹妹照片的事，猜测他就是当年妹妹喜欢的人。除了因为妹妹有些恋父，还因为妹妹曾这样说：那个男人早就离开学校了，她不知道他在哪儿——显然是退学的人或曾经在学校工作过的人。黎希曾对他说，蒋亘老婆看她的眼神与蒋亘和万雯娟第一次见她时的眼神如出一辙，都很惊恐。这些都让黎希认为，他们也许曾经见过李清柔，所以看到和妹妹十分相像的自己，才会诧异。蒋亘也是出于弥补的心理，才会对自己格外照顾。

这些猜测在陈博死后，黎希都对张简表露过。如今想想，蒋亘和阿姐也就算了，为什么蒋亘老婆初次见到黎希也是一副诧异的神情？难道不该是憎恨或者厌恶吗？毕竟，是李清柔"破坏"了她的家庭啊，她在怕什么？

负责人把身份证复印件交给张简，同时告诉他蒋院长死的那天，话剧院有喊"吴伟"过来工作。

张简点了点头，感谢过后，请他再帮个忙——立即去一趟警局。同时，张简联络于晴，让她带话剧院负责人帮忙指认剧场案发当日存档监控里是否有秦尧，同时立即安排林昊然带蒋亘老婆去一趟警局。安排好一切后，他打算去一趟优柔会所。

离开前，张简分别问了话剧院的几个人——万雯娟平日是怎样的人。

到了优柔会所，张简看到吴伟熟练打理一切的样子，让他想起了吴乐。

他没有理会吴伟的热情招呼，直接亮出刚刚从话剧院拿来的身份证复印件。

"这……是什么意思啊？张警官。"

"有证据显示你与一起凶杀案有关。"

张简一本正经地扯谎。他这样做，是想让吴伟打消包庇秦尧的念头——如果他知道吴乐和秦尧合谋杀人的话。以张简对吴乐和杨树明关系的了解，她不大可能会多此一举偷拿他手机做无谓的栽赃。所以那个人，那个拿了他手机购买毒药的"游坦之"，只有可能是另一个合谋者，秦尧。而秦尧能有机会偷走杨树明的手机，一定平日里没少来优柔会所。

"这……怎么会呢？是不是有什么误会？这个复印件什么意思？"

"这是凶手当时留下的身份信息，证据显示，这个凶手常年流连于各个高级会所，伪装成清洁工偷东西。"

"清洁工？"

"嗯，说吧，你什么目的？"

"冤枉啊，张警官，是不是……是不是这个人也来过我们这偷东西，我的身份证就是那个时候被偷走了？我之前的确丢过一次。对！可以查补办记录！"

"怎么证明？"

"这人上一次作案是什么时候，我们这的监控是保留半年的，我可以查。"

这一点倒是让张简很意外。监控保存时间按一般规定的话，小区保留七天，娱乐场所是十五天，金融行业是二十六天，银行三个月到半年。没想到优柔会所这么严谨。吴伟说，之前这里发生过一些纠纷，会所吃过亏，所以就尽可能多保留一些。按时间倒推，似乎正好可以找到吴乐生前那一个月的录像。

同时，吴伟喊来所有工作人员，让张简盘查。

前台表示，这里招人十分严格，毕竟是美容会所，不会招脸上有疤的人。

张简笑了笑。他当然知道秦尧来这里不需要像去话剧院那样费劲，还用得着伪装成工作人员。

随后，张简问有没有奇怪的男人常常来找吴乐。比如，不在前台登记的那种神秘客人，或者包裹严实的那类人。

前台说这样的客人不少，因为优柔会所的男性客人很多，这些客人非富即贵，不愿意留下个人信息，都是私下联络。

看着张简意味深长的表情，吴伟赶忙说："我们这儿可是合法经营，您随时来查。"

张简见一时问不出什么，便拷贝了一份吴乐死亡前后各一个月的监控，带回了警局。

待张简回到警局，蒋亘老婆已经到了。

虽然于晴一直对万雯娟死前的神情充满疑问，但她依旧不解张简喊蒋亘老婆前来的原因。可林昊然把人带回来的一瞬间，她看着对方忐忑的脸立马就知道了，这人有事。

林昊然对"杀闺案"凶手的仪式感一直很感兴趣，当时案发后，刘晶晶的验尸报告先出来，他知道了她脸上的东西是摇滚油彩后，十分兴奋——果然，每次的材质都不一样。所以林昊然推测苏静茹脸上的东西一定不会是油彩，也不会是尤美玲脸上的指甲油和袁梦脸上的口红。因为这是一个十分讲究的凶手，杀了三个人，她们脸上的"乌龟"都用了不一样的材质，第四个人自然不会再用重复的东西。可是没想到，检验结果出来后，苏静茹脸上的"乌龟"材质竟然也是摇滚油彩。

当时他理解为作案场地的局限性，让罪犯没有条件去严苛地完成自己的仪式感；如今林昊然才意识到，之所以会这样"草率"是因为杀死尤美玲和袁梦的和杀死刘晶晶和苏静茹的压根不是一个人。

林昊然为自己的逻辑自洽兴奋，但于晴说这只能作为佐证。她一边盯着蒋亘老婆，一边看着墙上的表，有些心不在焉。这时张简回来了，于晴烦躁的情绪立即舒缓，本就有些泄气的林昊然见她这样，撇了撇嘴。自从学姐替张队挡刀之后，他就明白了一切。

张简把监控录像给了林昊然，让他安排人过一遍内容，看看有没有可疑信息。林昊然拿过东西，丧气地走了。

"这孩子怎么了？"张简拍着身上的雪，看着林昊然落寞的背影说。

"不用管他，你什么情况。"

张简看了于晴一眼，没说话，直接坐在蒋亘老婆对面，拿出一个黑皮本摔在桌子上，随即用胳膊肘子抵在上面，严肃地说："这是万雯娟的日记。"

张简知道，一旦对方开始说实话，对方就很难再编织谎话。所以他从一开始就暗示蒋亘老婆，她想隐瞒的事自己都知道了。有一半的嫌疑人都是在审讯时认罪的，当警察告诉嫌疑人，受害者身上有他的指纹，对方就会变得紧张，哪怕在作案过程中他一直戴着手套。

果然，没见过什么世面的妇人本身就对身处的狭小空间感到紧张，有一种无论如何都要"出去"的强烈愿望；听警察这样说，她更加不安起来。

"今年夏天，话剧院的两起凶杀案你肯定不陌生，当时以万雯娟的情杀结案，现在我们怀疑她有同伙。"

于晴看了张简一眼。她知道根本不存在什么日记，万雯娟被抓捕前已经把家里的东西烧得差不多了。

"我们今天喊你过来，肯定是从日记里掌握了一些关于你的事情。我跟蒋院长也算有些交情，还是想给你一个主动交代的机会。"

"我没做过什么啊，我跟小娟就只是……只是……"

"小娟，看来很熟了。"

妇人急得满脸通红，两只手使劲儿捏着衣角。

"不是……我确实做过亏心事，但是我绝对不是她的什么同谋啊！"

"做过什么亏心事？"

"我……我说就是了。其实都是很久之前的事了。这些年我没去过话剧院，一个是之前我因为小娟的事去大闹过，老蒋嫌我丢人——不过没这事他也嫌我丢人。还有个原因是……我自己不敢去。老蒋去中学话剧社当艺术指导的时候，认识了个女学生。一开始还藏着掖着，后来都明目张胆带到话剧院了，我和小娟都恨得牙痒痒，更何况人家年轻漂亮。那个时候小娟趁机跟我道歉，说她这些年心里也不舒服。我一想她也是受害者，一开始是被老蒋骗了，也就不气她了。小娟一个人在外乡挺可怜的，有家也不能回。我有时候看她就像看我自己，被丢弃了还离不开那个狗男人。你说人怎么就这么贱呢，唉。"

妇人说着说着哭了起来。

"有次老蒋出差，我去话剧院找小娟，结果那个女学生来了。在那之前，我逼老蒋和那女生断了，不然就捅到明面上，把他名声搞臭了！老蒋吓得好一阵不敢去那学校。估计是找不见老蒋，那女生就找到了话剧院，被我骂了一通。小娟也劝了她几句，让她别太相信甜言蜜语，男人都是骗子，她自己就是例子，要是真喜欢怎么会连通讯方式都不给她留。那女生听完就哭了，我们也不再理会她了。她自己默默哭了一阵就走了。后来老蒋出差回来，有一天跟我说那女孩跳楼死了。我心里就'咯噔'一下，心想难道是因为我们那些话把她吓着了？好歹是一条人命，我和小娟直冒冷汗。有天做噩梦，梦见那女生来索命，我半夜被吓醒，忍不住什么都给老蒋说了。老蒋气得下了床穿衣服走了，让我以后不准再去话剧院，也不准再插手他任何事情。"

难怪，万雯娟和蒋亘老婆见黎希的第一眼，都被吓了一跳。毕竟黎希姐妹长得相像。

张简今天离开话剧院前，从一些演员和工作人员的口中得知，平日里万雯娟是个精致而娇惯的小女人，肩不能扛手不能提。她又一副冷酷的样子，让人不太敢接近。相处时间久了才能发觉，她其实是个性情中人。谁对她好，她表面淡淡的，但心里念好，有什么好事都想着人家。谁对她不好，她也记在心里，没有好脸。是典型的"人不犯我，我不犯人"。

"后来话剧院新去了一个女演员，小娟跟我说，那个女演员长得特别像当年那个女学生，她们还演了母女。她说她跟那个女演员总有同病相怜的感觉，甚至有时候觉得那个女演员就是那个女学生，她应该把对女学生的愧疚和弥补都还到这个女演员身上。可是有时候她又恨那个女演员，年龄漂亮还被蒋亘赏识，让她想起当年被抢走的爱情。可能搞艺术的就是感受力强，那段时间我感觉她都魔怔了。直到我亲眼见到那个女演员，我才理解了小娟，因为真的太像了，就像双胞胎。"

张简想起之前看阿姐和黎希排演《染血之室》时，饰演黎希母亲的万雯娟十分动情，大概她那个时候入戏太深了，拼尽全力在戏里救下那个被自己"害"死的女孩。是女儿，是情敌，是同类，也是自己。

同时，张简想到黎希一直保守的那个秘密，那个妹妹死前经历过的最后阵痛。如果这些人知道真相，会不会更内疚。

结合话剧院同事对阿姐"肩不能扛手不能提"的评价和陈博尸检报告里的真正死因，警方有理由怀疑杀死陈博的凶手另有其人。而藏匿于话剧院的秦尧有动机也有时机去杀人。

大概见多了黎希被陈博纠缠的情景，万雯娟猜测是黎希杀了陈博，于是在将死之时选择替她揽了下来吧。这样的"分担"也许是她的一种偿还。不过人已经死了，她究竟怎么想没人知道。

"没别的了？"于晴看张简陷入沉默，便问了一句。其实她在听蒋亘老婆描述的过程里，不仅没有看不起她，反而被她"小娟，小娟"的称呼感染。终究，有一个人记得她的名字，而非只记得那个龙套阿姐。

"真没别的。我就藏了这么一件亏心事。"

张简摆了摆手，让妇人走了。

他知道，自己有一场硬仗要打。对付秦尧，欺骗性战术也许不一定有用，他需要用秦尧最在意的事情去挑动他的神经——如果他能冷静。

这时，林昊然过来，说优柔会所两个月的监控排查完毕，内容上没有发现疑点，只是有两天的内容一模一样。

果然，吴乐死亡当日的视频不见了，显然是被人动了手脚。

"其他视频有没有这种情况？"

"没有，只有这一天。"

也罢，也许监控里根本查不出什么。毕竟吴乐不像身边有警察的黎希，秦尧日常有什么事根本没必要和吴乐在优柔会所碰头。

那删掉监控的目的是什么呢？

张简深吸一口气，握着拳头，走向了秦尧所在的审讯室。

秦尧依旧一脸漠然，看到有人进来，还撇了撇嘴角，像是挑衅。

"找到证据了？"

张简径直走到秦尧面前，两只手撑在桌子上，低头俯视着他。

"窃听器。"

秦尧愣了愣，又立即恢复镇定。

张简接着说："窃听器上有你的指纹，刘晶晶对你手指的证词，你那些乱七八糟的身份，就足够定你的罪。如果'杀闺案'不够，那就加上剧场的案子。"

秦尧脸上的"挑衅"消失殆尽。

"秦尧，你真的爱黎希吗？"

张简忍不住又发出这样的疑问。

"你母亲的仇，你躲在'杀龟大会'的面具后报。你女儿和李清柔的仇，你躲在黎希和万雯娟的面具后报，你是真男人。"

于晴看着他们这么近的距离，生怕张简再次动手。

"不过还是能看出来，你的这位爱人——李清柔，分量不轻，能让'杀龟大会'的盟主为她亲自动手。"

张简不想给秦尧质问证据的机会，直接戳到他内心最晦暗之处。

"你一定为自己片叶不沾身地完成连环凶杀沾沾自喜，可结果就是棋差一招。即便你藏得再好，也还是露出了马脚。因为你太贪心了。你操控了一个又一个女人因你而死还不满足。也许那些女人的死没有一个是你亲自动手，但是陈博的死，你跑不了。"

"张警官又开始编故事了。"秦尧依旧维持着表面上的淡定。

"是啊，我在讲吴伟的故事。"

说着，张简把那张被秦尧用来欺骗话剧院负责人的身份证复印件拿出来，举在秦尧面前："这上面有你的指纹哦。"

张简转身，接着说："话剧院出事那天，我们只顾着排查中午最后离场的人员，加上其他后勤人员的证词，我们的注意力都集中在了中午最后离开的黎希和阿姐身上。案子告破时，阿姐供认不讳，案子的情杀性质更让你藏得严严实实。完全没有人会想起，后台存放清洁用品的储物间可以有人全天藏匿。根据话剧院的后勤工作记录，当天有喊你过去帮工。那天的监控我们有存档，于晴，拿给他看。"

原来等张简和林昊然回警局的间隙，于晴也没闲着，翻出了"杀龟案"的物证存档。在话剧院后勤负责人的指认下，发现当天话剧院的监控视频里，有个戴灰色鸭舌帽的工作人员，正是秦尧。从早上进入话剧院后，一直没有离开。因为后台没有监控，所以没有拍到他的活动轨迹。一直到下午六点前后陆陆续续有大量买票排队的观众和工作人员进进出出时，这个人才从话剧院走出。如果不是话剧院负责人的指认，普通人根本不会把目光聚焦在人潮里的秦尧身上，警方若不是上帝视角，也不会轻易从人群纷杂的画面里揪出秦尧。

"以万雯娟的力气，无法将陈博活活打死。案发现场只有你一个人，你是在万雯娟走后才杀了来后台找黎希的陈博。你就是凶手，模仿犯。人证物证俱全。即便没有尤美玲她们的案子，也够定你的罪了。"

秦尧听后，竟"哈哈哈"笑了起来。

"你是'轩辕π'，你是'游坦之'，你是'夏雪宜'，你是'美甲女'，你是'清洁工'，你唯独不是你自己。你成立的组织，欺凌的是那些穷学生还是在欺骗你自己？你在报复那些害了李清柔的人，还是在杀死自己的分身？真正的'缩头乌龟'，是你自己！"

"所以，你告诉我，黎希哪里对不起你？你要这样盘算她，这样害她！"

"我从来没有让黎希为我做过什么。"面对证据，秦尧仍不松口。

张简气得又要动手，被于晴一把拉住，把他摁回了座位。

"我劝你主动坦白，也许还能减轻量刑。"于晴看着眼前的男人，说着自知没什么力度的劝导。

"不需要，一枪崩了最好。"

于晴笑了笑。

"就这？原来连环杀人案就这点儿伎俩？你口口声声说喜欢李清柔，李清柔知道你是哪位吗？你偷偷喜欢人家，你知道人家在学校外面私定终生了吗？"

于晴成功激怒了秦尧。

"你放屁！"

"哦？你很了解李清柔吗？"

李清柔果然是秦尧的软肋。

于晴拿出秦尧的相册，翻出一页照片，给他看背后的字。

　　妈妈，我今天好像闻见了你的气息，那气息让我着迷，让我觉得你回来了。

　　我想，谁带有你的气息，我便会爱上谁。

"不就因为这个吗？这胜过李清优为你做的那么多？"

秦尧看着那两行文字，缓缓抬眼。

"你懂爱吗？你们，懂爱吗？"

张简靠在椅背上点燃一根烟，努力克制自己的情绪，于晴反而被问毛了："你懂？"

"爱是灵魂的火种。有爱，证明一个人活着。母亲死了，我的生命熄灭了。直到有人点燃它。可惜她也死了，我再也没有活过来。"

"怎么点燃的？"

秦尧叹了口气。

"地球上的白天和黑夜是交替的，但人的精神世界是分永昼和永夜的。我无法跟白半球的人描述黑半球的世界，他们不会懂。"

听懂了秦尧的意思，于晴换了种提问方式："那……是怎样的火种，能点燃黑半球的夜晚呢？"

"黑半球的原住民也许早就习惯了与黑夜为伴，可当一个白半球的人突然被丢到死亡一般的漆黑之中，周围都是肆意啃食他的虫兽。别说灵魂，肉体都保不住。"

于晴知道他在指自己遭遇的霸凌，没有打断他。

"黑暗里，只有靠着熟悉的气息，才能找到回家的路。"

说完，秦尧低头沉默了半响，像是知道在劫难逃，终于说道："是。我是'轩辕 π'。被突然丢到黑半球性命难保的时候，我学着用黑半球的规则让自己活下去。可即便如此，我还是常常被误伤。在高三的一次深山夏令营里，我终于搬起石头砸了自己的脚。去山谷完成课业任务的时候，我被'杀龟大会'的人使计掉队，天黑了我都没找见回去的路。就在我又冷又饿、意识模糊的时候，我看见了她。她用胸膛把我捂暖，给我水喝，最后把我背了起来，就那么一路背了回去。每次回想起来，我都庆幸自己的瘦弱，不然她一个小小的女生，那么长的夜路，她怎么背得动。"

说到这里，秦尧竟然噙泪微笑着。

"我在她的背上安心睡去。睡梦里，我竟闻到妈妈的香气。我睁开眼，甚至感觉她的短发散发着夜精灵一样的蓝光。

那一刻我觉得，我妈回来了，我的生命之火回来了。一定是她来救我了。李清柔就是我灵魂将死时，让我的生命得以喘息的火种。可是这个火种，被那帮人浇灭了。"

原来是移情，于晴摇了摇头。

张简的表情却疑惑起来，他感觉刚刚的画面似曾相识。

"我没法爱李清优，因为我把所有的恨都转嫁给了她。我也没法恨李清柔，在知道她的身份前，我已经把母亲的爱，投射给了她。"

突然，张简想起了什么，简单安排了后续的审讯，就开车冲回了家。

大雪依旧簌簌地下着，他在一片白茫茫的前路之中，艰难悲痛地行驶。到家后，他疯了一样地翻出来那张李清优和吴乐的合影，照片上的她正是戴着蓝色短发。如果他没有记错，吴伟曾告诉他，那是她们参加夏令营化妆舞会时照的。

返回警局，顶着一头水珠的张简把这张照片拍在秦尧面前，问他刚刚说的"蓝色精灵"是不是照片里的人。

照片瞬间将秦尧拉回到过去，他恍惚地点点头，可仔细一看，又猛地摇头。显然，照片里的人是李清优。怎么会是李清优？当年她从来没有留过短发啊。

意识到哪里不对的秦尧开始慌了，比他证据确凿地背负杀人案的罪名都要慌。

照片上的头发、衣服、场景，分明就是那一天。他梦里重温过无数次的那一天。

"不可能……如果是她，她为什么从来没跟我提过这件事？"

"你给她机会了吗？她有什么必要和你提？你整天在家沉默寡言，要不就是和苏静茹鬼混。"

秦尧不知所措地环视周围。

"不会的……不会这样的！这不是李清优！这不是……"

秦尧的世界，此刻天崩地陷。他亲手把灵魂的火种，把自己最爱的人，送入了地狱。

他掩面哭泣，比被一枪崩了都要痛苦。

张简也抑制不住地跟着流起泪来，他感到一股从未有过的窒息。他沉重地走出审讯室，走到大雪之中。雪花一片一片落在他滚烫的脸颊，再一个个变幻成水珠藏匿于毛孔之中；就像那些看不见的真相，乐此不疲地和世人捉迷藏。

不知过了多久，于晴喊回了张简，告诉他秦尧愿意一一交代。不过在这之前，他有一封信要给张简看。

是黎希留给张简的信。

　　简，对不起。

　　提笔只有抱歉，因为骗了你。

　　如果我骗得足够成功，你就不会看到这封信。那样也好，干净的衣服不小心溅上泥点，洗掉就没有了。虽然……我知道这样的经历对你来说实则恐怖。

　　如果你已经看到这封信，我更要为在这段感情里没有完全打开过自己向你道歉……

我人生的关键词，大概只有一个——懦弱。

我用了一生的时间与它抗争。

母亲死后，我恨父亲的懦弱。妹妹死后，我恨自己的懦弱。那些懊悔和恨意在我心里早就扎根，生长，藤蔓上也亮出了跃跃欲试的利牙。它们在我无力的身躯里常年蛰伏，偶尔发作。就在我以为自己的人生不能更糟的时候，小语离开了我。女儿的死让我瞬间被那些深埋的荆棘刺穿，从我的嘴巴、眼睛、耳朵，从我的每一个毛孔里跑了出来，疯长，蔓延，包裹和禁锢了我。它们扼住我的喉咙，捂住我的眼睛，塞住我的呼吸，啃噬我的骨血，让我在每个夜晚生不如死。

终于，它们撕碎我固守多年的、无用的懦弱，让我下定决心为女儿复仇。

你大概不知道，不，你怎会知道。我的女儿，那个小小的可怜的美人鱼，被另一群鱼常年折磨，最后活活淹死在了水里。你说，鱼怎么会淹死在水里呢？我的妹妹因苏静茹而死，我的女儿怎么也得被她的女儿害死呢？我们就这样活该吗？你说，那些恶意，我已经经历过一次，我为什么还要亲手把她送到那种地方呢？

我不能原谅我自己。

比死还要痛苦的，是每一日都生不如死。我站在白天，看不见黑暗里的罪恶。我要和敌人站在一起，这样才能看得清他们。我要手刃恶果，为女儿报仇，让苏静茹体会我的痛苦。我开始养乌龟，虽然我不喜欢小动物。我需要它们提醒我、羞辱我，让我别再懦弱。

　　我以为自己报了仇就会解脱，可我并没有获得拯救，因为那也是我向懦弱的自己复仇，也许死亡才会带给我解脱。和你初遇那天，我做好了死于那帮人火拼的准备。那个时候，你出现了，在我生命的黄昏之时。

　　可你是警察，我是杀人犯啊。我一次又一次地疏远和拒绝，终究没能抵挡我对爱的渴求。我还是和你在一起了。

　　和你在一起，让我的白昼越来越长，希望也越来越大。你第一次让我知道什么是真正的爱，让我知道自己值得被爱。我抱着侥幸，忐忑地和你看着每一个赚来的日出。你明亮的爱照亮了我的污点，在曝光过度的底片里，我罪恶的旧日影像开始模糊，以为它们可以被抹去。我开始不知耻地以为，自己有资格拥有你这样的完美爱人。我甚至幻想，这个世界的罪恶可以抵消，我能心安理得的和你在一起。某一瞬间，我竟妄想和你厮守一生。

　　当我听到有凶杀案的尸体脸上画着红色乌龟时，我意识到出事了。没有比那更特殊的符号了。我第一个想到的就是半年前开始便不许我去优柔会所，也不许我联络她的吴乐。我着急，去找了她。她怪我冲动，删除和替换了当天店里的监控，接着哭诉了一切。我那时才知道，秦尧知道了我是如何通过吴乐的消息在会所前"偶遇"了季岩松，一步步接近他，最后顺利杀了季琳琳的。他说，他要杀了所有欺负过我的人，不仅为了妹妹和女儿，更为了我——他要和我站在一起，杀死噩梦里的魔鬼。

　　起初吴乐希望伪造成意外，顶多案子的凶手她认了就是，反正她也时日无多。没想到秦尧情愿暴露也要让当年那帮人带着"乌龟"的印记去死。当吴乐发现杨树明也被秦尧拉下水，她害怕牵连更多人，于是在和我会面后就自杀了。那个晚上我见了秦尧，他说他知道了我和警察在一起，以后会通过新的身份和我联系。

于是每和他在话剧院"接头"一次，我就愧对你一分。七夕那天，我知道他要和苏静茹结婚，我们也撞到了领证的二人，我想，你看到他们甜蜜的样子，大概不会怀疑到他身上吧，由此之后出于新仇旧恨杀人你是不是会更相信也更能接受一些？我不知道，我心里很乱，一直都很乱，好像有什么在推着我必须按照一条早就被写好的路走，别无选择。

可惜那天我看见了季岩松，你以为我在为秦尧和苏静茹的结合心神不宁，其实我当时正在偷偷下定离开你的决心。尤美玲、袁梦、蒋院长、陈博，接二连三的案子让我们之间信任的弦越绷越紧；季琳琳的案子像是定时炸弹，那件我亲手犯下的罪案随时要摧毁我们的爱情。我无法想象坐在罪犯的椅子上和你对质的画面……加上秦尧铁了心要杀人杀到底，我必须在他动手之前下手……我想，这样我们三个人都能获得解脱。你的未来，没有我才光明。

至于秦尧，我亦无悔。地狱般的青春里，他是我唯一的光。在所有人欺凌我的时候，只有他照顾我；在所有人远离我的时候，只有他靠近我。成年后，即便改了名字，可那些恐怖的经历依然侵蚀着我整个人生，我不敢见光，我觉得人人知道我肮脏的过去，我觉得自己不配被人爱。路过医美广告牌的时候我总是发呆好久，我想，如果我整了容，是不是就可以重新做人。那个时候我再度遇见了他，那个和我一样破碎的他。在和他的婚姻里，即使我不能洞悉关于爱情的密码，我也深深地感激他陪我走过的、漫长而艰难的生活。他是我最重要的亲人。

可惜，我终究没能保全这一切吗？如果你看到这封信的话……

上学的时候我喜欢看《焚舟纪》里的童话，我想，它的意思也许是：如果你复仇了生活，别只顾着惊慌刀上的血迹。想办法逃离此地，把刀扔到河里，去任何地方新生。只是要记得渡河之后，烧掉那艘船。破釜沉舟，不再回头。

十七岁，妹妹离开的那年夏天，我终于明白了这句话的含义。可惜，那些黑色植物在我的身体里扎根太久，我被仇恨滋养着，被怯弱浸泡着，我的肉身早已被腌得恶俗，做不到"从前种种，譬如昨日死；以后种种，譬如今日生"。也许真的，人活得太长，看到的丑陋也就越多，直到自己终于变成不堪的一分子。我终于不小心，把同船的人一并烧掉了。也许，我并没有堕落的天分。

但我知道，我的名字并不能提供任何有关我这个人的线索，我的生活也不能暗示我的本质。我看不清这个世界，但对那个即将到来的世界一览无遗。

对不起，我知道我不配被原谅，但还是想说，原谅我把你拽进了阴天。如果可以，能否请你原谅他……他只是这世界上无助的、另一个我。

简，好想再弹一次琴给你听，好想理直气壮的去爱你，可惜你注定属于晴天……请不要憎恨我，如果你还挂念我，也许我从未离开。

我爱你。

黎希

张简看完信，早已流泪满面。

是她，是她的笔迹和口吻。信纸上似乎还有她淡淡的木质香气。

看了信张简才明白，吴乐删掉视频想要保护的人，是黎希。所以在和警察见面之前，她就早早删除并替换了当天的监控视频。

可惜，吴乐怎么也不会想到，自己到死都在保护的人，却成了被栽赃的对象。

"我该庆幸她没有看到更丑陋的世界吗？"

张简问自己。

收起信，他反应过来什么，激动地将秦尧从椅子上揪起，死死盯着对方的眼睛："你怎么忍心，她都死了你还在利用她……"

知道了梦中的"蓝色短发"竟然就是自己未珍惜过的妻子，秦尧也一副绝望麻木的神情，在悔恨中流下了眼泪。

他意识到，其实他早就在某些时刻爱上了李清优，只是他不愿承认和相信。也许当恨让一个人成长的时候，就成了爱的一种。

看秦尧不说话，张简生气地继续质问："为什么，为什么你要拉她下地狱，她还不够惨吗！不……她人生的悲惨都是你给的！"

看着张简充血的眼睛，秦尧终于抬起了眼皮，像是有了某种质疑的底气。

"是吗？如果她不认识你，她应该还好好活着吧。"

张简愣住了。

"如果她不认识你，她杀季琳琳的事可以永远埋藏。如果不是和你在一起，她不会担惊受怕，如果不是你三番五次怀疑，她就不会害怕自己总有一天要被揪出来，也就不会想着替我杀人，一了百了！"

什么混账话，张简气得一拳砸了下去。

可是马上，他又发觉自己无法反驳。

张简想起她丢掉的乌龟，想起她明明想要和自己重新开始的……

是啊，她"还未来临的下半生"因为遇到自己，瞬间被"已经毁掉的上半生"覆盖。那个把她最终推向地狱的，竟是自己吗？

于晴示意林昊然拉走张简，对秦尧说："即使他们没在一起，你也会伪装成黎希去杀人的。你这个人渣，怎么会放弃利用她。"

"对。我就是人渣，我恨她过得比我快乐，我要剥夺她的人生，就像她母亲剥夺掉我母亲的人生！这是她欠我的！'杀龟大会'是我搞的，给了她一生阴影的也是我！凭什么！凭什么我完整的人生要被拿走，她活该，她活该下贱，她和那帮女人一样，都不该有好下场！"

原来当年那个"情话大赛"的"冠军"竟是他，那个给爱人留下苦痛烙印的竟然是她深信不疑的"亲人"……看他此刻癫狂的样子，张简又抑制不住冲过，被林昊然和其他几个警员拦住。

"为什么！她为什么那么傻，为你这样的人去死！黎希养了个白眼狼！"张简又想起大雪中黎希怀孕去赚钱的画面，心如刀割。

"你以为谁稀罕她的施舍！我本来可以过得更好！我为什么要吃她的软饭！她多能耐啊，口口声声爱我，转头就爱上了你，还不如苏静茹！"

张简再也忍不住，挣脱同事过去抽了秦尧一嘴巴。

"你以为李清柔爱你吗？你费尽心思给她报仇，她因为什么死的你都不知道！"

"因为什么？"

张简想起那是黎希想要带进坟墓的秘密，不想再提。

"因为什么你都不配知道，因为你毁了她们两姐妹的人生。你，下地狱吧。"

说完，张简已经出离愤怒，走出了审讯室。

这时于晴上前，问秦尧究竟什么时候和苏静茹在一起的。

秦尧笑了笑，说季琳琳死的时候她之所以没有和季岩松大闹，主要原因是当时她根本没出差，而是和自己在一起。李清柔死的那晚，苏静茹背叛李清优，告诉了众人天台的"秘密基地"，因为她同样嫉妒自己这个最好的朋友，特别是嫉妒她能被"校草"关照。于是当她有机会和当年的"白月光"在一起时，她一定不会放过。即使"白月光"下凡，带着半张被烧毁的脸。

看着秦尧，于晴不可思议地摇了摇头。秦尧整个人瘫软了下来，倒在椅子上，突然开始哭。

"对不起……对不起……我不知道'她'就是你……"

说起苏静茹，秦尧想起她的葬礼。当时自己在众目睽睽下，表演了如何扮演一个情根深种的人。

当时，他脑中想的都是李清柔。他看着苏静茹的遗像对自己说："我终于为你报仇了。"

可是如今，一切竟像一个玩笑。

秦尧也不知道，自己在为谁哭。

张简沉重地走到警局外，抬头看了眼天，漫天都是爱人的白色眼泪。

他忍不住抬起手想要擦拭，那些眼泪却跑到了自己的眼睛里。

雪还在下着，像是不会停了。

那个夏天，永远也不会结束了。

后

记

故事结束，心里怅然若失。和自己笔下的人物告别，很不舍。上一本书没有这样难受，在一个有限的可知的世界内探寻故事的吸引力，也许这就是小说的魅力吧。虚构的世界无论看上去多么宏伟，只要仔细观察，便能发现它是那样狭小。

第一次写后记，因为太久没有写类似公开日志这样的东西，我不善于在人前自我剖析，也觉得自己没有什么伟大的道理需要讲给别人，所以前两本小说写完便没有写后记感想。但是这次写作让我学到很多，记下来未来翻看也好。

深知故事的立意高低和是否能熟练掌握讲好故事这门手艺是两回事，关于讲故事的技巧我还有很长的路要走。在一些情节点的释放选择，我斟酌得可能不够好。比如幕后凶手，想写出那种"没想过是他但竟然是他"的寒意，就好比小时候，我们获知的邻里信息往往来自大人之间的交谈。突然有一天，胡同里有一家人的女儿被拐，除了人贩子大家最怀疑这条胡同里和他们家最熟（交好）的，和关系最差（交恶）的，因为二者分别具备最有利条件和最可能动机，但是最后破案，竟是隔壁胡同一个往日少言、清秀和善的大学老师。

要承认的是我没有布局好那些散落的情节点，让它们更有机地迸发最大的力量。所以下一次写作我会好好享受一下通篇写完再去调整思路的快感，发布时更笃定自己的表达。所以也真的谢谢很多读者对作者的包容。

至于女主，很意外，太多读者跟我说爱上这个人物，因为前期为了保持神秘没有过多从生活细节刻画她（有作者朋友说我的故事有一种疏离感，觉得她形容得似乎很贴切），我一度觉得自己也许没有塑造好女主。另一个朋友说，也许正是因为这份朦胧让读者有更多想象空间。这让我想起纪实摄影——像是以点形成场的梦境或现实。

通过快门和焦点的模糊、取背景或取局部的方式，就可以软化一个主体的具象，留出想象空间。那些碎片式的镜头总有一个会触发你，见叶而见木，见木而见林。比如电影 Her 中，男主回忆和妻子共同分享写的东西，但不具体呈现是什么东西，吵架的时候模糊掉声音让观众想象自己和恋人分手时说的话。因为并非为了交代作者想说的话，而是为了勾起观众自己的记忆。

比如纪实摄影的作者就会花更多的心思在编辑的过程中，去创造这些照片之间的联系，而不是只着眼于一张独立的照片。这样观众看到的就是"物"，而不是"照片"。写实摄影的作者不是不想把故事讲清楚，而是现实里不可能讲清楚，能做的只有旁敲侧击地去触发读者关于真实的一个记忆，触发的线索越模糊越暧昧，触发的范围就越广。

这也许是我沉迷于"大写"的原因，比如上一本科幻，比如在刻画人物时我的欠缺，十分清楚地知道自己不善于"小写"，这也是我希望自己改进的地方。也许就好比道理和世界本身的差距，向往写出能让任何沧桑之心回到赤子状态（如海明威只留朴实语言的写作方式、《红楼梦》动人之处正是因为普世而犀利）的作品（当然，只追求锋利和只追求普世同样伟大，因为他们放弃了被每个人喜欢的机会）。同时也深知，无论怎么走，一个写作者的道路都绝不平坦。要冒着被拒绝、被嘲讽和经历失败的风险的勇气，为了写出内涵深刻而又美感并行的故事孜孜以求、上下求索的同时，理性抉择感性对待。

关于主题，最初想要探讨的很多。比如："爱人之间是否真的至死不渝？亲人之间是否真的忠坚不移？朋友之间是否存在真正友谊？"但是目前整篇小说作为"初稿"，由于时间和驾驭力不够，我没有很好地完成它。

其实我也借正文透露过某种出世的观念，即"上帝眼中善与恶某种程度上并没有太大分别"。好比尼采所说，人们推崇的所谓好的道德，比如"勤奋""善良""乐于助人"等，只不过是因为这样的品质对我们有利罢了——人只不过是我们在进化过程中过渡的桥梁。以及在我心里，也不存在"全员恶人"，只是艺术作品开始去脸谱化，开始直面真正的人性，同时在这过程中进行了放大。有句话叫：只要有机会，人们都是愿意做恶和下流的。就像库布里克的《发条橙》，橙子是天性，发条是规训。也许人性本恶，是文明和道德的"厌恶疗法"让我们变成"上了发条的橙子"。

而关于爱情，不得不承认，我十分理想主义。同样借用库布里克的事迹，他在人性方面比较完整，所以他的大脑能腾出一些空去思考非人性的东西。但是目前的阶段，以我的心性，属于还在尘世艰难打滚，所以即便最初我想把张简设计成"现实男"，也终究没狠下心（这是我的局限）。最后她在警察（张简）和罪犯（秦尧）两个极端处境的两难抉择之间，选择了自我牺牲。这是我对爱情粗浅的理解——虽然我常常宣扬爱只是爱，不是负债。所以在写作里随时代入自己"人性"的部分，也要随时跳出自我，勇敢地直面更广阔真实的可能性。虽然很难，毕竟在现世，我们真正了解的只有一个人，那就是我们自己。

我们从根本上而言是永远孤独的。所以我在男女主的相爱过程里，避开了"他为什么爱她"的情节阐释。她只是做自己，就足以让男主角爱上她。

说到这里，最早我想到要写一个女杀手的故事时，"阿姐"是我的女主雏形。即一个女人在三番五次被好友坑害后，从不敢相信女人只寄托于男性，到发现男性也无法信赖从而对人性绝望的故事。但实在不想写一个杀人狂的故事，且女性杀人狂没有男性（身体力量等因素）瘆人，所以把"阿姐"弱化了。同时由于情节点安排的问题，女主的"挣扎"也被弱化了，这是无法避免的遗憾——就像我无法提前写出所有细纲，故事没敲出来前，我自己也无法窥探它的走向和"正确性"。

有句被说烂了的话叫"被误解是表达者的宿命"。伴随着"理解"便一定有"误解"，我们每个人都不能指望被其他人理解。其实我常常觉得"失语"，我不知道是因为懦弱还是自我保护，我愿意认为是包容，是存在主义，我相信"悲观是一种远见"。但小说就是向世界表达价值观的艺术，书写治愈着我在现实世界的"失语"。所以这本小说的一些说出来或没说出来的话，被你懂，我很开心，没有懂的、不喜欢的，我也很感谢每个读者所付出的时间。新浪潮导演特吕弗说过一句话："我在电影院里见过的最美好的事情，是下到最前面，然后转过身来，看着那些扬起的面孔，而银幕上的光线反射在这些面孔之上。"如果我打动了你，真是我的荣幸。

我是一个很胆小的人，不敢看任何恐怖片，因为害怕所以推过写恐怖电影剧本的工作。我之前甚至不是一个推理迷，就像去年写科幻之前，我也不是科幻迷。就只是胆大包天地去写脑子里蹦出来的故事。

没想到在写作的过程里受到很多人的鼓励，给了我以后驾驭其他故事的练习和学习的机会，所以真的感谢每一个言语支持或默默陪伴的你。

这本小说真的练了我的胆子，深夜查看尸检报告，抱着写作目的看那些尸体照片竟然也没有害怕，可写到秦尧的真凶设定时却腿软了，深夜在电脑前的我感觉背后有一股凉风。听凑佳苗的讲座，她说写悬疑就是要直面自己内心的黑暗（去"厌恶疗法"？学着坦诚之恶？），所以一些诡计写得不够自然，就安慰是自己不够恶毒吧。诡计终究有限，真正幽暗难解的是人性。而人性之花之所以灿烂，就是因为它是从黑暗中生长出来的吧。

于是，人类的"爱"或"以爱之名的举动"，大概是黑暗宇宙里最大的"熵"。

黎希如果不爱，也就不会置于两难抉择，走向"必然的牺牲"。

张简如果不爱，也就不会被假象蒙蔽，徒留痛苦。

秦尧如果不爱，也就不会诞生偏执和罪念，毁灭自己。

阿姐如果不爱，也就不会因爱生恨，为了可怜的"占有"痛下杀手。

陈博如果不爱，也就不会纠结旧日命案，身陷泥沼。

刘晶晶如果不爱，也就不会因为去见丈夫而失去性命。

苏静茹如果不爱，也就不会完全信任秦尧跑去送死。

……

妹妹死的时候，李清优觉得那个屈辱的夏天熬过就好了。

女儿死的时候，黎希觉得那个绝望的夏天熬过就好了。

苏静茹死的时候，秦尧觉得那个复仇的夏天熬过就好了。

黎希死的时候，张简觉得那个痛苦的夏天熬过就好了。

爱与罪发生的时候，人们总会觉得那个闷热的夏天熬过就好了。

但是在我们渴望从之逃离又不得不沉迷于时间与记忆里，

总有一个夏天，永不结束。

每一个人，谁又不是因为爱而感知到活着的快乐和温暖呢？

爱带来痛苦，也带来解脱。

最后，谢谢你耐心听我讲完这个故事。

希望还能重逢。

赛西娅

2021 年 7 月 23 日

编后记

　　本书版权由北京方舟阅读科技有限公司（豆瓣网）授权，由北京宏泰恒信文化传播有限公司出品，由中国言实出版社出版。

　　再次真挚地感谢在《永不结束的夏天》出版过程中参与策划、创作的贡献者。北京宏泰恒信文化传播有限公司参加过本书选题策划、封面设计、插图等工作的人员有：连慧、罗盛、冯宇轩、Ｖ霄等。

2024 年 4 月